«Más pasional que *Cincuenta sombras de Grey*. Hay sexo, y en abundancia. Pero no enseguida, porque está dosificado como se debe».

IL GIORNALE

«Tres libros escritos como un mapa sensorial para el descubrimiento del placer y de los vórtices del erotismo. [...] Rizzoli apuesta por una joven y prometedora escritora del norte, nueva sacerdotisa erótica investida del redescubrimiento de un epicureísmo moderno que hunde sus raíces en la tradición italiana del arte, de la cocina y del *savoir-faire* latino».

GAZZETINO

Yo te siento

Yo te siento

Irene Cao

Título original: *Io ti sento*

© 2013, RCS Libri S.p.A., Milán

© De la traducción: 2013, Patricia Orts

© De esta edición: 2014, Santillana USA Publishing Company, Inc.

2023 N.W. 84th Ave.

Doral, FL, 33122

Teléfono: (305) 591-9522

Fax: (305) 591-7473

www.prisaediciones.com

Diseño de cubierta: Compañía

Primera edición: Febrero de 2014

Printed in USA by HCI Printing

ISBN: 978-1-62263-653-2

PRISA EDICIONES

A mis amigas

1

Me roza la frente con un beso ligero, a la vez que recorre con los dedos la curva de mi costado y se pierde bajo la camisa. La suya. Abro los ojos y encuentro la mirada de color verde claro que ilumina de inmediato mi mañana. Alargo una mano y le toco la cara, tan lisa como la de un niño. Al principio pensaba que se levantaba por la noche para afeitarse a escondidas, luego comprendí que su piel es así: tiene una barba tan suave e invisible que cuando se despierta parece que se ha afeitado ya.

Estamos tumbados de lado, uno frente al otro, nuestros pies se tocan. Nuestros cuerpos tienen el mismo olor. Ayer por la noche hicimos el amor, cada vez es más bonito, un descubrimiento que tiene el sabor irresistible del placer. Su mano me aprieta un poco más y me zarandea lentamente.

—Despiértate, Bibi… —Su voz es un soplo.

Cierro los ojos para arrebatar unos minutos más de sueño y bajo los párpados trémulos me imagino este día, *todos los días*, a su lado.

Filippo.

—Un poco más… —resoplo volviéndome hacia el otro lado.

Me besa otra vez en la nuca, se levanta y entorna la puerta dejándome sola en la habitación para que me desperece. Aún estoy atontada, pero, en cualquier caso, hago un esfuerzo enorme para apoyar el busto en el cabezal de la cama. Los rayos de sol que se filtran por la ventana me acarician la cara: son las ocho de un día precioso de mayo, hace ya calor y fuera la luz es poco menos que cegadora.

Es un nuevo día de mi nueva vida.

Después de viajar a Roma y presentarme sin avisar en las obras, hace tres meses, sucedió lo que no me atrevía a esperar: Filippo no solo me ha perdonado, además me ha escuchado, me ha comprendido y me ha hecho sentir que todavía me quiere. Entre sus brazos he tenido la clara sensación de haber vuelto a casa, de haberme reencontrado después de haber perdido el camino. Nos bastó mirarnos a los ojos para saber que aún queríamos estar juntos. De manera que dejé Venecia y me mudé aquí, a su piso en Roma, que se ha convertido en el nuestro. Es un ático íntimo y luminoso que da al lago artificial del EUR. Lo ha proyectado él. Adoro este nido. Además, en cada rincón hay algo nuestro, de nuestra manera de pensar, de nuestras pasiones: la librería de resina que diseñó Filippo, las lámparas de papel de arroz que pinté con ideogramas japoneses, los carteles de nuestras películas preferidas. Me gustan las ventanas sin cortinas e incluso el ascensor claustrofóbico del edificio, pese a que siempre tengo miedo de que se pare. Pero, sobre todo, me gusta que esta sea la primera casa que compartimos.

Entro en el baño y me arreglo apresuradamente el pelo recogiéndolo en la nuca con una pinza para apartarlo de los ojos. La melena de paje de mi último otoño veneciano es agua pasada; el pelo, moreno y rebelde, me llega ahora a los hombros, pese a que me obstino en recogerlo en coletas improvisadas o haciéndome unos peinados increíbles.

Me pongo los pantalones del chándal y, chancleteando, me reúno con Filippo en la cocina.

—Buenos días, dormilona —me saluda sirviéndome un vaso de zumo de naranja.

Está listo para salir, va perfumado y vestido con unos pantalones de algodón beis, una camisa celeste y una corbata con estampado de efecto óptico. Por la corbata intuyo que hoy irá al estudio, no a las obras, lo he aprendido ya. Envidio a muerte su eficiencia matutina: comparada con él, parezco una tortuga que se arrastra por la casa.

—Buenos días —contesto restregándome los ojos con un bostezo que casi me disloca la mandíbula. Me siento en el taburete y apoyo los codos sobre la encimera de cemento; el sueño sigue siendo una llamada a la que, creo, no voy a poder resistir. Alzo la mirada hacia los hornillos, donde, dentro de un cacito, está hirviendo ya el agua para mi té. Filippo ha tenido ese detalle conmigo desde la primera mañana en que nos despertamos juntos. Es un gesto pequeño, pero habla por sí solo de él.

Apaga el fuego para que no se salga el agua.

—¿Metes tú la droga? —pregunta.

Sonrío. Filippo sostiene que me coloco a base de té verde y tisanas, y puede que tenga razón: bebo varios litros al día y me gusta comprar todo tipo de variedades. Me acerco al estante y cojo uno de los innumerables tarros llenos de hojas secas. Hoy me apetece una mezcla ayurvédica: té verde con aroma a rosa y vainilla.

—¿Quieres? —intento.

Filippo niega con la cabeza a la vez que bebe a sorbos su café.

—¡Te advierto que está buenísimo! —Le tiendo la caja de latón para que la olfatee.

—Claro, faltaría más… ¿Ahora te dedicas también a traficar? —pregunta acercándosela a la cara con cautela—. Huele a gato muerto —sentencia frunciendo la nariz.

Cabeceo —es una batalla perdida desde el principio— y me siento en el taburete con mi tazón humeante, atenta a no quemarme las manos. Observo a Filippo desde aquí: su cuerpo esbelto y musculoso, su pelo rubio, ligeramente ondulado gracias a una capa de gel. Me gusta cada vez más, me gusta compartir con él nuestros rituales, el universo familiar de nuestras pequeñas costumbres. Puede que el amor deba ser así y a medida que pasa el tiempo estoy cada vez más convencida de que nosotros podríamos pasar la vida juntos sin sufrir el desgaste de la rutina, como les sucede a ciertas parejas.

—¿Por qué me miras? —pregunta arqueando una ceja.

—Te miro porque eres guapo —contesto bebiendo a sorbos mi té.

—¡Pelota! —Se acerca a mí y empieza a pellizcarme los costados y a besuquearme en el cuello. Luego se sienta en un taburete a mi lado, enciende el iPad y empieza a hojear las páginas de los diarios a los que está abonado. El habitual resumen de prensa matutino.

—No sé cómo puedes leer en esa cosa —observo, perpleja.

—Es mucho más cómoda que los periódicos, que ocupan mucho espacio y, además, son antiecológicos. —Roza con los dedos la pantalla como si estuviese tocando el piano.

—Yo prefiero el papel —afirmo convencida.

—Porque eres una antigua. —Filippo apura de golpe su café y una sonrisa de satisfacción se dibuja en sus labios—. Pero, bueno, eres restauradora...

—No acepto las provocaciones —contesto con altivez.

No dejamos de discutir sobre cuál de nuestros trabajos es más útil e importante: yo me dedico a conservar el pasado y él, como arquitecto, proyecta el futuro. En pocas palabras, dos profesiones opuestas y, en consecuencia, una controversia interminable.

—¿Qué haces esta noche? —le pregunto a la vez que mojo una galleta de arroz en el té.

—No lo sé, querida… Ni siquiera sé a qué hora acabaré en el estudio —responde distraído sin apartar los ojos de la tableta.

—Estos arquitectos visionarios… Inventan el futuro, pero no consiguen proyectar más allá de las siete de la tarde… —comento en voz baja mordiendo la galleta y reprimiendo una sonrisita sarcástica. No acepto las provocaciones, pero, si se presenta la ocasión, no me privo de dar una pequeña estocada.

Filippo alza por fin la mirada de la pantalla. *Touché.*

Le revuelvo el pelo, sabedora de que eso lo enfurecerá. De hecho, alarga una mano hacia mí, me agarra un brazo y me lo inmoviliza en la espalda.

—De acuerdo, Bibi, tú te lo has buscado. —Con la otra mano empieza a hacerme cosquillas en las costillas y en la base del cuello. Me río y me escabullo como una anguila. No lo resisto, así que no tardo en pedir piedad. Filippo me suelta de golpe y mira el reloj.

—¡Caramba, se ha hecho tardísimo! —En un instante apaga el i-Pad y lo guarda en la funda como si se tratara de una reliquia.

—Corro a cambiarme —digo cayendo en la cuenta de que aún estoy en pijama—. Si me esperas salimos juntos…

—No puedo, Bibi —suspira abriendo los brazos—. Debo estar en el estudio dentro de media hora. Tengo una cita con un cliente. Quería verme pronto, maldito sea…

—De acuerdo —acepto tratando de que se apiade con la carita triste y resignada que pongo cuando quiero inspirarle ternura—. Vamos, vete…, aunque ahora me veré obligada a ir sola… —lloriqueo.

—Bueno, supongo que ya sabes cómo funciona el metro —dice sarcásticamente.

No niego que Filippo tiene razón, porque no tengo, desde luego, el sentido de la orientación de un boy scout —a decir verdad, tengo una marcada propensión a perderme y a subir a los medios de transporte equivocados—, pero pasar de la dimensión poco menos que pueblerina de Venecia al caos de Roma se puede considerar un atenuante, ¿no?

—¡Tonto! —Hago una mueca y luego lo atraigo hacia mí—. Que tengas un buen día —susurro acercando mis labios a los suyos.

—Nos vemos esta noche, Bibi. —Su beso me deja en la boca un sabor delicioso a café mezclado con pasta dentífrica.

El día ha empezado bien, así que me dirijo a la parada del metro con paso resuelto, como si tuviese que enfrentarme a un terrible adversario. Pero lo conseguiré, lo sé, a pesar de que el sol, que ya está alto en el cielo, me exige que frene el paso y disfrute del paseo. El EUR es un barrio moderno. El verde intenso de los jardines se funde con el asfalto de las aceras, y el cemento de los edificios da una sensación de tranquilidad racional, pese a que el tráfico es caótico. Todo es nuevo para mí, que estoy acostumbrada a un paisaje urbano, y es decir poco, distinto —las plazas desiertas, los *vaporetti* que pasan cuando les parece, los puentes abarrotados de turistas—, y aún camino alzando la nariz cada vez que recorro el trayecto que va de mi casa al trabajo. Bajo las escaleras del metro y entro decidida en el túnel subterráneo, en dirección a Rebibbia. Siempre tengo miedo de equivocarme, ¡aquí abajo todo parece tan confuso! Me he perdido en más de una ocasión, pero el error más grave fue telefonear a Filippo para pedirle ayuda: ese único y desesperado SOS me ha condenado a ser su pelele (creo) para el resto de mi vida.

Me siento a esperar el tren en el banco de hierro que hay en el andén. Observo a las personas que me rodean tratando de adivinar adónde van y en qué trabajan. Era el juego con el que Gaia y yo, cuando éramos niñas, nos entreteníamos mientras viajábamos en *vaporetto* después del colegio. A saber qué estará haciendo ella ahora. Me la imagino caminando como una exhalación por las calles subida a sus Jimmy Choo de tacón de doce centímetros, ataviada con un vestidito, y acompañando a la enésima japonesa multimillonaria en una extenuante sesión de compras matutinas. A pesar de que hablamos a menudo, echo mucho de menos a Gaia: su sonrisa sincera, sus expresiones intensas, sus abrazos impetuosos, incluso sus dictados en cuestión de moda y estilo. Puede que su amistad sea la única cosa que añoro de verdad de Venecia. Por lo demás —excluyendo a mis padres, claro está—, no veía la hora de salir de esa ciudad. Apenas puedo creer que dentro de cinco días cumpliré treinta años: apagaré mi trigésima velita en Roma y la idea me excita, a mí, que jamás me han gustado esas celebraciones. Siento que he llegado a un momento crucial de mi vida. Para una mujer, abandonar las orillas seguras de los veinte supone siempre un trauma, pero yo estoy segura de haber pasado a la edad adulta con los mejores presupuestos: un nuevo amor, una nueva ciudad, una nueva vida. Si la felicidad existe, no debe de quedar muy lejos de aquí.

Por fin llega el metro. Es hora punta, pero aún quedan varios asientos libres. Me abro paso con agresividad, dando codazos a la gente, y consigo sentarme entre una señora regordeta y un adolescente lleno de granos. De pie, delante de mí, se planta un joven vestido con una camisa ligera. Está de espaldas y me tapa con su mole, al punto que ni siquiera puedo ver la pantalla luminosa que anuncia las paradas. Hasta el Coliseo deben de quedar unas diez; me resigno a contarlas con los dedos con la esperanza de no equivocarme.

De pronto, me doy cuenta de que no puedo apartar los ojos de la espalda del muchacho. Algo familiar me atrae: la camisa, los hombros, el pelo oscuro. Si no fuese tan joven, podría tratarse de Leonardo. Su recuerdo me atraviesa como un rayo y una sombra se desliza en mi interior. Alrededor todo se torna opaco. Empiezan a materializarse en mi mente los recuerdos de los momentos que pasamos juntos, unas instantáneas en blanco y negro que me asaltan a toda velocidad, como insectos molestos; los ahuyento de inmediato sacudiendo la cabeza. «Prehistoria», mascullo. A estas alturas no sirve de nada preguntarse dónde puede estar Leonardo ni si nuestra relación podría haber acabado de otra forma. Y tampoco tiene ya sentido añorar las emociones que él me provocaba: el vacío en la barriga antes de verlo, la sensación de descubrimiento constante y la excitación de nuestras citas clandestinas. Todo se ha terminado, se ha perdido para siempre.

Puede que aún no esté preparada para mirar atrás y recordar con absoluto desapego esa historia. Pero, al menos, ahora, cuando pienso en él, ya no entro en crisis ni me quedo paralizada con el corazón encogido y un nudo en la garganta, como me sucedía hace tres meses. Me he levantado de nuevo y he vuelto a empezar desde el principio, como cuando uno se recupera de una buena gripe. He aprendido a manejar esas emociones, a desmontarlas pieza a pieza. El dolor ha ido disminuyendo con el tiempo, como sucede siempre —pese a que después de haber sufrido un trauma pensamos que jamás lo superaremos— y ahora puedo ver a Leonardo tal y como es: un amor que pertenece a la vieja Elena, inadecuado y que nunca volverá. También me siento una mujer más sabia y segura. Al lado de un hombre mejor. Al lado de Filippo.

Me apeo en la parada del Coliseo, en la calle de los Fori Imperiali, donde subo al autobús que me llevará al trabajo. Mientras tanto, Roma fluye ante mis ojos: su magnífica y descuidada belleza no deja de asombrarme y de conquistarme día a día. Estratos de arte e historia que han ido creciendo caóticamente unos sobre otros; esta ciudad recuerda a una señora que ha decidido lucir todo su guardarropa de una sola vez, mezclando épocas y estilos, vacilando entre esconderse y exhibirse por completo.

El autobús corre ruidosamente por los adoquines y se adentra con lentitud en la rotonda de la plaza Venezia, donde los coches circulan a cualquier hora del día y de la noche en un vals infinito. Bajo en Largo Argentina y me alejo de la parte posterior de la avenida Vittorio Emanuele por los callejones estrechos que se abren a los lados. El centro de Roma es un dédalo de calles retorcidas que aturden y desorientan, pero que, en todo caso, desembocan siempre en una plaza airosa y espectacular que nos deja maravillados. He aprendido a no temerlas. Pese a que continúo perdiéndome y sigo distintos recorridos, sé que tarde o temprano aparecerá el reconfortante perfil del Panteón o el alargado de la plaza Navona, confirmándome que voy por el camino correcto.

Me encuentro en la plaza San Luigi dei Francesi, mi destino, con solo diez minutos de retraso. Me han explicado que en Roma es normal llegar un cuarto de hora tarde a las citas, incluso necesario: en una ciudad como esta, laberíntica y minada por el tráfico, nadie exige puntualidad y llegar justo a la hora puede incluso ser considerado una demostración de meticulosidad rayana en la mala educación.

Paso al lado de un grupo de religiosos entre los que reconozco al padre Sèrge, uno de los sacerdotes que celebran misa en San Luigi.

—*Bonjour, mademoiselle Elenà* —me saluda esbozando una sonrisa blanquísima, que destaca en su tez oscura.

San Luigi es la iglesia de la comunidad gala de Roma y el párroco es un francés de origen senegalés. Le devuelvo el saludo inclinando la cabeza y me dirijo a la entrada apretando el paso. Si no fuese por la imponente cruz que hay en el tejado, la fachada, con sus columnas corintias y sus estatuas de piedra encerradas en elegantes nichos, podría ser la de un palacio neoclásico, y no la de un lugar de culto.

Empujo el portón de madera y paso de la luz del día a la penumbra del interior. Todas las mañanas pienso que es un privilegio increíble poder entrar en este templo del arte. Aquí se guardan tres de los cuadros más célebres de Caravaggio: *El martirio de san Mateo, San Mateo y el ángel* y *La vocación de san Mateo.* He pasado horas enteras estudiándolos en los manuales, pero nunca los había visto antes de venir aquí a trabajar, de manera que ahora me parece inaudito el mero hecho de pasar a diario por delante de ellos, camino de la capilla que estoy restaurando, que está justo al lado. Así pues, pese a la humedad, a los polvos y los disolventes que dañan mi piel hipersensible; al mono encerado, que crea un efecto invernadero devastador alrededor de mi cuerpo; a los andamios, poco seguros; al padre Sèrge, que viene cada hora para vigilar las obras; y al vaivén incesante de personas, me siento realmente afortunada de trabajar aquí.

El encargo se lo debo a la amable indicación de Borraccini, quien, en calidad de directora del Instituto de Restauración de Venecia, tiene contactos influyentes en el mundo de los bienes culturales. Cuando la llamé para saber si podía haber algo en Roma para mí, me encontró enseguida este prestigioso trabajo con un par de llamadas telefónicas, sin siquiera levantarse del escritorio de su despacho veneciano.

—He encontrado lo que necesitas —me anunció al cabo de menos de una hora en tono resuelto y tranquilizador—. Procura no decepcionarme, mi querida Elena. Trabajarás con Ceccarelli. Hace tiempo fue alumna mía y ahora es una de las mejores restauradoras de Roma. Por lo general prefiere trabajar sola, pero si logras que no te despida y, sobre todo, que no te *apabulle* con su carácter, que es terrible, aprenderás mucho con ella —concluyó en tono casi intimidatorio.

Así pues, gracias a la intercesión de la profesora más temida de Venecia, estoy aquí, suspendida en este andamio inestable, armada de esponjas, pinceles y gomas abrasivas para ocuparme de *La adoración de los Magos*, de Giovanni Baglione, un pintor romano que vivió entre finales del siglo XVI y principios del XVII. A pesar de que fue uno de los principales biógrafos de Caravaggio, acabó convirtiéndose en su peor enemigo y lo llevó incluso a los tribunales. El temperamento imprevisible del artista lombardo fue el que encendió los ánimos. Caravaggio escribió un cuaderno de poemas satíricos para ridiculizar a Baglione y acusarlo de plagio. Este lo denunció por difamación, hecho que costó a Merisi da Caravaggio un mes de cárcel. Varios siglos más tarde, los dos acérrimos enemigos se volvieron a encontrar en esta iglesia, uno al lado del otro, separados tan solo por una pared. Si existe un más allá, supongo que Caravaggio se estará desquitando, dado el número de visitantes que vienen a diario a admirar su capilla y que apenas dedican una mirada distraída a la que decoró el pobre Baglione.

—¿Empezamos o piensas pasarte el día de contemplación? —La voz de Ceccarelli, la mejor restauradora (y, como he tenido ocasión de comprobar, el peor carácter) de Roma, me saca de mis ensoñaciones con su habitual tono expeditivo y su marcado acento romano. Desde que la conocí no he dejado de preguntarme si Borraccini quiso hacerme un favor o poner a prueba mis nervios...

Me vuelvo de golpe y quedo atrapada por su mirada severa, medio oculta tras las extravagantes gafas con la montura de color verde ácido. Paola es una cuarentona alta y desgarbada, lleva el pelo con mechas, casi siempre recogido en una coleta o sujeto con un palito, lo que le confiere un curioso aire de matrona romana. Es rígida y huraña, pero también un verdadero monstruo en nuestro campo. Conoce como pocos el secreto de los colores, consigue intuir el alma más profunda de un fresco y devolver a cada detalle su máximo esplendor. Por desgracia, es más que consciente de su talento y no se lo piensa dos veces si debe echarme en cara que he mezclado mal los colores o regañarme si me entretengo demasiado con un detalle. Habla poco, pero cuando lo hace es directa y cortante, y siempre me suscita una especie de temor reverencial. Con todo, intuyo que Paola puede ser muy distinta de lo que pretende dar a entender.

—¿Qué demonios estás haciendo, Elena? —Su voz estalla, rompe como una ola a mi espalda.

Me disponía a pintar el manto de la Virgen, pero me vuelvo de inmediato con el pincel suspendido en el aire y veo que sus ojos de color avellana me están fulminando bajo los cristales, a la vez que en sus mejillas se han dibujado dos surcos duros alrededor de su boca de labios finos.

—Antes haz una prueba. No estoy muy segura de que sea idéntico —prosigue señalando con la barbilla el cuenco donde tengo el color azul claro.

—De acuerdo… —le respondo en tono conciliador, pese a que ya he hecho no sé cuántos intentos. Doy una pequeña pincelada en la túnica de la Virgen—. No me parece tan diferente… —observo. El color coincide a la perfección con el original del fresco.

Paola se acerca para verificarlo. Mira primero la muestra, después a mí y, al cabo de un instante que me parece infinito, su cara recupera su habitual expresión: cabreada con el mundo en general, no solo conmigo.

—Acuérdate de anotar en el diario las cantidades exactas de polvos —dice volviendo a su fresco, *La anunciación,* de Charles Mellin, que ocupa la otra pared de la capilla.

—Está bien. Luego lo haré. —Me gustaría responderle que no necesito anotarlas cada vez, que me las sé de memoria, pero me callo.

Lo que Paola denomina diario y conserva con una atención poco menos que religiosa es un cuaderno con la tapa de cartón y las hojas blancas y sin rayas. Todas las mañanas, antes de empezar a trabajar, escribe al principio de la página la fecha del día y a continuación anota —o me obliga a anotar— todas las cantidades de pigmentos que hemos usado en las mezclas. Antes de conocer a Pao-

la yo creía que era un caso clínico de meticulosidad y per-
feccionismo en el trabajo, pero he cambiado de opinión.
La verdad es que lo peor no tiene límites. Al principio su
escrupulosidad extrema me asustaba, pero después me
adapté a ella y al final —en pleno síndrome de Estocolmo,
lo reconozco— he aprendido a apreciarla.

Con todo, no hemos tenido ocasión de conocernos
mejor fuera del trabajo. He intentado entablar amistad
con ella invitándola a beber algo o a dar un paseo por el
centro durante las pausas, pero ella siempre se ha nega-
do. Por lo visto quiere mantener las distancias y que
nuestra relación se circunscriba a una pura y fría forma-
lidad profesional. Sin embargo —no sé por qué, dado
que la realidad muestra justo lo contrario—, estoy convencida de que detrás de esa máscara de hierro se esconde un alma sensible. Lo intuyo por la manera en que
sujeta el pincel con los dedos o por la gracia con que lo
hace resbalar por el fresco: acaricia los perfiles y las sombras con la ligereza de una pluma.

Trabajamos toda la mañana dándonos la espalda, cada
una de cara a su respectivo cuadro. Los únicos ruidos
que se oyen aquí son los pasos de las personas que recorren las naves y el tintineo de las monedas al caer en
la máquina que enciende las luces de las obras de Caravaggio. Me paro un momento para ponerme unas gotas
de colirio en los ojos y para echar un vistazo al móvil.
Tengo un mensaje de Filippo:

Tras haber efectuado unos atentos y detallados análisis, el visionario proyectista del futuro ha concebido una velada con aperitivo y cine. En el Farnese ponen una de Tarantino. ¿Nos vemos en mi despacho?

El estudio de Filippo se encuentra en la calle Giulia, a pocos pasos de aquí. A menudo me acerco después del trabajo, tomamos un aperitivo en Campo de' Fiori y luego vamos al cine a la primera sesión, así aún nos queda tiempo para volver a casa en metro. Ahora que las noches son más cálidas ninguno de los dos tiene ganas de encerrarse en casa, de manera que su propuesta me gusta, como de costumbre.

De acuerdo. Hasta luego. Beso

Guardo el teléfono y me vuelvo a concentrar en el trabajo.

—Ojalá existiese un programa como Photoshop específico para nosotras —pienso en voz alta mientras matizo con un poco de blanco la túnica de María—. Menudo chollo...

Paola esboza una sonrisa:

—No estoy segura, ¿sabes? Creo que al final echaría de menos la manualidad. —Se aproxima a la parte que estoy tratando y la escruta atentamente, centímetro a centímetro—. Te aconsejo que limpies también con cuidado las manchitas de residuo —señala un punto en la pared con la mano enguantada—, si no será un lío cuando apliques el color.

—Por supuesto. —Sé de sobra lo que debo hacer, pero ella no pierde la ocasión de recordármelo. A continuación se quita los guantes y empieza a guardar las herramientas.

—¿Te vas ya? —pregunto abriendo desmesuradamente los ojos. Paola abandona siempre el campo después que yo.

—Sí. ¿No te acuerdas? —Cabecea para liberar el pelo del pasador—. Esta tarde no vengo.

—Ah, sí, es verdad. —Claro…, hace unos días me dijo que tenía un compromiso. No tengo la menor idea de qué puede ser y me he guardado muy mucho de averiguarlo—. Nos vemos mañana, entonces.

—Hasta mañana. —Me saluda con un ademán y se aleja, calzada con sus deportivas.

Por la tarde no rindo como debería, por un lado porque a las cuatro el padre Sèrge celebra, en presencia de un nutrido grupo de fieles, una misa interminable en francés que me distrae, por otro porque mi atención empieza a resentirse y a mis ojos les cuesta cada vez más concentrarse en los detalles. De esta forma, mientras espero a que lleguen las seis y media para reunirme con Filippo, me entretengo observando a las personas, escribo escrupulosamente en el diario, preparo los pigmentos que usaré mañana y ordeno mis instrumentos con más calma de la necesaria.

De cuando en cuando mi mirada se cruza con la de un joven que, desde hace varios días, entra en la iglesia y se detiene varias horas delante de los cuadros de Caravaggio, indiferente a los turistas que pasan por delante de él.

He notado que tiene un extraño cuaderno de dibujo con la tapa de color azul eléctrico y que lo usa para tomar apuntes o dibujar bocetos a lápiz. Cuando acaba arranca las hojas y las guarda en una carpeta de cartón con elástico. Como mucho, debe de tener veinte años, aunque puede que sea aún más joven. Hoy va vestido con unos vaqueros ajustados, con la pernera metida en unas All Star de cuadros, y una camiseta negra lisa. En una muñeca lleva dos pulseras de cuerda y un piercing le ilumina la ceja izquierda. No es muy alto, pero sí filiforme, tiene el clásico cuerpo del estudiante un poco neurótico y genial, los músculos de los brazos apenas marcados, la piel pálida, el busto ligeramente curvado hacia delante.

Me acaba de sonreír. Una sonrisa tímida y casi imperceptible que equivale a un hola y que significa: «Creo que ya podemos saludarnos... Nos conocemos, dado que hace cinco días que nos encontramos en el mismo sitio». Me gustan sus ojos grandes y oscuros —son vivos, resplandecen— y también sus cejas tupidas, al igual que la mata de pelo castaño levemente ondulada. La boca, grande y carnosa, confiere un toque exótico a su rostro.

Puede que no sea un estudiante, sino un aspirante a pintor. Muchos jóvenes vienen a esta iglesia para admirar las obras de arte, pero él es diferente: las estudia con una dedicación especial, escribe febrilmente en sus hojas o lee durante horas unos manuales que subraya como si pretendiese grabar en la memoria cada una de sus líneas.

Son las seis y cuarto, y está saliendo. En este instante decido marcharme yo también, de nada sirve que me quede más tiempo... Estoy hecha polvo. Me quito el mono, me peino y salgo a la nave. Las suelas de mis sandalias de cuero resuenan en el pavimento de mármol, así que tengo que caminar suavemente para atenuar el ruido.

Cuando paso al lado del joven veo que se le ha caído un folio de apuntes de su cartera amarilla. Lo recojo y, antes de que se me escape, me apresuro a pararlo tocándole con dos dedos en un hombro. Él se vuelve sorprendido.

—Perdona, pero se te ha caído esto —digo tendiéndole la hoja.

—Gracias. No me había dado cuenta. —Se sonroja. Parece un poco cohibido. Se rasca la cabeza con una mano, después coge el folio, lo dobla y lo mete bajo el elástico de la carpeta.

—He observado que vienes por aquí desde hace unos días —prosigo mientras salimos de la iglesia—. ¿Estudias?

—Sí. Estoy en el primer curso de la Academia de Bellas Artes. —Está tenso, me doy cuenta por la manera en que mueve los ojos sin parar—. Estoy haciendo un estudio sobre el ciclo de san Mateo —especifica carraspeando.

—Me lo imaginaba. —Le regalo una sonrisa amistosa, instintivamente me cae bien.

—Tú, en cambio, eres restauradora. —Me observa con admiración, hasta tal punto que casi me enternece. Después me da la mano y añade con voz afable—: Bueno, encantado, me llamo Martino.

—Elena. —Le estrecho la mano, cálida.

—¿Y ese acento? ¿De dónde eres?

—De Venecia.

—Claro… Supongo que te has mudado aquí por trabajo…

—No solo… —Le sonrío—. También para estar con mi novio.

—Ah. —Asiente con la cabeza, parece algo decepcionado.

Permanecemos unos segundos en silencio, como si los dos estuviésemos pensando qué decir.

—Entonces supongo que nos veremos a menudo durante los próximos días, Martino.

—Sí, creo que sí —contesta él con los ojos brillantes.

—Bueno, te dejo, yo sigo por aquí —digo indicándole mi dirección.

—Y yo por allí —responde con un repentino estremecimiento.

—Hasta pronto, entonces.

—Hasta pronto.

Da dos pasos hacia atrás y se aleja mirando al suelo, con los andares un poco inseguros de los que calzan All Star. Lo miro y veo que se vuelve de nuevo, como si quisiese asegurarse de que me he ido de verdad. Le sonrío, me sonríe. Dado que camina mirando hacia atrás, acaba tropezando con un transeúnte. Se disculpa azorado y echa a andar de nuevo deprisa, con la cabeza gacha, afligido.

Su torpeza me conmueve y despierta mi simpatía: los tímidos nos entendemos enseguida. Hasta pronto, Martino. Creo que hoy he hecho un nuevo amigo.

2

Hoy Martino ha llegado pronto, con una pequeña cartera de cuero enganchada al cinturón de los vaqueros. Cada dos minutos saca una monedita y oigo el sonido seco que hace el metal al caer contra otro metal, después el clic de la luz que se enciende y, como en un espectáculo de magia, san Mateo emerge de la oscuridad.

Martino estudia, escruta, descompone todos los detalles, se agazapa en los escalones, se abre paso a duras penas entre los turistas y escribe en sus hojas sueltas. Han pasado cinco días desde que nos presentamos oficialmente y su presencia para mí ya se ha convertido en una agradable costumbre, una distracción de la presión continua de Paola.

De cuando en cuando se asoma a nuestra capilla y nos ponemos a hablar de técnicas de restauración y de teorías del color, mientras mi colega sigue concentrada en su trabajo sin pronunciar palabra. A veces, en cambio, Martino me observa con atención, como si yo fuese una obra que debe estudiar, pero eso no me molesta, porque lo hace con los ojos inteligentes y curiosos del que solo desea comprender los secretos del arte. En cierta manera, es diferente de los chicos de su edad, de los que holgazanean por las aceras de la calle del Corso o cruzan como el rayo la ciudad montados en motos trucadas. Martino es tímido, singular en su forma de vestir, pero compuesto en sus modales.

—He visto que hoy te has equipado —le digo señalando la cartera con la barbilla.

Él esboza una sonrisa.

—No entiendo por qué tiene que durar tan poco la luz...

—Pregúntaselo al padre Sèrge —comento soltando una carcajada que irrita de inmediato a Paola. Hago caso omiso de sus gruñidos y me pongo a mezclar los pigmentos rojos para la túnica de la Virgen.

—Quiero una lámpara como la vuestra. —Martino apunta con el dedo el faro halógeno tipo ojo de buey que ilumina la capilla que estamos restaurando como si fuese un set cinematográfico.

—Seguro que el padre Sèrge lo desaprobaría.

A la vez que hablo me pasa por la mente una imagen: la sonrisa de satisfacción del sacerdote cuando, antes de cerrar la iglesia, vacía la hucha. Supongo que los cuadros de Caravaggio y su equipo de iluminación representan una buena parte de los ingresos de San Luigi dei Francesi.

—De acuerdo, pero ¡es un robo! —protesta Martino resoplando—. Esta investigación me está costando una fortuna —dice agitando la cartera casi vacía—. Espero que, al menos, sirva para algo. A Bonfante, mi profesor, nunca le parece bien lo que escribo.

—Yo también tuve una profesora así, nada le parecía bien —le confieso con aire experimentado—. Se llama Gabriella Borraccini. Tenía fama de ser tremenda…

Paola se vuelve bruscamente hacia mí.

—¿Qué pasa? —le pregunto temiendo que nuestra charla la haya molestado.

—Nada… ¿Puedes darme el pigmento rojo, por favor? —pregunta con insólita amabilidad. Le paso el color. Qué extraño, parece turbada, pero no me da tiempo a corroborarlo, porque enseguida se vuelve de nuevo hacia la pared. De manera que retomo mi conversación con Martino:

—Moraleja…, después de varios meses en que ignoró sistemáticamente todas mis peticiones, de pasar horas y horas haciendo cola delante de su despacho los días en que recibía visitas, a final de curso le presenté una tesina sobre Giorgione a la que había dedicado noches enteras, tardes interminables dibujando en las galerías de la Academia y búsquedas infinitas en las bibliotecas más recónditas de Veneto. Pues bien, a partir de ese día la profesora empezó a considerarme una alumna a la altura de sus expectativas.

—¡Ojalá suceda lo mismo conmigo! Bonfante es un hueso duro de roer… —Martino cabecea. Luego me observa intrigado mientras mezclo los pigmentos con el agua—. ¿Por qué usas esa jarra?

—Tiene un filtro que recoge las impurezas. —Levanto la tapa y se lo enseño—. La cal es terrible para el color. Es un truco que aprendí en Venecia.

—¿Podéis callaros? —refunfuña Paola, repentinamente alterada. La hemos sacado de sus casillas con nuestro parloteo.

—Tiene razón, disculpe… —dice Martino tratando de calmarla.

Me encojo de hombros y le guiño un ojo, como si le dijese: «No te preocupes, ella es así».

Paola sigue rezongando:

—Sois más ruidosos que las ocas del Campidoglio. —Por si fuera poco, en los momentos de rabia el acento romano resurge con toda su virulencia.

—Quizá sea hora de hacer una pausa —me aventuro a decir, dado que son más de las once y Paola no ha parado ni un momento—. ¿Vamos a beber un café? —pregunto lanzando una mirada de complicidad a Martino.

—Ve tú con el muchachito —responde Paola inflexible—. Yo tengo que acabar aquí —concluye con la voz crispada sin apartar la mirada del fresco.

—De acuerdo, iré yo. Vuelvo enseguida.

Me quito el mono encerado, saco el bolso del cuarto que hay detrás del altar y, acompañada de Martino, salgo de puntillas de la iglesia.

—Madre mía, qué ácida es tu colega.

Una vez fuera, Martino aparta con un soplo el mechón de pelo que le tapa los ojos y me mira esperando instrucciones.

—Vamos al Sant'Eustachio —propongo. Es un bar que está a dos pasos de San Luigi, en la plaza homónima, y que tiene fama de servir el mejor café de Roma.

El sol está alto y el cielo tan terso que parece pintado. En esta época del año el clima de la capital es estupendo: hace calor, pero no demasiado, y una ligera brisa llega de cuando en cuando del mar.

Recorremos la calle de la Dogana Vecchia, pero cuando llegamos a la plaza siento que, de repente, me falta el aliento. Por un instante tengo la sensación de percibir en el aire un aroma familiar, *ese perfume*, ámbar mezclado con una fragancia más intensa y penetrante: Leonardo. Me paro en seco y miro alrededor mientras mi corazón se acelera, pero no veo a nadie que se le parezca. Después, una modelo altísima y embutida en un par de *leggings* negros que no dejan mucho espacio a la imaginación pasa a mi lado cubriendo con su olor descarado cualquier rastro de él.

—¿Qué ocurre? ¿Te encuentras bien?

Intento simular indiferencia, fingir. Pero no debo de hacerlo muy bien, ya que incluso un jovencito como él se da cuenta de que algo no funciona.

—Te has puesto pálida.

—No, imagínate... Es solo que me ha parecido ver a alguien que conozco, pero me he equivocado. —Esbozo una sonrisa tratando de ocultar mi inquietud.

—Puede que Paola nos esté espiando —bromea Martino.

Me río con él, esforzándome por apartar mis sentidos y todas las fibras de mi cuerpo del recuerdo de Leonardo.

Una vez en el café nos acomodamos en la primera mesita que encontramos libre en la terraza y pedimos lo que queremos al camarero, un hombre de pelo cano y mejillas sonrosadas que parece hecho para su oficio. Yo elijo un café de cebada y Martino un *chinotto*.

—Roma es preciosa en primavera —digo exhalando un suspiro y mirando alrededor.

—Pues sí, aunque supongo que Venecia también —comenta Martino—. ¿Sabes que he estado solo una vez? Fuimos de viaje con el instituto y solo me acuerdo de las borracheras y de las vomitonas en el hotel...

—Debes volver como sea, hay tantas obras de arte que te volverías loco tratando de decidir la que quieres ver... —Cruzo las piernas y me arrellano en el silloncito de hierro forjado—. Es más, si quieres ir y necesitas alguna indicación, pregúntame lo que desees. Ya sabes, la conozco bastante bien...

—Quizá me podrías hacer de guía —aventura mirándome el escote. Aunque desvía de inmediato la mirada... Es tímido y tengo que reconocer que su inocencia me seduce.

Sonrío, más enternecida que azorada.

—Puede... —le contesto vagamente a la vez que me ajusto la camiseta como si lo hiciera por casualidad.

Entretanto llega el camarero y apoya con elegancia la bandeja en la mesa.

—Aquí tienen lo que han pedido, señores —dice con una voz grave de barítono. Después de servirnos se queda parado a nuestro lado esperando a que le paguemos.

Martino se apresura a rebuscar en su cartera, pero yo lo detengo con una mano.

—Deja, por favor. Corre de mi cuenta. —Tiendo un billete de diez euros al camarero—. Hoy es mi cumpleaños... —añado en voz baja.

—¿De verdad? —pregunta Martino asombrado—. Pero ¿por qué no me lo has dicho antes?

Cuando el camarero se va, se levanta y me felicita estampándome dos tímidos besos en las mejillas.

—Ya sé que no se debe preguntar la edad a una mujer, pero...

—Treinta justos —respondo antes de que acabe la frase. Su mirada atónita como poco me adula.

—¡Caramba, no los aparentas!

—Gracias. —Cumplidos los treinta, es un placer oírlo.

—Dieciséis de mayo…, eres tauro.

—Pues sí. ¿Y tú?

—Libra. Cumpliré veinte el tres de octubre.

También él parece más joven, pero no se lo digo, porque imagino que no le causará el mismo placer que a mí. Apuro mi café y valiéndome de la cucharita empiezo a atormentar los restos de azúcar moreno que hay en el fondo de la taza.

No puedo evitarlo: estoy pensando en el olor que noté hace poco. Me ha vuelto a la mente de improviso, como si me hubiese impregnado la memoria.

—Ya está, otra vez. —Martino me observa como si fuese un misterioso objeto de estudio.

—¿A qué te refieres? —le pregunto sorprendida.

—A la expresión extraña que pones de vez en cuando. Lo noto, ¿sabes? Te ausentas de repente, como si estuvieses persiguiendo un deseo lejano, inalcanzable. La pusiste hace poco, cuando te paraste en la calle. —Me escruta guiñando los ojos—. Pareces triste, Elena. Se diría que a veces te atormenta un dolor secreto.

Sus palabras me turban, porque ha dado en el clavo. Me doy cuenta de que la herida sigue abierta en mi corazón: Leonardo. Pese a que me cuesta reconocerlo, aún no ha cicatrizado y probablemente nunca se cerrará del todo.

—Nadie me ha dicho nunca eso —observo simulando mi turbación con una sonrisa.

—Es un cumplido —replica Martino sonriendo a su vez—. Esa extraña melancolía te embellece aún más…

—Se ruboriza, como si se sintiese cohibido por las palabras que se le han escapado de la boca.

—Bueno…, gracias. ¡Ese cumplido es el primer regalo que recibo hoy! —Lo saco del apuro soltando una carcajada. Me levanto—. Se me ha hecho tarde. Será mejor que volvamos, si no Paola me soltará una buena…

—Sí, vamos. —Martino no insiste y recoge aprisa sus cosas. Por hoy ya ha ido demasiado lejos.

Cuando, a última hora de la tarde, vuelvo a casa, Filippo me está esperando arrellanado en el sofá; tiene los ojos cerrados y la cabeza apoyada en el cojín estampado con la imagen en blanco y negro de Manhattan. Se ha quitado la chaqueta y la corbata, y las ha tirado al sillón. Se ha desabrochado el cuello de la camisa. En un primer momento creo que se ha quedado dormido, pero después veo que está moviendo un pie descalzo y canturreando en voz baja *Via con me,* de Paolo Conte, una de nuestras canciones preferidas. De hecho, tiene los auriculares puestos.

Lo contemplo durante casi un minuto. Una luz tenue ilumina su rostro afable. Mirarlo me serena. Quizá sea feliz de verdad, por primera vez en mi vida. Feliz de pertenecerle a él, a este lugar, feliz de todo lo que me rodea. Apenas me acerco al sofá, Filippo abre los ojos de golpe. Se desentumece, sonríe y me dice:

—Felicidades, Bibi.

—¡Gracias, Fil! Aunque ya me has felicitado esta mañana... —respondo quedamente dejando el bolso en la alfombra de lunares.

Filippo exhala un suspiro y abre los brazos.

—Ven aquí, ¡abrázame!

Me atrae hacia él y yo me dejo caer sobre su cuerpo caliente. Me acaricia la boca con un tierno beso y a continuación saca de debajo del cojín un sobre blanco con el dibujo de una margarita.

—Es para ti —susurra esbozando una amplia sonrisa que deja a la vista sus dientes perfectos.

Abro el sobre. Dentro hay un bono para un fin de semana en la Toscana.

—Caramba, Fil, ¡gracias! ¿Vamos entonces? —exclamo abrazándolo impulsivamente. Es una auténtica sorpresa... Lo beso con pasión saboreando de antemano la velada que vamos a pasar juntos, los dos solos, comiendo porquerías y haciendo el amor.

Pero mi regalo de cumpleaños no se acaba aquí. Filippo ha organizado en mi honor una cena con varios amigos en uno de los mejores restaurantes de Roma.

—Treinta años son treinta años —recalca con énfasis—. Y hay que celebrarlo como se debe... ¡Me parecía lo mínimo!

—Cuidado... ¿No me estarás mimando demasiado?

—A decir verdad, habría preferido que pasásemos la velada solos, pero he de reconocer que es otro detalle precioso, de manera que prefiero no echar por tierra sus planes. Le cojo la cabeza entre las manos y lo besuqueo en la cara—. Soy feliz, feliz de estar contigo.

—Yo también, Bibi. —Me acaricia el pelo con los dedos—. Y, si puedo decirlo, me alegra también que ya no seas vegetariana. Antes siempre era difícil invitarte a algún sitio…

Sonrío al pensar en todas las manías que Filippo ha tenido que soportar durante las comidas y las cenas que hemos compartido desde que somos amigos. Sé que, en cuestión de alimentos, antes era aburrida y pedante como pocas… ¡Menos mal que me he convertido!

—Eres la primera persona que veo cambiar de opinión sobre ese tema de buenas a primeras —prosigue mientras nos levantamos del sofá—. Aún no entiendo qué fue lo que te sucedió; así, de repente.

—Yo tampoco. —Salgo del aprieto esbozando una sonrisa, pero en mi interior se insinúa, avasalladora y absoluta como siempre, la imagen de Leonardo. Si no lo hubiese conocido, quizá aún sería vegetariana. Si no lo hubiese conocido, sería aún la vieja Elena y mi mundo seguiría siendo en blanco y negro, sin sabor, sin consistencia, sin olor.

Antes de salir dedico un poco de tiempo a hablar con Gaia por Skype. Después de bromear sobre mis treinta años —ella los cumple dentro de seis meses, de manera que se siente autorizada a comportarse todavía como una cría—, me cuenta cómo le va con Belotti, el ciclista.

Escuchar sus historias coloridas y picantes me produce siempre un poco de sana euforia. Además, ella y yo estamos unidas por un doble hilo: soy feliz si ella es feliz. No quiero que haga gilipolleces por un tipo que sigue sin convencerme del todo y que tal vez ni siquiera se la merece.

—Entonces, ¿os habéis visto o no? —pregunto muerta de curiosidad.

—Sí. Una vez —dice enrollando un mechón rubio con el dedo índice. Noto que se ha pintado las uñas de rojo, el esmalte preferido de Belotti, como no deja de recordarme siempre.

—¿Y dónde, si se puede saber?

—Fui a su apartamento de Montecarlo, poco antes de que empezase el Giro. Hicimos el amor toda la noche, y también al día siguiente. —Sus ojos verdes resplandecen de pura alegría—. ¡Fue fantástico, Ele!

Cuando Gaia pone ciertas caras es inútil seguir indagando. Salta a la vista que Samuel Belotti, además de guapo, debe de ser también un fenómeno en la cama.

—¿Y ahora?

—Ahora está *off limits* —dice exhalando un suspiro—. ¡No puedo estar con él durante el Giro de Italia! Me ha prohibido que vaya a verlo. Dice que podría comprometer los resultados de su actuación.

—Menudo capullo...

—Bueno, está justificado, ¡es una orden del entrenador del equipo! Así que más vale que me olvide de él hasta mediados de junio. —Se encoge de hombros—. Pero la verdad es que desde esa noche hablamos más a menudo que antes.

—Eso es positivo. —Puede que las intenciones de Belotti sean serias, pero no pondría la mano en el fuego por él—. ¿Y no piensas nunca en Brandolini? Si no quieres, no me contestes.

—De vez en cuando. Me vi con él en Rialto hace unos días. —Se acaricia la frente, como si ese hecho la avergonzase—. Pero no vuelvo atrás. Si hubiese seguido con él, habría sido una hipócrita.

Asiento con la cabeza, comprensiva.

—¿Y con Filippo cómo va? —me pregunta enseguida, como si quisiera cambiar de tema.

—Bien. —Asiento con la cabeza sonriendo—. Tan bien que apenas me lo puedo creer.

Debo de tener un aspecto radiante, porque ahora ella también sonríe.

—Siempre he dicho que estabais hechos el uno para el otro. Te veo feliz, Elena. Te lo mereces, de verdad.

Gaia es la única persona que sabe todo sobre Leonardo y cuando rompí con él me ayudó mucho. Sé que para ella supone un verdadero alivio verme por fin fuera del túnel de dolor e incertidumbre en el que me precipité.

—¿Cuándo piensas venir a vernos?

—Pronto, te lo prometo.

—Te espero. No me engañes, ¿eh? —Echo un vistazo al reloj de la pantalla y veo que ya son las ocho y media.

Es tardísimo, tengo que darme prisa—. Debo colgar. Filippo ha organizado una cena con varios amigos para festejar mi cumpleaños.

—¿Y después de cenar? ¿Seguiréis celebrándolo solos? —pregunta en tono malicioso.

—No lo sé…, espero que sí —le digo guiñándole un ojo—. Ahora, sin embargo, debes disculparme, voy a intentar restaurar como pueda este cuerpo de treintañera viejo y cansado.

—Diviértete. Y haz todo lo que haría yo… Hasta pronto.

—Un beso, Gaia.

—Adiós, Ele. ¡Un beso!

Cuelgo y voy a prepararme para la velada. Elijo un vestidito negro de tirantes muy finos, unas sandalias de color azul eléctrico —cuyo tacón me hace superar el metro y setenta y cinco— y un chal de seda. Me echo un poco de Chloé en el dorso de las manos, un truco que me enseñó Gaia en el instituto. «Como gesticulas un montón cuando hablas, esparcirás el perfume en el aire». Aún tengo grabadas en la mente las palabras que me dijo en el pasillo del colegio.

Después me precipito al cuarto de baño para lavarme los dientes —llego tarde, como siempre— y empiezo las operaciones de maquillaje siguiendo también las instrucciones de mi amiga: aplico con cuidado en la boca un pintalabios de color rosa melocotón y lo fijo con un pañuelo de papel, luego completo la obra con un brillo transparente. Intensifico la mirada oscureciendo los ojos con la sombra (¿no estaré exagerando?) y después me doy un toque de colorete en las mejillas, la frente y la barbilla. Una pizca de corrector y estoy lista. Espero no parecer un payaso…, pero en cuanto me veo en el espejo sonrío y compruebo que estoy bastante mona. Puede que, a la venerable edad de treinta años, por fin haya aprendido a maquillarme.

Vuelvo a la habitación y hurgo en el armario buscando el bolso de mano de piel azul, lo compré en una tienda veneciana en un arrebato de locura y me apetece desempolvarlo. Lo encuentro completamente aplastado bajo una pila de *Architectural Digest.* Despotrico contra Filippo y su proverbial desorden. Le devuelvo la forma con unos golpecitos y meto el iPhone, el brillo de labios, el espejito, las tiritas para las ampollas (¡jamás las olvido cuando me pongo un par de zancos!) y un paquete de mis palitos de regaliz preferidos (los llevo siempre, son una suerte de amuleto). Al final se cierra por un pelo.

Me abrocho en la muñeca la pulsera Tenis que me regaló Filippo cuando nos reconciliamos, me pongo las sandalias y voy a la sala. Él me está esperando en el sofá: pantalones de algodón azul oscuro, camisa blanca arremangada hasta el codo y el aire tranquilo de quien se ha vestido en un santiamén. Afortunado él, que le basta una pizca de gel para tener esa facha.

El restaurante que ha elegido Filippo me gusta enseguida: tiene una atmósfera chic y original sin resultar aséptico, como muchos locales de moda. La decoración es estilo *liberty*. El obrador de pastelería está a la vista, en la barra de ónix —iluminada por detrás— se exhiben centenares de botellas de vino, el comedor tiene el techo abovedado, las sillas y los manteles son blancos y están adornados con flores frescas. En el segundo piso hay una amplia terraza con una maravillosa vista del Testaccio. Cenamos en ella.

En la mesa estamos todos serenos y relajados. La compañía es agradable, pese a que me cuesta un poco sentirme a mis anchas. A pesar de que conozco a los colegas de Filippo bastante bien y los he visto ya otras veces, en el fondo siguen siendo unos desconocidos para mí. Alessio es un hombre atractivo de treinta y siete años, un poco entrado en carnes, y está casado con Flavia, una rubia más bien llamativa que trabaja para una televisión local. Giovanni, en cambio, es un tipo esmirriado y con entradas, tiene la edad de Filippo y una novia, Isabella, que es una chica muy dulce, recién licenciada en Medicina. Riccardo, el jefe, es un solterón impenitente decidido a no renunciar a su estatus pese a las canas y los cuarenta años más que pasados. Cada vez que lo veo lo acompaña una «amiga» distinta. Esta noche es una pelirroja silenciosa con los pómulos probablemente retocados y un par de piernas espléndidas. Pese a que hacen todo lo que pueden para mostrarse amables conmigo —y son realmente simpáticos e interesantes—, a veces tengo la impresión de que nunca podré ser una de ellos, porque falta la afinidad casi química que solo puede nacer entre los que se conocen desde siempre y han pasado muchas cosas juntos. Estos son los momentos en que más echo de menos a Gaia.

Después de haber examinado con atención la lista de vinos y el menú, elegimos las entradas: *arancini* de arroz con *caciocavallo* y azafrán, y montaditos de huevas de atún, limón, tomate y albahaca. Filippo pide además el mejor champán. El camarero, vestido con una chaqueta blanca y una pajarita de seda negra, nos felicita por la magnífica elección. Unos minutos más tarde regresa con nuestros platos y con una botella de Piper-Heidsieck de añada.

Mientras Alessio llenas las copas, Filippo se yergue en su silla y adopta una expresión casi solemne. Levanta su copa y exclama con convicción: «Por mi *novia*», y todos se suman al brindis.

Me pongo roja como un tomate y tengo que taparme la cara con una mano. No sé si matarlo o comérmelo a besos. Es la primera vez que lo oigo pronunciar esa palabra. A pesar de que llevamos un mes y medio viviendo juntos y nuestra relación es oficial desde el primer día, me impresiona oírselo decir.

Con una sonrisa forzada, levanto mi copa y brindo yo también. Filippo me besa en los labios y yo le devuelvo el beso, pese a que ciertas efusiones en público me dan mucha vergüenza.

Por fin empezamos a comer, pero poco después del brindis empiezo a sentir una inesperada melancolía. Será que los cumpleaños me obligan a considerar el tiempo que pasa, será que me siento un poco desarraigada, será el champán, que hace emerger pensamientos tristes…, el caso es que de repente me invade la extraña nostalgia que me asaltó esta mañana y que hasta Martino notó. Me siento lejos, fuera de lugar, como hacía mucho tiempo que no me sucedía. Me digo —aunque no puedo engañarme— que son las hormonas, que se acerca la menstruación, pero, en el fondo, sé que no puede ser solo eso. Pese a las sonrisas que dispenso a derecha e izquierda, estos treinta años tienen un sabor agridulce y ni siquiera el magnífico arroz al pesto de cítricos, aguacate y menta consigue borrarlo.

Cuando, algo más tarde, llega la estupenda tarta de pera y chocolate que Filippo ha hecho preparar para mí me veo obligada a apagar las velitas bajo las miradas alegres de los demás sintiendo un único e íntimo deseo: que esta velada concluya lo antes posible.

La tarta regresa a la cocina para que la corten y la sirvan en los platos de porcelana fina, y cuando el camarero vuelve con nuestras porciones noto algo extraño: en mi plato hay dibujada una flor con granos de granada.

—¡Qué preciosidad, Bibi! —comenta Filippo, que está sentado a mi lado—. Un homenaje a la festejada.

—Sí…, monísimo. —Me esfuerzo por sonreír, pero sé que mi cara se está resquebrajando.

Con mano trémula trato de tragar un sorbo de champán y siento que el corazón me estalla en el pecho, presa de emociones contradictorias. Granos de granada. No puede ser una casualidad, es una señal, un mensaje *de él*, lo sé…, y, con todo, no acabo de creérmelo.

Intento apartar a Leonardo de mi mente concentrándome todo lo que puedo en Alessio, que en este momento habla animadamente sobre el proyecto de recuperación de un parque abandonado, pero sus monólogos sobre diseño ecológico y bioconstrucción no me ayudan. Empiezo a perder el control y decido que no puedo esperar un segundo más.

Tengo que saberlo. Ahora.

Dejo caer el tenedor en el plato y me levanto de golpe.

—Voy un momento al servicio —digo respondiendo a las miradas inquisitivas de mis comensales.

Me dirijo al interior del restaurante, dejo atrás la puerta del baño y prosigo resuelta hacia la cocina. Camino deprisa y miro inquieta alrededor sujetando el bolso con las manos sudadas. Quizá sea una locura, una construcción mental. Si, en cambio, lo que pienso es cierto, estoy cometiendo un error inmenso: me siento como si estuviese viendo una de esas películas insulsas de terror en las que la protagonista oye un ruido inquietante en el corazón de la noche y abre la puerta para ver qué sucede en lugar de llamar de inmediato a la policía. Pero ¿qué otra cosa puedo hacer? Estoy fuera de mí.

Con la cara encendida me asomo por el ojo de buey de la cocina, pero no alcanzo a ver mucho. A continuación, exhalando un suspiro, empujo las puertas, que se abren como las de un *saloon*. Por un pelo no choco con un camarero que justo en ese momento sale transportando cuatro platos humeantes, pero, por suerte, logro esquivarlo echándome a un lado. La confusión es tal que me aturde: un estruendo de voces, vapores, olores y tintineos. Alrededor del banco central se apiña una hilera de ayudantes que cortan, trajinan con las sartenes, empanan, asan en el horno, decoran y espolvorean. Y esta orquesta perfectamente sincronizada la dirige una sola persona.

—¡Vamos retrasados con todo, joder! ¡Moveos, muchachos!

Su voz, como un trueno.

Al verlo me quedo sin aliento. Leonardo. Viste un uniforme blanco y un pañuelo del mismo color atado a la frente, como la primera vez que lo vi en acción en la fiesta veneciana. Los ojos oscuros, atentos y encendidos, barba de varios días, como de costumbre, y la frente perlada de sudor. Da vueltas entre sus colaboradores, carismático y autoritario, pero, sobre todo, temible. Lo noto por la manera en que da las órdenes y por las miradas con que estas son recibidas mientras lo escruto, pero él no se da cuenta de que estoy aquí, delante de él.

—Hace tres minutos que está lista la langosta de la mesa cuatro. ¿Qué hacemos, Ugo, la servimos fría? Pero ¿dónde te contrataron?, ¿en la feria de la albóndiga?

—Por supuesto, chef. Ahora mismo pongo la guarnición al plato… Perdone, chef. Me he distraído un momento —responde Ugo mientras unas gotas de sudor resbalan por su frente despejada.

—Vaya, ¿estabas distraído? No te preocupes, Ugo, en McDonald's buscan siempre buenos chicos para freír patatas… ¡Acaba de una vez el carpaccio de atún, vamos!

—¡Sí, chef! ¡Enseguida, chef!

—Y tú, Alberto, has puesto demasiada salsa en los *garganelli*. ¡Menos, menos!

Es justo como lo recordaba, pero, en cierta forma, aún más seguro de sí mismo y más imponente. El pelo me parece algo más oscuro, la mandíbula más fuerte y los músculos más tensos, aunque es posible que esa impresión sea tan solo fruto de una fantasía momentánea. Una especie de alucinación.

Aún no me ha visto y eso me hace sentirme segura. Pero apenas sus ojos se encuentran con los míos mis piernas flaquean y me echo a temblar. Leonardo esboza una sonrisa y se acerca a mí con un par de zancadas. Me quedo paralizada, incapaz de moverme. Inspiro, espiro, inspiro.

Estoy abatida, turbada, enfadada, ni siquiera sé cómo estoy. De la boca no me sale una palabra, un sonido. Por un instante tengo ganas de coger uno de los platos y tirárselo, como en las peores comedias a la italiana, e inmediatamente después lo único que deseo es huir. No obstante, antes de que este pensamiento pueda traducirse en acción, Leonardo se planta delante de mí y me sujeta con una mano. El contacto basta para borrar la realidad que me circunda. Había olvidado lo grandes que son sus manos. Lo calientes que están siempre. Trato de desasirme, en vano.

—Hola —dice sin más, con su habitual sonrisa descarada y los extraños juegos de luces que hacen sus ojos. Las arrugas que se le forman al gesticular siguen ahí, para recordarme hasta qué punto es sexy, dueño de un atractivo que corta la respiración.

—Hola —mascullo, entre incrédula y cabreada. Hace tres meses que no nos vemos, tres meses durante los cuales he analizado y he reconstruido mi vida pedazo a pedazo, y ahora él me recibe como si nada, con un «hola» tan franco que casi parece el único saludo posible. Siento un escalofrío en la espalda que me tensa, y aprieto los puños hasta casi hacerme daño.

—¿Qué pasa?, ¿estás… sorprendida? —pregunta escrutándome la cara.

—Por supuesto que lo estoy —contesto alzando levemente la barbilla.

—Bueno, yo también —dice él, más divertido que inquieto.

Al ver que las comisuras de sus labios se pliegan en una sonrisita complacida, reviento:

—¿Se puede saber qué demonios haces aquí?

—Podría hacerte la misma pregunta, dado que este es mi restaurante —replica con aire inocente abriendo los brazos.

Lo miro en silencio. Jamás pensé que Leonardo podía tener un restaurante en Roma. Y aún menos que yo iba a ir allí el día de mi cumpleaños.

—Es mi cuartel general, cuando no viajo por el mundo para trabajar. Pero a lo mejor nunca te lo dije...

Mi boca emite un sonido desarticulado. Sacudo la cabeza tratando de calmarme. Pero es una batalla perdida. Él, en cambio, me mira como si yo fuese un bonito e inesperado regalo.

—Te vi entrar antes. Me gusta asomarme de vez en cuando por la puerta para ver cómo van las cosas en la sala... —Me aparta cogiéndome por la cintura para dejar pasar a uno de sus ayudantes. Me sonríe—. No podía dejarte ir así..., el destino te ha traído hasta aquí.

—Ah, ¿de verdad? ¿Y por qué motivo? Explícamelo. —Mi voz es dura, despectiva.

—¡Vete a saber! —Se encoge de hombros riéndose. Estoy a punto de perder el poco dominio de mí misma que creo conservar aún—. Quizá solo se trate de una broma. Pero un destino tan irónico debería ser secundado, ¿no crees?

—¡Dios mío! —Me gustaría chillar de rabia—. ¿Por qué lo encuentras tan divertido? —grito exasperada—. ¿Te das cuenta de lo mal que he estado por tu culpa? ¿Tienes una vaga idea de los espantosos días que han tenido que pasar para olvidarme de ti, para convencerme de que lo nuestro fue un error? Y ahora me sales con el destino... ¿Sabes qué te digo, Leonardo? ¡A tomar por culo yo, el destino y este local, pero sobre todo yo, por haber venido!

Soy implacable. No sé ni quiero detener esta explosión, me importa un comino que los cocineros alcen la cabeza incrédulos, sorprendidos por mis gritos. Leonardo recula, en apariencia aturdido, pero enseguida me aferra un brazo, me hace salir a rastras por la puertecita que hay a nuestra derecha y me mete con un empujón en un trastero oscuro y estrecho.

—Cálmate, Elena. Por favor. —Se inclina hacia mí, se aproxima lo suficiente para que pueda percibir el olor de su piel y su aliento, que huele a coñac—. Estamos dando un espectáculo delante de todos.

Lo fulmino con la mirada.

—¡Me importa un carajo!

—¿Podemos bajar un poco el tono por un momento y hablar sosegadamente?

—No, Leonardo, no tengo la menor intención de hablar contigo, no quiero oír lo que tengas que decirme y no tengo nada que...

Pero antes de que pueda concluir la frase, Leonardo me tapa la boca con una mano y, sin previo aviso, sus labios están sobre los míos. Me besa como si fuese la cosa más natural del mundo.

Estoy completamente desarmada, pero aun así encuentro fuerzas para despegarme de su boca, intrusa, y darle una sonora bofetada en la cara.

Leonardo sonríe a la vez que se acaricia la mejilla con una mano.

—Te he echado de menos —susurra—. Hueles tan bien como siempre.

Lo miro estupefacta. ¿Me ha echado de menos?

—Da la casualidad de que ahora estoy con otro —digo con acritud y firmeza.

—Lo siento, Elena —prosigue él.

—¿Por qué lo sientes? —le pregunto. Ahí está su habitual manera expeditiva de zanjar la cuestión: él lo lamenta y yo me he pasado tres meses llorando.

—Por lo que sucedió entre nosotros. Por todo. —Me mira con determinación y sinceridad.

Se produce un silencio repentino. Estoy desconcertada. No esperaba que aún me produjese este efecto. Siento su mano sobre la pulsera de Filippo. Tengo un nudo enorme en la garganta y solo logro emitir un susurro.

—Tus disculpas son el mejor regalo de cumpleaños que podía esperar —concluyo, y salgo sin volverme.

Regreso a la mesa pálida y confusa, con un secreto que, obviamente, no podré contar a nadie. Pese a ello, me esfuerzo por hacer como si nada y manifiesto mi entusiasmo por el sorbete de limón y jazmín que acaban de servirnos. Filippo me pregunta si estoy bien, dado lo mucho que he tardado en volver del servicio. Con una sonrisa forzada le contesto que sí, que estoy de maravilla. Es la primera mentira de mi trigésimo año de vida.

No dejo de rumiar mientras vuelvo a casa en taxi con Filippo. ¿Qué broma diabólica me está haciendo el destino? Todo iba tan bien… Tenía la impresión de haber iniciado una nueva vida, de haber descubierto qué es, de verdad, el amor. ¿Por qué ha tenido que volver Leonardo para reponer el caos donde yo he logrado crear un nuevo orden? Lo odio por haber reaparecido de esa manera tan absurda. Y me odio a mí misma por haber cedido a la tentación de querer saber.

Cuando llegamos a la tranquila avenida arbolada donde vivimos, mientras saco las llaves de casa del bolso de mano y se las doy a Filippo, pienso que en cuanto entremos en casa encenderé unas velas, descorcharé una botella de vino especial y buscaré la banda sonora más adecuada para borrar de mi mente las últimas huellas del pasado. Quiero que el resto de la velada sea solo mío y del hombre que ahora me está abriendo la puerta. El hombre que quiero. Mientras destapo un Masseto dell'Ornellaia, Filippo se relaja en el sofá con la camisa abierta. Me acerco a él con dos copas y las dejo en la mesita. Le sonrío seductora, me quito las sandalias y me siento en sus rodillas mirándolo a los ojos. «Es mi hombre…» retumba la voz atenuada de Mina en los altavoces del estéreo. Canturreamos en voz baja, lo beso en una mejilla, después en el cuello, por último en el pecho.

Filippo sonríe, cierra los ojos y susurra:

—Mmm, esto me gusta…

—¿También esto? —pregunto lamiéndole una oreja. Trato desesperadamente de ahuyentar el recuerdo de Leonardo. Pero, como sucede cada vez que intentas borrar un pensamiento, lo único que consigo es aumentar su intensidad. Me esfuerzo por vaciar la mente, hago realmente todo lo que puedo. Beso de nuevo a Filippo, ahora en la boca, y, poco a poco, la cara y los labios de Leonardo se disuelven en una nube de humo.

Filippo me quita el vestido con un gesto violento, decidido; yo hago lo mismo con su camisa y sus pantalones. Nos abrazamos con fuerza, piel contra piel. Pronuncio su nombre en voz alta. Leonardo, por fin, se ha desvanecido.

—Elena —gime Filippo apretándome la espalda con las manos y la barriga con su sexo. Me desea, lo siento a través de los calzoncillos. En estos momentos me llama siempre «Elena», y no con el diminutivo que suele emplear.

Abro los ojos y le pido que me mire.

Lo miro intensamente y le digo:

—Te quiero.

—Yo también te quiero —contesta. Su expresión es sincera, radiante.

Aprieto los párpados cerrados al sentir que Filippo se está excitando con el contacto. Me pongo encima de él, me muevo y susurro una vez más su nombre. El nombre de *mi novio.* Filippo. Sé exactamente con quién estoy en este preciso momento. A quién quiero. Y sigue funcionando cuando él me lleva a nuestra habitación, aparta el edredón y me echa sobre las sábanas finas.

Estamos desnudos. Esta cama es sagrada, pienso, es nuestra. Leonardo ha desaparecido. Ya no está aquí. Nunca ha estado y nunca estará. ¡Que se joda, al infierno!

Filippo se está moviendo dentro de mí y yo me siento en casa, colmada por su piel, su aroma, su amor. Por algo de lo que nadie me privará jamás.

3

Hurgo en el bolsillo del peto buscando la caja de palitos de regaliz, pero al abrirla veo que está vacía. Maldita sea. Son apenas las cuatro de la tarde: en solo medio día he vaciado un paquete entero de Amarelli y ahora tengo el estómago revuelto y estoy mareada debido a la subida de tensión. Pero el regaliz no es el único culpable: son las secuelas de la velada de ayer y de la noche insomne. El hecho de volver a ver a Leonardo me impactó, pese a que, en el fondo, era previsible. No dejo de repetirme que todo va bien, que Filippo es el único hombre para mí, pero no tiene sentido mentirme a mí misma: es la tercera vez seguida —para gran alegría de Paola— que me equivoco al mezclar los pigmentos añadiendo blanco en lugar de azul. Es la prueba definitiva, como si fuese necesaria: he perdido hasta la concentración. ¿Qué demonios me está pasando? Mi cabeza no está aquí, en estos momentos viaja rumbo a esa tierra ilimitada que es Leonardo. Tengo que protegerme, que quererme mucho. Debo pensar en otra cosa.

Por si fuera poco, las dos mujeres y la monja carmelita que recitan el rosario en voz alta desde hace media hora justo delante de la capilla contribuyen a que se me acaben de cruzar los cables. Su cantilena en francés me martillea las sienes. Al menos, podrían tener la delicadeza de bajar un poco el volumen, pero quizá estén tan ensimismadas que se han olvidado del mundo que las rodea. Me vuelvo para mirarlas al mismo tiempo que busco el matiz apropiado para reavivar los rizos de Jesús, que está en brazos de la Virgen.

Martino no ha venido hoy. Ni siquiera puedo distraerme charlando con él. Su presencia se ha convertido ya en una constante de mis días y hoy, que no lo veo meter toneladas de monedas en la máquina o verter ríos de tinta en sus folios sueltos, me siento un poco sola. A saber si volverá o si, por el contrario, habrá decidido atrincherarse en casa a estudiar para el examen del temidísimo Bonfante.

—¿Qué narices haces, Elena? —Una mano me sujeta la muñeca y aparta a toda prisa mi brazo del recipiente equivocado. Es Paola. ¡Maldita sea! Estaba metiendo el pincel en el disolvente en lugar de en el agua—.

Pero ¿qué te pasa? —grita. Su voz es tan chillona y su gesto tan violento que por un pelo el susto no me hace caer al suelo.

—Perdona —susurro bajando la mirada; ardo de pies a cabeza—. Hoy estoy en las nubes.

—Ya me he dado cuenta. Nunca te he visto tan distraída —comenta. Con todo, su voz suena menos acre de lo habitual y deja abierto un resquicio a la clemencia—. Por lo visto has tenido una noche fuertecita, ¿me equivoco? —Me mira como si acabase de ver la película completa de mi cumpleaños.

—Pues sí, la verdad es que me dormí un poco tarde —reconozco sin profundizar en los detalles más embarazosos—. Quizá debería salir a tomar un poco el aire.

—Pues sí, sal a recuperarte un poco.

Sin quitarme el peto, me dirijo a la salida y una vez fuera doy unos pasos en la anteiglesia. Me bajo la cremallera, me quito la sudadera, me ato las mangas a la cintura y me quedo en camiseta. Inspiro y espiro a pleno pulmón admirando los edificios que me rodean. El cielo huele ya a verano y el aire es chispeante, pero ni siquiera así logro calmarme. Por desgracia, no fumo, porque este sería el momento de encenderme un cigarrillo. Estoy tan nerviosa y aturdida que casi podría empezar a fumar ahora. Sé que hay un estanco en la esquina..., podría acercarme un momento y comprarme una cajetilla de Vogue Lilas, los cigarrillos largos que fuma

Gaia. Pero las ganas de hacerlo se me pasan en cuanto veo acercarse al padre Sèrge con una caja llena de folletos para la parroquia. Va vestido con un traje gris de lino de manga larga. No sé cómo no tiene calor.

—*Elenà, ça va bien?* —Me sonríe con sus dientes blanquísimos. Se estará preguntando por qué estoy aquí fuera y no dentro, trabajando.

—*Oui, tout va bien. Merci...* —Intento hablar en francés, pero es tan forzado que desisto de inmediato—. Estoy descansando cinco minutos —me justifico con una expresión de sufrimiento, como si dijese: «Prueba tú a estar en el andamio tres horas seguidas».

—Por supuesto, de vez en cuando hay que parar un poco —dice y aprovecha el momento para endosarme un folleto—. Es el programa de junio, recién impreso —me explica con una sonrisa triunfal.

—Gracias. Lo leeré. —Salta a la vista que estoy mintiendo, pero es la única forma que tengo de contentar al padre Sèrge, que, por lo visto, lo considera muy importante.

—Bueno, voy a prepararme para la misa. —Se despide y entra en la iglesia con paso de atleta.

—Adiós. Hasta luego.

A pesar de que es un poco entrometido —y de que aún no ha comprendido que hace tiempo que di el cerrojazo a la cuestión de la fe—, el padre Sèrge me cae bien. Su semblante está siempre alegre y su acento, francés africano, resulta melodioso cuando habla italiano.

Mientras dudo si entrar o quedarme aquí un poco más, mi iPhone empieza a sonar. En la pantalla aparece un número con el prefijo tres cuatro cero. No está en la agenda, pero me temo que sé a quién pertenece. No ha servido de nada borrarlo: me lo sé de memoria y, por desgracia, lo recordaría incluso después de una borrachera colosal. Durante un segundo interminable, pienso convencida que no quiero contestar, pero esta certeza dura, precisamente, solo un segundo.

A la quinta llamada carraspeo y contesto con un hilo de voz:

—¿Dígame?

—¡Hola! —dice Leonardo—. Soy yo.

—Lo sé —replico sin darme cuenta de que me he puesto a andar arriba y abajo, y a mirar a mi alrededor, nerviosa.

—¿Cómo estás? —pregunta.

—Bien —me apresuro a responder. En realidad, no es así, pero quiero liquidarlo lo antes posible.

—¿Estás trabajando?

—Sí… —Quizá debería coger al vuelo la excusa para dar por concluida la conversación y volver a respirar (¿mi corazón ha dejado de latir y no me he dado cuenta?), pero Leonardo no pierde el tiempo. Sin preámbulos, va directo al grano—: ¿Te apetece que nos veamos esta noche?

—¿Esta noche…? —Vacilo un instante.

—Sí, esta noche —corrobora. Como siempre, su tono es firme, seguro.

En resumen: este hombre piensa que puede aparecer de la noche a la mañana en mi vida, dejarme el corazón hecho añicos, marcharse para regresar al cabo de unos meses como si nada y encima preguntarme si quiero verlo. Esta noche. Quizá incluso espera que dé saltos de alegría. «Te equivocas de medio a medio». Mi orgullo me sugiere la primera respuesta. Pero en ese mismo instante un deseo solapado y rastrero se insinúa en mi mente: la verdad es que podría verlo, solo una vez, para hablar un poco y quizá aclarar por qué rompimos. A fin de cuentas, qué tiene de malo…

—No sé si puedo. —Me tomo unos segundos para pensar debatiéndome entre el orgullo y la emoción.

—Sí o no, Elena.

Creo que sí. O, al menos, soy más propensa a decir que sí. Me siento lo bastante fuerte como para enfrentarme a Leonardo con indiferencia y madurez. Quizá el destino lo haya vuelto a poner en mi camino para darme la posibilidad de concluir de forma definitiva nuestra relación y liberarme para siempre de su fantasma.

—De acuerdo —digo al final cediendo. Emoción uno, orgullo cero.

—Paso a recogerte con la moto. ¿Dónde estás?

¿Con la moto? Eso sí que no se me había ocurrido.

—Trabajo en San Luigi dei Francesi, pero es un lío llegar hasta aquí en moto…

—No te preocupes. Espérame a las ocho en la avenida Vittorio. Delante de Sant'Andrea della Valle.

La típica orden que no admite objeciones, lo reconozco. Su voz hace aflorar el recuerdo de lo que sucedió hace unos meses.

—De acuerdo —digo, ya arrepentida.

Antes de volver al trabajo llamo a Filippo para avisarle de que esta noche voy a salir. Me invento una excusa, la primera que se me pasa por la cabeza, y, dado que aún no tengo un grupo de amigas en Roma, solo puedo usar a Paola como coartada. De manera que le digo que he quedado para ir a comer una pizza con la antipática de mi colega, que por una noche ha decidido quitarse la máscara de pit bull y abrirse al mundo. A Filippo no parece importarle demasiado; es más, me dice que me divierta y que procure que Paola se divierta también, porque «quizá le haga falta».

Acabo de convertirme en una profesional de la mentira…

—¡Por supuesto! —contesto risueña, celebrando su ocurrencia, pero con una risita falsa, casi histérica. No me gusta mentir, ojalá mejore un poco. Hacía meses que no mentía y la última vez la causa también fue Leonardo. Me ha bastado volver a verlo una noche para sentir de nuevo la necesidad. Al pensarlo experimento una desagradable sensación. Pero esta vez, como todas las demás, en el fondo siento que no me queda otra alternativa. No serviría de nada prohibirme este encuentro. Sé que, en cualquier caso, seguiría pensando en él y el deseo frustrado bloquearía mi mente. Lo único que pretendo es comprender, eso es todo. O, al menos, eso es lo que me digo. Así que más vale enfrentarse al monstruo.

Hace unos minutos que lo espero en la explanada que hay delante de la basílica de Sant'Andrea della Valle. Camino agitada alrededor de la fuente y miro a mis espaldas a hurtadillas, como si fuese una delincuente y de un momento a otro pudiese llegar alguien a arrestarme. No dejo de preguntarme si he hecho bien al aceptar la invitación de Leonardo y la respuesta es invariablemente la misma: no. En uno de mis sueños con los ojos abiertos veo que la mano de Filippo agarra una presilla de mis vaqueros y me atrae hacia él como si fuese un gancho mecánico: «¡No lo hagas, Bibi! ¡Ven conmigo!».

El zumbido de una moto me devuelve a la realidad. Ante mí se ha materializado un centauro con la cara cubierta por un casco integral montado en una Ducati Monster. Es un espectáculo de músculos, piel y metal.

Leonardo apaga el motor y alza la visera dejando a la vista sus ojos magnéticos: también parecen hechos de metal brillante. Para ser un monstruo, es condenadamente guapo. Sonríe, me saluda y, sin bajar de la moto, me tiende otro casco. No sé una palabra de motos, pero recuerdo —gracias a un flirt estival con un centauro demasiado hablador— que cuando tienen la parte mecánica a la vista en jerga se llaman *nude*. Yo también me siento desnuda cuando me envuelve con su mirada, repentinamente minúscula e inerme. Me pongo el casco, pesadísimo. Él me ayuda a cerrarlo bajo la barbilla y me hace sitio en el sillín. Por suerte llevo puestos los vaqueros y no la falda: el peto no resulta muy femenino.

Apoyo un pie en el pedal y, agarrándome a los hombros de Leonardo, trazo medio círculo en el aire con la otra pierna. ¡Genial, he conseguido sentarme en el sillín sin hacer el ridículo! No niego que la moto es bonita, pero no se puede decir que sea cómoda. Tengo miedo antes incluso de que arranque, de manera que me pego a él.

—¿Lista?

—¿Adónde vamos? —pregunto.

—Es una sorpresa.

Si mal no recuerdo, cuando Leonardo dice eso hay que preocuparse.

—Ve despacio, por favor —le suplico sujetándome con las manos a sus costados. El contacto con su cuerpo me produce cierto efecto. Es tan robusto…

—¿Miedo? —pregunta riéndose y acariciándome un muslo para tranquilizarme.

—Un poco —admito.

—Cálmate. No corro.

Leonardo arranca. El zumbido de la moto me electriza y me hace vibrar ligeramente en el sillín; el miedo se transforma de inmediato en excitación. Derrapando, partimos como un rayo por la avenida Vittorio.

El aire fresco del anochecer me acaricia la cara, me siento libre. Aprieto sus piernas con las rodillas para sujetarme mejor. El corazón me sube a la garganta, sobre todo cuando doblamos una curva, pero al mismo tiempo me siento segura con él conduciendo. Sus gestos son sumamente firmes, de manera que no puedo por menos que confiar en ellos. La Ducati acaricia el asfalto y corta el viento con arrogancia, atraviesa Ponte Sisto saludando el Tíber con un toque de bocina y luego sube hacia el Gianicolo. Dejamos atrás varias curvas pronunciadas y el Fontanone aparece ante nuestros ojos con su mágica presencia. Leonardo aparca en la explanada, baja primero y me ayuda a hacerlo cogiéndome por la cintura.

El sorprendente escenario y el ruido del agua que sale por los caños y cae en la pila que hay debajo me hechiza por unos segundos. Me entran ganas de sumergirme en ella. No entiendo por qué las fuentes de Roma me fascinan tanto. Se hacen oír, casi parece que me susurran algo. Pero esta noche no me apetece saber lo que tiene que decirme el Fontanone del Gianicolo.

—Es precioso —digo mirando alrededor. Me quito el casco y trato de remediar el estado de mi pelo, que, supongo, debe de haberse pegado espantosamente a la cabeza.

—¿Nunca habías estado aquí? —Leonardo engancha mi casco al suyo y los deja en la moto.

—No…, solo hace un par de meses que vivo en Roma. —Me pregunto por qué Filippo nunca me ha traído aquí, pero desecho de inmediato la idea.

—Y aún no has visto lo mejor. —Sonríe y me mira con sus ojos oscuros e indescifrables—. Si te parece, podemos pasear un poco hasta el Belvedere.

—De acuerdo —contesto desviando la mirada.

Proseguimos a pie siguiendo el trazado de los muros. La subida es agradable a esta hora. El sol casi se ha puesto trazando en el cielo unas estrías rojas. Paseamos lentamente, a la distancia adecuada el uno del otro, y mientras avanzamos mis ojos devoran nuevos escorzos de turbadora belleza.

Al llegar a la cima nos asomamos unos minutos al Belvedere di Monteverde. El panorama es extraordinario. Tengo la sensación de abrazar Roma en un parpadeo. La ciudad parece adormecerse al mismo tiempo que se encienden las luces. Por primera vez desde que llegué a Roma miro la ciudad y tengo la impresión de comprenderla. Vista desde aquí arriba, la metrópolis caótica y complicada que conozco tiene un aspecto menos amenazador y se extiende, socarrona, a mis pies.

—Nunca la he visto así… —digo a Leonardo—. Gracias por haberme traído aquí.

Sonríe y al hacerlo me atraviesa el alma sin permiso. No se debería consentir a nadie sonreír de esa forma, aquí, en un atardecer como este.

Caminamos un poco más y nos sentamos en un banco. Las primeras estrellas de la noche brillan ya en el cielo y una brisa de poniente llega desde el mar acariciando nuestras caras como una ola cálida y ligera.

Navegamos rumbo a puertos seguros hablando de nuestros respectivos trabajos. Es el tipo de conversación que se entabla cuando te encuentras por primera vez con alguien al que te gustaría conocer mejor o con un amigo al que no ves desde hace mucho tiempo. Permanecemos en la superficie de las cosas, seguimos un flujo natural de preguntas y respuestas que solo interrumpen unos breves silencios.

—¿Eres feliz? —me pregunta a bocajarro. Luego añade—: Tu novio parece un buen chico.

Por la manera en que lo dice, comprendo que la otra noche nos observó desde la cocina.

—Sí, lo es —admito, y empiezo a contarle lo que puedo de Filippo y de nuestra relación.

Leonardo, en cambio, me explica que vive en Roma desde hace varios años, que abrió el restaurante con un socio y que le dedica la mayor parte de su tiempo. No obstante, de cuando en cuando parte a una de sus «misiones», cuando le proponen algún reto profesional o cuando, simplemente, necesita cambiar de aires. Como sucedió en Venecia.

—Nunca me hablaste de esto… —comento. Qué extraño, a pesar de que hemos compartido una intimidad extrema, desconocía todos estos detalles de su vida.

—Porque nunca me lo preguntaste —observa él encogiéndose de hombros.

—Eras tan reservado que al final renuncié a preguntarte —reconozco.

—Puede que tengas razón. En parte también es culpa mía. —Sonríe de nuevo, pero esta vez con amargura—. He pensado mucho en ti durante estos meses, ¿sabes? —Baja un instante la mirada, como si pretendiese aferrar un recuerdo. A continuación se acaricia la barbilla y añade—: No tienes ni idea de cuántas veces he estado a punto de llamarte.

—¿Y por qué no lo has hecho? —Las palabras salen de mi boca involuntariamente, casi descaradas. Esperé en vano una llamada y ahora descubro que también él tenía ganas de hablar conmigo.

—No lo hice porque cuando pensaba en lo que te podía decir me daba cuenta de que no iba a ser muy distinto de lo que nos dijimos ya hace unos meses. —Se apoya en el respaldo y permanece un momento en silencio—. Te habría decepcionado de nuevo y la idea no me gustaba.

—En pocas palabras, que no me buscaste por mi propio bien. ¿Es eso lo que me estás diciendo? —Parece el guion de una película lacrimógena. Siento que se apodera de mí una rabia visceral. Intento contenerla, porque a estas alturas ya no tiene sentido, pero, por desgracia, el deseo de comprender lo que nos sucedió es irrefrenable. Al menos eso. Y él sabe que me debe una explicación.

—No, Elena. Lo hice por *mi bien*.

Cabeceo. Ahora sí que no entiendo nada.

—Quería olvidarte, me negaba a quedarme atrapado en esa relación y tampoco lo deseaba para ti. Tarde o temprano me habría marchado y habríamos tenido que separarnos. No podíamos seguir y la única salida era romper sin más. —Exhala un suspiro—. Mi vida es complicada, Elena. Soy una especie de nómada, viajo constantemente de una ciudad a otra. Además tengo ciertas responsabilidades de las que no puedo ni quiero sustraerme... —Parece que va a añadir algo más, pero al final baja la mirada y calla.

—¿De qué responsabilidades estás hablando? —le pregunto, ansiosa por saber.

Sus ojos escrutan el horizonte, sopesa si debe responder o no. Después me mira con una sonrisa desarmante en los labios.

—Olvídalo. ¿Qué sentido tiene hablar ahora de eso?

—Para mí lo tiene, en cambio —insisto, decidida a no permitir que me arrincone—. Hasta ahora solo he sufrido tus decisiones... Creo que me debes una explicación, por pequeña que sea.

Trato de mostrar cierta autoridad, pero con él no funciona. Leonardo me mira ligeramente sorprendido, después me acaricia una mejilla, como se haría con un niño que tiene una rabieta.

—Las explicaciones no mejoran las cosas, Elena. Al contrario, entristecen más.

Dentro de su mano, grande y cálida, mi cara parece realmente la de una niña. Me pierdo en ella. Este hombre se niega a decirme quién es realmente. Basta, no insisto, sé que es inútil y, además, no quiero darle demasiada satisfacción.

—Anoche me alegré mucho de volver a verte —dice arqueando las cejas.

—Fue surrealista, Leonardo. Y me dolió —observo. Pienso que nunca olvidaré la fiesta de mis treinta años.

—Pero debes aceptarlo, Elena, porque, por mucho que hagamos planes o nos engañemos tomando decisiones, lo que cuenta es el destino. Y no podemos hacer nada para evitarlo.

—Menudo lío —digo exhalando un suspiro.

—O puede que una gran suerte —replica él, meditabundo.

Callamos por un momento, mirando el cielo, que se va oscureciendo ante nosotros. Vistos desde fuera, podemos parecer dos amigos que han compartido momentos importantes y que, a pesar del daño que se han hecho, aún tienen ganas de escuchar lo que el otro tiene que decir. Puede que este sea el último acto de nuestra historia, esta ternura amarga es lo que resta de la pasión absoluta que vivimos hace tiempo.

No obstante, en mi interior sigue ardiendo una llama, oculta bajo varios estratos de sensatez e instinto de supervivencia, de manera que apenas nuestros hombros se rozan se aviva de nuevo. Observo a Leonardo, su perfil resuelto, su mirada enigmática, su mandíbula apretada. Parece una estatua, y yo daría lo que fuese por saber qué siente en este momento.

Cierro los ojos unos segundos y disfruto del contacto con su piel. Hago un esfuerzo para apartar el brazo. Tengo novio. Quiero a Filippo. Mi mente es un hervidero. Pero es inútil. No logro moverme de aquí.

Nuestros meñiques se rozan levemente, se superponen, como si una corriente nos empujase el uno al otro. Pero dura solo un instante. Leonardo se apresura a ponerse de pie.

—¿Nos vamos? —me pregunta ajustándose la cazadora de cuero y esquivando mi mirada.

Me levanto.

Nos encaminamos hacia el Fontanone. Dentro de nada subiré a la moto, él me llevará al metro y, una vez allí, nos despediremos para siempre. En menos de una hora estaré de nuevo en casa y olvidaré el calor de sus manos, la energía que emanan sus ojos y el aroma de su piel.

Pienso en ello mientras camino delante de él, ansiosa por cerrar de una vez para siempre este capítulo. Pero, de repente, siento la mano de Leonardo en un hombro y antes de que pueda darme cuenta me obliga a volverme y me atrae hacia él. Me abraza con ímpetu y hunde la lengua entre mis labios. Dejo que me rapte sin oponer resistencia y lo beso con pasión, como he deseado hacerlo durante todos estos meses y desde que lo volví a ver.

—Oh, Elena… —dice exhalando un suspiro. Me mira con ojos ardientes, me embarga con su calor—. Eres una tentación demasiado fuerte para mí —susurra—. He intentado resistirme, pero no sé cómo hacerlo.

Me siento perdida, confusa. Me muero de miedo y de deseo al borde de un camino. Las piernas me flaquean y todo lo que queda por debajo del ombligo se contrae. Por absurdo que parezca, el deseo me produce malestar.

—Te siento, Elena… —me dice aferrándome las muñecas y, escondiéndome entre sus brazos, me empuja a un lado, a la explanada de hierba que hay al lado del camino—. Debes ser mía, ahora.

Me empuja contra un árbol, me baja la cremallera de la cazadora y me acaricia el pecho. Su respiración es más intensa que la mía.

Todas las palabras que nos hemos dicho carecen ya de sentido. Somos dos imanes que se atraen al margen de cualquier propósito e impedimento, coherencia y respeto. El deseo que me hace sentir me inflama la sangre. Veo mis reacciones reflejadas en él, en sus ojos oscuros que arden en los míos, en su barba que brilla bajo la claridad de la farola, y no puedo dominarlas. Voy a cometer un error. Un inmenso y tremendo error.

—No puedo, Leo. —Trato de desasirme mientras Filippo se insinúa dolorosamente entre nosotros—. No puedo —repito ahogando un gemido.

Leonardo se detiene un instante, me mira y apoya su frente en la mía. Pero su boca está demasiado cerca y su aroma es maravilloso. Se muerde la lengua. La pasión vence a la razón. Nos besamos de nuevo, porque es lo único que podemos hacer, lo único que deseo en este momento. Confío en que la oscuridad me ayude a sentirme menos culpable, que reste realidad a lo que está sucediendo. Pero el efecto es justo el contrario: todo parece más real, más intenso, y las sombras de los pinos marítimos que nos rodean solo sirven para ocultar a los ojos indiscretos la urgencia de nuestra excitación.

Leonardo me levanta una pierna y la coloca alrededor de las suyas. Siento su sexo duro, dominante, mientras mis pezones recuperan el contacto familiar con sus manos.

Nos tumbamos en el suelo, en la hierba húmeda. Leonardo se quita la cazadora de cuero y la extiende en el prado para que me eche de espaldas sobre ella. Me besa salvajemente a la vez que se sienta a horcajadas sobre mí, sus dedos se abren paso en mi pelo, descienden rápidamente a mi cara y después vuelven a resbalar por debajo de mi camiseta y a acariciarme los pechos. Lo cojo por la nuca. Necesito sentir sus labios, que me chupan y aprietan arrancándome gemidos de placer.

—Tu pecho, Elena… —murmura jadeando—, es estupendo, tal y como lo recordaba. Quiero lamerlo, quiero lamer todo tu cuerpo.

Me desabrocha los vaqueros y con firmeza mete una mano bajo las bragas para tocar mi sexo líquido. Se detiene unos segundos en ese lugar cálido moviendo los dedos dentro de él, a la vez que su lengua busca la mía. En mi boca, su respiración es cada vez más entrecortada, más poderosa. Con un gesto casi violento me arranca todo, los pantalones, las bragas, los zapatos, me desnuda de cintura para abajo. A continuación se desabrocha los vaqueros y libera su erección.

Mirándome, me abre las piernas y me penetra con un movimiento resuelto, aplastándome. Rodeo su cuello con los brazos, cierro los ojos y saboreo la plenitud, la descabellada sensación de ser poseída por él. Lo siento en mi interior, escucho cada centímetro de piel. Resbala poco a poco, hacia dentro y hacia fuera. Cada uno de sus movimientos provoca un gemido, una oleada de fuego que arde en mis entrañas. Dios mío, cuánto he añorado todo esto…

Sé que no podré resistir mucho tiempo. Leonardo acelera el ritmo, como si tuviésemos que recuperar el tiempo que hemos estado separados. Mis piernas se tensan bajo su cuerpo y mi respiración se quiebra.

Me abandono. Es lo único que cuenta en este momento, esta porción de tierra que nos acoge como un nido, nuestros cuerpos, de nuevo unidos y pulsantes. El coito. El placer que solo él sabe procurarme.

El orgasmo es poderoso, desesperado, iracundo. Leonardo me secunda, sale a toda prisa de mí e inunda mi vientre con su semen caliente. Después deja caer la cabeza en mi cuello.

Me doy cuenta de que me siento igual que cuando hicimos el amor por primera vez, y se me contrae el estómago. También entonces estábamos tumbados en el suelo, en el pavimento del vestíbulo sucio de polvo y pintura al temple, y recuerdo con toda claridad que me quedé inmóvil a su lado a la vez que formulaba en silencio un único pensamiento: «¿Y ahora?».

Ahora me hago la misma pregunta y la respuesta es muy diferente: esto no es un inicio, sino un final. Es el momento de soltar la mano de Leonardo y de decirle adiós. Para siempre. Ha sido un paréntesis, una traición a mí misma, más que a Filippo. Pero es la primera y última vez, lo juro.

Me visto a toda prisa. Él me retiene un poco más a su lado, quizá intuyendo mi turbación, y me besuquea la nuca. Por suerte, no dice nada, porque nada de lo que diga hará que me sienta mejor.

Nos levantamos y nos dirigimos hacia la moto. Leonardo se brinda a acompañarme a casa.

Lo miro y me entran ganas de echarme a llorar, pero me contengo.

—Gracias, pero prefiero llamar un taxi y volver sola. —Mientras lo digo algo me aferra la garganta.

—Como prefieras —responde él—. Pero lo esperaremos juntos.

Sé que no puedo oponerme.

Leonardo llama al servicio de taxis y nos acercamos al Fontanone para aguardarlo allí. La espera se me hace eterna. Alrededor de nosotros reina un silencio culpable, roto tan solo por el ruido del agua, que se extiende en unos círculos infinitos. Él parece relativamente tranquilo. Me acaricia un hombro con un dedo sin darse cuenta de que el simple contacto con su cuerpo es veneno para mí. Me muerdo los labios, cierro los ojos y siento que una lágrima queda atrapada en mis pestañas. Leonardo me agarra los hombros y la recoge con la boca.

—No quería entristecerte, Elena. Nunca lo he querido.

Me abraza con fuerza y yo me abandono a él, eufórica y desesperada a la vez.

Por fin llega mi taxi. Leonardo me da un dulce beso en la frente y deja que me vaya. Subo al coche sin volverme.

En el trayecto del Gianicolo al EUR alterno momentos de excitación con otros de desgarradora melancolía. Cada metro es un paso hacia la redención, el arrepentimiento. Pienso en Filippo. Me imagino el interior de nuestro piso: todas las luces apagadas salvo la de la sala, la habitación sumergida en el silencio. Y él que duerme con una camiseta blanca, ovillado en nuestra cama.

El remordimiento me atenaza por culpa de Leonardo. Aunque no puedo negar que yo también soy, en cierto modo, culpable… Pero ha sido él el que me ha arrinconado, el que ha erigido una sutil barrera entre la persona que quiero de verdad y yo. Porque yo quiero a Filippo. Lo que acaba de ocurrir es tan solo un estúpido incidente en el camino.

Cuando abro la puerta de casa y lo veo esperándome en el sofá, dormido, tal y como me lo había imaginado, el sentimiento de culpa cobra forma. Aunque casi me produce alivio sentirme tan mal, porque es una prueba de que no me he extraviado por completo.

—Eh, Bibi —gruñe Filippo emergiendo del sueño. Se sienta apoyándose en el respaldo. Sus ojos verdes me sonríen, soñolientos.

—¿Cómo te ha ido? ¿Te has divertido con Paola? —Tiene la voz un poco ronca.

—Sí. Fuera del trabajo parece otra persona. —Esbozo una vaga sonrisa que huele a mentira—. Pero no deberías haberme esperado…

Se restriega los ojos con los nudillos, como un niño.

—Estaba mirando un poco la televisión, uno de esos programas soporíferos, y me he quedado dormido —dice, conteniendo un bostezo.

Sonrío de nuevo, esta vez con sinceridad. Adoro las expresiones que pone. No podría vivir sin ellas.

—Ven. —Le tiendo una mano con dulzura—. Vamos a la cama.

Meterme bajo las sábanas y fingir que no ha sucedido nada es lacerante, pero me consuelo pensando que esta velada ha sido únicamente el último acto de una historia absurda.

A partir de este momento mi vida seguirá adelante sin Leonardo.

4

Durante los días siguientes hago todo lo que puedo por mantenerme en el buen camino. Cuando me despierto por la mañana repaso los buenos propósitos que he hecho para el futuro y repito como un mantra que «los capítulos cerrados no se vuelven a abrir» o, mejor aún, que «los refritos son asquerosos»; en pocas palabras, que solo olvidaré para siempre a Leonardo si me lo propongo de verdad.

Pero es inútil. A pesar del esfuerzo y de las intenciones más que loables, cada vez me siento más confusa, en vilo en una cuerda tendida en el aire. Me irrita pensar que en la explanada de hierba del Gianicolo era realmente yo misma, mucho más de lo que lo he sido en mucho tiempo, pero, no sé por qué, lo considero un error. El tipo de error que, de no remediarse a tiempo, puede generar una peligrosa reacción en cadena. El tipo de error que hace daño al corazón, que evoca el pasado y nos hace vivir mal el presente.

La felicidad de Filippo, que estos días raya en la beatitud, hace que me sienta aún más fuera de mí. Él parece entusiasmado. Con su trabajo, con esta vida, con lo nuestro. Canturrea más de lo habitual, salta de Lucio Battisti a los Black Eyed Peas. Canturrea en casa, en la escalera. Canturrea cuando sale, mientras va al trabajo o a jugar a futbito con sus colegas del estudio. Su euforia me crispa un poco los nervios. Pero es un pensamiento incontrolado, de manera que lo hago desaparecer por donde ha venido.

Una sola cosa me tranquiliza: a pesar de que desde esa noche sigo percibiendo *su aroma* por todas partes, Leonardo no ha vuelto a dar señales de vida. Puede que él también piense que no tiene ningún sentido volver a vernos, dado que, en la actualidad, soy una mujer felizmente prometida.

Mientras trato de convencerme de la incuestionable certeza de mis pensamientos, doy una última pasada de azul al manto de la Virgen. Son casi las nueve y media y Paola aún no ha llegado. Temo que esta mañana no aparecerá, pero me guardo muy mucho de llamarla por teléfono para pedirle explicaciones. Si no ha venido, debe tener un motivo más que válido: no es una de esas que falta al trabajo por un simple dolor de cabeza. Bueno, ya llamará ella si lo necesita. Eso significa que hoy estaré tranquila, que no sentiré el incesante acoso de su mirada.

Pero mis proyectos están destinados a naufragar: mientras estoy preparando un nuevo compuesto de pigmentos, alzo los ojos y veo a Leonardo, que se acerca hacia mí. Viste unos vaqueros y una camiseta de color verde caqui. Camina con su habitual porte seguro y me sonríe como un demonio.

—Hola —dice.

—Hola… ¿Qué haces por aquí? —pregunto agitada tratando de disimular mi sorpresa al mismo tiempo que mezclo compulsivamente el compuesto en el cuenco.

—Tengo el día libre y me preguntaba si no te apetecería dar un paseo conmigo —contesta con naturalidad.

—Estoy trabajando —le hago notar, como si no fuera evidente.

Da un paso hacia mí con las manos metidas en los bolsillos de los vaqueros.

—Vamos…, hace un día demasiado bonito para pasarlo encerrada aquí.

—Lástima que no tenga más remedio que hacerlo. —Trato de eludirlo y me vuelvo hacia la pared; es evidente que doy el tema por zanjado. Los dos sabemos que el trabajo es una excusa; en realidad él no debería estar aquí y yo no debería sentir la punzada que siento en el estómago.

Me concentro de nuevo en los colores o, al menos, simulo hacerlo, pero siento su presencia cerniéndose sobre mí. Se aproxima y me tiende una bolsita blanca con el logotipo negro de Dolce & Gabbana. Me vuelvo de nuevo hacia él.

—¿Qué es?

—Ábrelo.

En el interior hay un bikini negro maravilloso. Cabeceo.

—Pero ¿qué significa?

—Pues que vamos a la playa —dice él, sereno y seguro de sí mismo.

—¿Estás loco? —Suelto una risita histérica. Reculo unos pasos y dejo la bolsita en la escalera.

Leonardo se planta delante de mí con aire desafiante, solemne como solo él sabe serlo.

—Vamos, venga… Solo será medio día. La costa es estupenda en esta época del año. —Mientras lo dice sus labios emanan una sensualidad irresistible.

—Sabes, como yo, que es mejor que no hagamos planes juntos —replico mirándolo severamente. Decido coger el toro por los cuernos—: No es una cuestión de tiempo. No debemos vernos más y basta.

—Elena —me acerca los labios a la oreja rozándome con su aroma, haciendo caso omiso de lo que le acabo de decir—, ven conmigo, solo esta vez.

Daría lo que fuese por no sentir ese remolino en la barriga, me gustaría darle una bofetada y apartarlo de mí con brusquedad. Pero a la vez deseo que me rapte y me lleve lejos de aquí.

Haciendo un esfuerzo sobrehumano me aparto de él y trato de mantener con firmeza mi posición:

—No me apetece.

—Claro que te apetece. —Sonríe como si me hubiese pillado diciendo una mentira. Se acerca a mí y me abre el mono poco a poco, recorriendo mi cuerpo con la mirada.

—Vamos, quítate esto —prosigue—. Si me obligas a desnudarte, luego quizá no pueda parar...

Me mira, lo miro. Se me escapa una sonrisa. Estoy dudando y él lo sabe de sobra. Exhalando un hondo suspiro, cabeceo, aparto su mano de la cremallera y la bajo de golpe. He cedido. Él asiente con la cabeza, complacido. Me observa mientras salgo de mi coraza y me entrego a él inerme, rendida. Se ha salido otra vez con la suya el condenado...

—Pero ¡prométeme que volveremos antes de las siete! —le digo recogiendo mis bártulos.

—Por supuesto, todo lo que quieras —acepta enseguida sin ni siquiera escucharme y, aferrándome una mano, me arrastra por la nave rumbo a la salida.

El corazón me late enloquecido en el pecho. Estoy cometiendo una locura, pero, por un instante, vuelvo a tener quince años, revivo algunos momentos, cuando Gaia me convencía, por ejemplo, de que hiciéramos novillos unos segundos antes de entrar en clase. Experimento la misma sensación de libertad, la misma excitación que produce el tiempo arrebatado al deber, por ese puñado de horas preñadas de promesas, cuando aún creíamos que todo podía suceder.

En la anteiglesia nos cruzamos con Martino. Llega en este momento jadeando, como de costumbre, con la carpeta bajo el brazo y la cartera de cuero colgada al cinturón. Al verme en compañía de Leonardo, me mira estupefacto a la vez que muestra cierta decepción.

—Hola, Martino —lo saludo apartándome de Leonardo y saliendo a su encuentro.

—¿Te vas ya? —me pregunta. Por el tono deduzco que confiaba en pasar un rato conmigo.

—Sí —contesto abriendo los brazos, como si pretendiese justificarme—, he decidido tomarme un día de descanso.

—Ah.

Sus labios se curvan hacia abajo mientras observa a Leonardo a hurtadillas. Después me mira de nuevo, como si estuviese esperando una explicación, pero yo no sé qué decirle, de manera que me encojo de hombros y esbozo una sonrisa.

Martino asiente con la cabeza, como si hubiera comprendido todo.

—De acuerdo, voy a ver a san Mateo… —Se despide con un ademán y entra sin volverse.

—¡Hasta pronto! —grito desde lejos, pero él sigue su camino.

—¿Quién era? —pregunta Leonardo cogiéndome de nuevo de la mano.

—Un estudiante de Bellas Artes que viene aquí para estudiar los cuadros de Caravaggio.

—Está chiflado por ti; lo sabes, ¿verdad?

—Venga ya… —Zanjo la cuestión con un ademán de la mano—. Solo tiene veinte años.

—Por eso mismo —replica sin vacilar.

Sacudo la cabeza esbozando una sonrisa. En realidad hasta este momento no se me había ocurrido, pero los ojos con los que Martino me ha mirado hacen que la hipótesis de Leonardo sea más que plausible. Espero que no le haya sentado mal que me vaya.

Todos los pensamientos se desvanecen en cuanto subo a la Ducati y abrazo a Leonardo. Pegada a su espalda, me siento libre y a buen recaudo. Corremos como un rayo en dirección a la costa. La brisa matutina nos hace cosquillas en la cara y el cielo está azul, no hay una sola nube. Me siento a gusto sentada en el sillín de la moto. Me siento bien con él, en este momento lo único que deseo es estar aquí. Mientras recorremos la Pontina nos llega el aroma a sal, a algas y a pinar. A mar.

Sabaudia se recorta ante nuestros ojos con su atmósfera suspendida, parece salida de un cuadro de De Chirico. Ahora comprendo por qué en los años cincuenta los intelectuales romanos la eligieron como refugio estival. Este lugar tiene algo mágico, es una mezcla fascinante de mar, lago, ciénaga, bosque y desierto. La Ducati cabalga por el asfalto del paseo marítimo y durante varios kilómetros se suceden las dunas, recubiertas de vegetación, hasta llegar al monte Circeo, donde el blanco dorado de la arena cede el paso al verde de la escollera.

Leonardo aparca la moto en una explanada que hay al borde de la carretera y a partir de allí bajamos a pie por la escalera de madera que conduce a la playa. De vez en cuando me tiende solícito una mano y me ayuda a bajar. Es atento, con él me siento protegida. Cuando estoy a su lado no me falta nada. Ni siquiera Filippo, aunque sea una atrocidad decirlo.

—¡Dios mío, qué bonitas son estas dunas! —exclamo maravillada. El viento ha trazado en la arena blanquísima unos dibujos y arabescos que parecen obras de arte. Inspiro hondo y la salinidad inunda mis pulmones.

—Ya te dije que merecía la pena… —contesta Leonardo acariciándome con la mirada.

Necesitaba el aire libre, la luz natural. Adoro mi trabajo, pero no puedo por menos que reconocer que me está consumiendo los ojos y la piel: vivo rodeada de paredes hinchadas por la humedad, disolventes, polvos, andamios, pinceles sucios… Y Paola vociferando. Necesitaba salir, y este es un paraíso de naturaleza salvaje y agua límpida.

El chico del establecimiento nos sale al encuentro; pese a que aún estamos en mayo ya está moreno y el sol le ha aclarado el pelo. Nos da dos hamacas justo en la orilla y nos pregunta si nos apetece algo de beber. Le pedimos dos espumosos y nos deja solos. Alrededor hay pocas personas: una madre con dos niños pequeños y una pareja de ancianos con la piel enrojecida, quizá sean alemanes.

Leonardo se desabrocha la camisa, se acerca al agua y, tras levantarse los pantalones, hunde los pies en ella para probarla. Parece estar en su salsa: con la barba descuidada y el pecho bronceado podría pasar por un marinero. Se vuelve hacia mí.

—¿No quieres ponerte el bikini?

—¿Y tú?

—Yo llevo el bañador debajo.

Cojo la bolsa y voy a cambiarme a una de las cabinas. Debo reconocer que Leonardo tiene buen gusto: el bikini es precioso, tiene clase. La parte de arriba se anuda en la nuca, justo mi modelo preferido; hace resaltar los hombros, la única parte de mi cuerpo que me gusta de verdad, además de los brazos. ¡A fuerza de pasar horas y horas en los andamios y las escaleras con el busto en tensión, tengo unos hombros de nadadora!

Bueno, estoy lista. Ahora solo debo volver a la playa, acomodarme en la tumbona y relajarme. Por unos segundos veo la sonrisa de Filippo, sus hoyuelos, sus ojos de color verde claro, además de su expresión de dulzura, que, sin embargo, se hiela de repente. Por suerte, cuando abro la puerta de la cabina la luz del sol me deslumbra borrando enseguida la visión.

Leonardo me espera al lado de la tumbona con las gafas de sol puestas y un vaso en la mano. Se ha quitado la ropa y se ha quedado en traje de baño. Tiene un cuerpo robusto, pleno, terriblemente sexy. Desgraciadamente sexy. No es uno de esos cuerpos trabajados en el gimnasio, demasiado definidos; sus músculos parecen forjados al aire libre más que por las horas dedicadas a las pesas. Tiene un poco de barriga, como corresponde a un cocinero y a su forma de ser, la típica de alguien que sabe gozar de la vida. Por si fuera poco, el tatuaje de la espalda resulta terriblemente fascinante; de hecho, no consigo apartar los ojos de él.

Cojo mi vaso, que está en la mesita, al lado de un cuenco de cacahuetes.

Leonardo me observa complacido. De repente caigo en la cuenta de que aún no me he preparado para pasar la prueba del traje de baño. Además, la tranquilidad que he vivido con Filippo en los últimos meses me ha inducido a disfrutar más de lo debido en la mesa…

—El bikini te sienta muy bien —me dice.

Su mirada se detiene en el pecho. De hecho, el bikini en cuestión es realmente milagroso, me ha hecho pasar de la ochenta y cinco a la noventa de sujetador. En cualquier caso, sin saber por qué, he notado que después de haber hecho el amor con él he aumentado media talla.

No obstante, mi punto débil, el que me desespera de verdad, sigue siendo el trasero: jamás será respingón y duro, como me gustaría. Además tengo una celulitis horrenda detrás de los muslos que quizá no se vea, pero que aun así me hace sentirme imperfecta, incómoda; y no lleva camino de desaparecer, pese al carísimo y, cuanto menos, asqueroso preparado termal que me aconsejó Gaia. Claro que podría haber sido un poco más constante: me lo puse tres veces, porque a la cuarta renuncié, harta de manchar el pijama y la cama, y de levantarme toda pegajosa.

Leonardo, en cambio, parece deleitarse con todas las partes de mi cuerpo, a juzgar por las miradas que me lanza. El hecho me agrada y me adula. Creo que no hay nada más satisfactorio que comprobar que el hombre que deseas te encuentra atractiva.

—Vamos —me dice de buenas a primeras rodeándome la cintura y empujándome hacia el agua.

Nos tiramos juntos al Tirreno, verdoso y tibio. Leonardo me persigue y me salpica formando cascadas con las manos, y yo me siento ligera, viva, otra persona. Después nos buscamos bajo el agua y entrelazamos los brazos y las piernas como si fueran tentáculos. Le aparto el pelo mojado de la cara y lo beso en los labios, que ahora saben a sal. Él me abraza los muslos y me hace sentir su sexo duro, después aparta el bikini y me chupa un pezón, a la vez que con la otra mano me acaricia las nalgas.

Estamos tan excitados que podríamos pasar a mayores, pero la madre se acerca con los niños a la orilla obligándonos a renunciar a nuestras fantasías. Nos sonreímos y salimos del agua, posponiendo todo para otro momento.

Me seco el pelo y hago ademán de echarme en la tumbona.

—Ven aquí —me dice él haciéndome sitio a su lado.

Me rodea los hombros con un brazo y yo me pego a su cuerpo caliente. Permanecemos un rato así, en silencio, mecidos por el ruido de las olas y de nuestras respiraciones. Con un pie acaricio la arena y excavo un pequeño agujero. Recuerdo que, cuando era niña, en la playa del Lido jugaba hasta embadurnarme por completo, para gran desesperación de mi madre. En ciertos momentos, como ahora, añoro a mis padres. A saber qué estarán haciendo en este instante. Podría decir, sin temor a equivocarme, que mi madre estará en la cocina preparando uno de sus manjares o haciendo la compra. Mi padre, en cambio, quizá esté en casa de Antonio —su mejor amigo, un antiguo marinero, como él— haciendo las listas de los nuevos voluntarios de Protección Civil. Sé que ahora se dedica activamente al voluntariado (¡mucho mejor que el bricolaje!). Jamás han sabido lo que me ocurrió en los últimos meses y ahora pensarán que estoy navegando por aguas seguras en compañía de Filippo, cuando, en realidad, estoy aquí, delante de un mar magnífico, en brazos del hombre que ha dado un vuelco a mi existencia. Es inútil negarlo, Leonardo aún es parte de mí, se ha pegado a mí como la arena.

—¿Cómo te sientes? —me pregunta de repente, mirando un punto fijo en el horizonte.

Su pregunta, sumamente vaga, me confunde; no acabo de entender a qué se refiere.

—¿Te refieres a cómo me siento ahora?

—Sí, pero no solo —contesta a la vez que se vuelve hacia mí con una mirada que parece querer leer en mi interior—. ¿Cómo te sientes ahora y cómo te sientes en general después de lo que sucedió la otra noche?

Habría preferido evitar la pregunta. Para poder contestarla, antes debería poner un poco de orden en el caos de pensamientos y sensaciones que me agitan desde hace varios días. Lo intento y, de improviso, me invade una extraña euforia. Porque, pese al sentimiento de culpa y al peso que conlleva la traición, hacía mucho tiempo que no vivía un momento tan intenso como este. Puede que desde que Leonardo y yo dejamos de vernos.

—Contigo estoy bien —le respondo—. Siempre y cuando no piense en todo lo demás.

Asiente con la cabeza, puede que a él le suceda lo mismo.

—¿Y tú? —pregunto buscando una confirmación.

—Yo trato de sacar lo mejor de la vida, Elena, siempre. Y, al menos hasta la fecha, creo que lo he conseguido.

Por unos segundos, bajo sus largas pestañas se adensa una sombra. Pero después sonríe y la sombra se desvanece.

—Ven, demos un paseo —dice vistiéndose de nuevo.

Caminamos un poco por el rompiente, dejándonos rozar por las olas. Miro nuestras huellas, borrándose en la arena húmeda, con los ojos entusiastas de una niña, mientras Leonardo me tiene cogida de la mano como si me estuviese llevando a un lugar preciso.

La atmósfera de la playa de Sabaudia es huidiza: pocas personas, pocas miradas, pocas voces. A un lado el mar y al otro las dunas y unas cuantas mansiones, refugio de la mundanidad romana, que en esta época del año aún están vacías.

A varios metros, delante de nosotros, hay una pequeña lancha de goma en la orilla. Cuando llegamos a ella Leonardo la rodea y la examina con atención, como si quisiera asegurarse de que todo está en su sitio.

—¿Te apetece dar una vuelta? —pregunta. La invitación es irresistible.

—¿Conoces al dueño? —objeto tratando de no ceder enseguida.

—Es de Saporetti, lleva ese restaurante. —Señala una casita en la playa, a escasos metros de nosotros. Un instante después un hombre sale al porche y veo que bracea para saludarnos. Supongo que es el propietario del local y de la barca.

—Es un amigo —me explica Leonardo—. Ahora te lo presento.

Saporetti se acerca a nosotros y nos saluda cordialmente, con un fuerte acento de Lazio pero no es romano. Debe de rondar los sesenta años, tiene la piel atezada, el pelo completamente blanco y las maneras desenvueltas e informales del que está acostumbrado a tratar con la gente y sigue amando el contacto incluso después de numerosos años de trabajo. Da la impresión de que él y Leonardo se conocen desde siempre, y por la forma en que se hablan diría que han pasado más de una juntos.

—Id, id si queréis —nos anima señalando la zodiac—. Daos un paseo, pero luego os espero para comer un plato de espaguetis *allo scoglio...* Ya sabes a qué me refiero, Leona'.

—Basta, no digas más. —Leonardo se rinde alzando las manos.

Saporetti se despide de nosotros y quedamos con él para más tarde. Leonardo desata la cuerda de la lancha y la empuja hasta el agua. La fuerza de sus brazos me impresiona, como si los viese por primera vez: los músculos parecen salírsele de la piel.

Me ayuda a subir, luego se da impulso y se sienta a mi lado, enciende el motor y nos alejamos de la orilla.

Pese a que es casi mediodía, el sol no quema, gracias a la agradable brisa que llega del Circeo. Las olas rompen contra la zodiac haciéndonos saltar. Las salpicaduras me mojan la cara y yo me dejo acariciar por ellas, feliz de estar respirando este aire de libertad. Cuando pienso que en este momento debería estar trabajando bajo la mirada severa de Paola siento un escalofrío. Es mi pequeña evasión, aunque no inocente, desde luego. Y tengo que intentar disfrutar de ella.

En unos minutos arribamos a la ensenada que hay bajo la torre del promontorio. Aquí la montaña se lanza al mar en un extraordinario encuentro de tierra y agua. Esta naturaleza primitiva y salvaje es pura energía, y me vigoriza.

Leonardo apaga el motor. Nos quitamos de nuevo la ropa y nos dejamos mecer por el balanceo de las olas. Me tumbo y apoyo la cabeza en el borde de la barca, dejo que el sol me caliente tapándome los ojos con un brazo. Unos segundos después Leonardo me coge la barbilla y me besa apasionadamente hundiendo su lengua ardiente en mi boca y tirándome de un mechón de pelo aún mojado para que me acerque a él. Es un beso enardecido, impaciente: me está reclamando. Me quedo sin aliento. A continuación se levanta, me traspasa con su mirada ardiente y se tira al agua.

Puede que sea una invitación. Puede que los ojos y el beso me hayan querido decir: «Sígueme, ¿a qué estás esperando?». Así que me desabrocho la camisa y me tiro también, nado hasta él en el agua, entre los reflejos de luz. Leonardo me rodea con sus vigorosos brazos y en ese momento siento deseos de abandonarme, de convertirme en una sola cosa con él, aquí, en medio de este mar, circundados únicamente por el agua y el sol. Piel contra piel, piel semejante a una ola líquida y caliente.

Nos dejamos llevar por el juego, la seducción, la pasión. Leonardo me hunde un par de veces y se ríe al verme bracear cuando vuelvo a salir a la superficie. Me atrae hacia él, sus manos me levantan por detrás y su sexo resbala entre mis nalgas. Me da un beso violento en el cuello y un mordisco que me produce una especie de sacudida eléctrica. Su rodilla me acaricia entre las piernas y mi sexo mojado arde a la vez que un estremecimiento recorre todo mi cuerpo, del vientre a la cabeza.

En ese instante me suelta y empieza a nadar hacia los escollos que hay bajo la torre. Lo sigo. Ayudándose con una cuerda que hay clavada en la roca, trepa por la escollera hasta llegar a una explanada de piedra lisa. Me tiende un brazo para ayudarme a subir y me abraza al mismo tiempo que empieza a besarme con prepotencia. Me desata el sujetador del bikini y con un ademán seguro me baja las bragas.

Me quedo desnuda frente a él; sus ojos, que queman más que el sol, calientan mi cuerpo. Me mira como si fuera lo único que desease en la vida.

—Podría pasarme el día mirándote, Elena —dice.

Me aferra una mano y aprieta con ella su sexo haciéndome sentir a través del bañador cuánto me desea. Se lo quito, lo tiro sobre el mío, y me pego a su cuerpo desnudo. Debo dejar en él una huella de mí, de mi deseo. Leonardo tiene un aspecto terriblemente sexy, juvenil y descarado. El agua exalta el aroma de su piel, que es más embriagador que nunca. Me sonríe con sus ojos oscuros, con las arrugas que tiene en las comisuras, que siempre me han vuelto loca.

Leonardo me tumba con dulzura en el suelo, sobre la piedra lisa y ardiente. A pesar de que quema, su calor no llega a superar el de mi cuerpo. Leonardo se echa encima de mí, me inmoviliza los brazos encima de la cabeza y me aprieta los muslos con sus rodillas.

—¿Sabes el efecto que me produces? —gruñe exhalando un suspiro.

—No —digo jadeando mientras me extiendo por completo debajo de él.

Leonardo esboza una sonrisa.

—Vaya si lo sabes —replica y, deslizando dos dedos entre mis piernas, me tapa la boca con la otra mano.

Empiezo a gemir apenas siento sus dedos expertos dentro de mí. Por lo visto quiere que me corra sin penetrarme. Estoy perdiendo el control. Pero no quiero gozar así: lo quiero a él, necesito sentir su erección en mi cuerpo.

Cuando casi he llegado al extremo, Leonardo se tumba sobre mí y me colma con su deseo, húmedo e hirviente. Me obliga a deslizar una mano alrededor de su cintura, la apoya en el fondo de la espalda y, abrazada a él, me penetra con más fuerza. Empuja con un ritmo desgarrador. Su respiración se une a la mía, se va tornando cada vez más áspera y entrecortada. Siento que el familiar calor sube por mis entrañas, me contrae y me aturde anulando todo cuanto sucede fuera de mi cuerpo.

Eso me hace Leonardo. No pide permiso, no permite que lo conozca, que lo comprenda, pero se apropia de mí: me hace suya sin encontrar resistencia, y yo no puedo pensar en nada más. En este rincón perdido del mundo solo existimos él y yo, en esta piedra ardiente, ante este mar, que asiste al espectáculo de nuestra pasión y casi parece alentarnos con el movimiento de sus olas.

Me muevo bajo su cuerpo secundando su ritmo. Cada vez más excitada, exijo el orgasmo que me está prometiendo.

—Sigue, te lo ruego, no te pares, fóllame —le susurro al oído.

De repente, me obliga a darme la vuelta y me pone boca abajo; su peso y su fuerza casi me aplastan. Me deja sin escapatoria y me toma por detrás, soy prisionera de su deseo. Es violento y ahora me desea así.

Me abandono por completo hasta que nos corremos juntos, embriagados de recíproco placer.

—Dios mío, Elena —murmura besuqueándome los hombros—. Eres como una droga, contigo pierdo el control de una forma inaudita y me vienen a la mente unos pensamientos... No puedo resistirme a ti.

Lo miro, cuento hasta tres en silencio y luego digo lo que no debería:

—Pues no lo hagas.

Nos tiramos de nuevo al agua. Esta vez completamente desnudos. Ahora ya nada me parece prohibido. Haría lo que fuese con él, a él y por él. Salimos de nuevo y nos tumbamos en las rocas para secarnos al sol. Después volvemos con la zodiac y, manteniendo nuestra promesa, comemos en el restaurante de Saporetti.

Leonardo me cuenta que esta cabaña de madera plantada en la arena es un local histórico: aquí venían Pasolini, Moravia, Fellini y Bertolucci. Al entrar y ver los manteles a cuadritos blancos y azules, las lámparas de junco y las sillas de madera pintada tengo la impresión de dar un salto en el tiempo, de estar paseando por la Italia de los años sesenta.

Saporetti nos recibe con su sonrisa cálida y, sin esperar a que pidamos la comida, nos comunica que nos está preparando ya nuestros espaguetis. Por lo visto son su plato fuerte. Si Leonardo lo dice, habrá que fiarse... A pesar de que su cocina, por lo poco que entiendo, es mucho más sofisticada y experimental. En pocas palabras: Saporetti es la tradición y Leonardo la innovación.

Mientras esperamos la pasta degustamos un delicioso vino blanco del Circeo.

—Es extraño —dice Leonardo como si estuviese pensando en voz alta—. Ya no eres la Elena que conocí. Te encuentro... distinta. Y no sé explicar por qué, pero es una sensación muy fuerte.

—¿Qué quieres decir?

—Pues que pareces más mujer, como si en poco tiempo te hubieses vuelto más femenina, más madura... Sé que lo que digo te hará sonreír.

Lo observo mientras bebe un sorbo de vino y, de improviso, me veo a través de sus ojos. Como era cuando me conoció y como soy ahora: la Elena de hace siete meses —la joven sola e indecisa— y la Elena de ahora, *felizmente* prometida y con alguna que otra certeza más. Tan diferentes y, sin embargo, tan idénticas en una cosa: la irresistible y malsana atracción por este hombre.

—Sí, puede que haya cambiado y, para bien o para mal, tú tienes que ver con esa transformación —reconozco al final mientras me vuelven a la mente algunas imágenes de nuestra historia, detalles que he procurado reprimir o que he olvidado sin más.

Se produce un breve silencio.

Leonardo lo rompe:

—¿Aún me odias?

—Claro que te odio, pero si volviese atrás lo haría de nuevo. No me arrepiento —contesto mirándolo a los ojos, tan segura de mí misma como no lo estaba desde hacía mucho tiempo.

La rabia que alimentaba contra él se ha convertido en una sensación similar a un hechizo, a una perdición consciente que hace temblar mis piernas. Pero ya no tengo miedo.

—¡Aquí están! —La llegada de Saporetti rompe la atmósfera y desvía nuestra atención a los dos maravillosos platos de pasta en los que se exhiben todas las criaturas del Mediterráneo.

—¿Tienes hambre? —me pregunta Leonardo al ver que intento enrollar torpemente con el tenedor una maraña enorme de espaguetis.

—¿No sabes que el aire de mar despierta el apetito?

A media tarde volvemos a Roma. No me queda más remedio que subir un momento a casa de Leonardo. Necesito darme una ducha y arreglarme para que Filippo no sospeche: si me viese así notaría en un segundo que no he ido a trabajar. Además, llevo pegada a la piel la letra escarlata de la traición, no es solo una cuestión de arena, de sal, de marcas del sol: es el aroma de Leonardo, su sudor, sus manos, que aún siento sobre mi cuerpo.

El apartamento está en el Trastévere, a pocos pasos de la plaza Trilussa, en el tercer piso de un edificio sin ascensor que da al río. Es un ático luminoso, recientemente reformado, con una vista espléndida de la ciudad y unos acabados de lujo; el parqué es de madera de cedro, las encimeras de la cocina de mármol blanco de Carrara, el altillo está pintado de color rojo pompeyano y en el centro del mismo hay una cama matrimonial *king size*.

—¿Te apetece beber algo? —me pregunta Leonardo después de haberme invitado a acomodarme en el sofá.

—Sí. Un vaso de agua, gracias. —El día de hoy me ha dejado felizmente deshidratada.

—No te pases —comenta riéndose. Da la impresión de que intenta relajar la atmósfera.

Silbando una canción del verano que me parece reconocer, Leonardo abre la nevera y saca una botella helada de Fillico King. ¿Por qué tiene que distinguirse en todo, incluso en el agua? Se acerca a mí con dos vasos. Apuro uno de golpe y, antes de que sea demasiado tarde, me escabullo al cuarto de baño para arreglarme.

Cuando me miro al espejo enmarcado con estucos venecianos me doy cuenta de que en lugar de las mejillas ahora tengo dos tomates al rojo vivo. No sé cuánto puede durar el efecto, confío en que desaparezca del todo antes de volver a casa. Abro el grifo de la ducha con la intención de permanecer bajo el chorro un buen rato.

Apenas me quito la parte de arriba del bikini veo en el espejo a Leonardo, que está en el umbral. Me mira con aire vicioso y una sonrisita famélica dibujada en los labios.

Le lanzo una mirada inquisitiva, pese a que sé de sobra lo que quiere: me lo dicen sus ojos anhelantes, su aliento en mi cuello y sus dedos, que me acarician los pezones. Antes de que pueda pronunciar una palabra me abraza y me empuja hacia la pared.

Sus manos vuelven a recorrer mi piel, que arde más de lo habitual debido al sol. Somos dos imanes, dos electrodos, dos noches que se persiguen. Su boca me reclama insaciable.

Lo fuerzo a pararse. Esta vez quiero dirigir yo la situación. Necesito hacerlo mío.

Mi mano se desliza rápidamente hacia sus nalgas e instintivamente atraigo su pelvis hacia la mía. Leonardo me desea, lo siento. Su deseo tiembla impaciente bajo los pantalones. La percepción de esa impelente necesidad me aturde y excita. Mis dedos se hunden en su pelo y tiran con fuerza para mantenerlo pegado a mí.

—¿Cómo es posible que nunca me baste? —jadeo rozando su cara.

Sé que para él es lo mismo, y se lo digo también con los ojos, mientras la sangre arde en mis venas. Le bajo la cremallera de los pantalones y busco su sexo duro, hirviente. Veo que echa la cabeza hacia atrás, a la vez que apoya las manos en la pared que hay a mi espalda. Resbalo por las baldosas hasta que me quedo agachada delante de él y lo lamo con delicadeza. Lo dejo entrar en la boca; su sabor, mezclado al de la sal, me deleita. Siento que Leonardo se estremece de placer, le acaricio las piernas, le aprieto las nalgas chupando lentamente. Me gusta procurarle ese estremecimiento, que fluye bajo su piel. Leonardo me acaricia el pelo y me da un tirón un poco doloroso, después me empuja hacia él, quiere que lo haga gozar y cuando está alcanzando el clímax me aparta con delicadeza y me besa. Besa su placer, su sabor, sin soltarme el pelo, después me hace inclinar hacia atrás la cabeza, lo suficiente para mirarme a los ojos, amenazador y rendido a la vez.

—Tú me volverás loco.

Me zarandea y me clava los dientes en el cuello.

—¡No…, por favor! —le imploro en un asombroso momento de lucidez—. ¡No me dejes marcas!

Me aferra un brazo y me mete en la ducha, donde el agua sigue cayendo. Me pega la cara a la pared y a continuación, poseído por un furor rayano en lo animalesco, me agarra por los costados y me obliga a arquear la espalda. Me penetra sin preámbulos, áspero, brutal y tremendamente excitante. Se mueve dentro de mí jadeando, su pelvis contra la mía, su pecho contra mi espalda, mientras el agua cae sobre nosotros sin lograr apagar el fuego que arde en nuestro interior.

Sus dedos buscan mi boca, que se abre rendida, juegan con mi lengua, me fuerzan a emitir unos sonidos de los que no me creía capaz.

—¡Vamos, Elena! —gruñe en mi oído—. ¡Quiero oírte gritar!

A la manera de un instrumento sometido a su mando, mi cuerpo genera un orgasmo devastador que me llena el alma y rebosa por la garganta con un grito ronco y profundo.

Leonardo, estoy completamente loca por ti.

Mientras nos vestimos recibo un SMS. Mi iPhone, que está apoyado en el estante del lavabo, se ilumina de verde. Supongo quién es a esta hora, aunque espero equivocarme con todas mis fuerzas. Por desgracia, no es así.

¿Cómo vas, Bibi? ¿Cena en casa o fuera?
Beso

Siento una punzada en el corazón. Soy una cabrona. Una traidora. Me subo un tirante del sujetador luchando para sofocar mi tormento, pero pierdo la batalla, dado que Leonardo se da cuenta enseguida.

—¿Es tu novio? —pregunta sin alterarse demasiado.

—Sí —contesto a la vez que escribo a Filippo que prefiero que esta noche nos quedemos en casa.

Él no dice nada y me da un beso en la frente, después sale del cuarto de baño y se dirige a su dormitorio para acabar de vestirse.

Cabeceando, cierro la puerta y me miro al espejo: mi aspecto es normal, no estoy marcada por la infamia. Pese a ello, siento sobre mí el peso de este día, que he vivido en la clandestinidad.

Me pregunto si quiero de verdad a Filippo.

Sí, coño, claro que lo quiero, estoy segura.

Entonces, ¿por qué deseo a Leonardo?

He leído en algún sitio que la mayor parte de las veces no se desea lo que se quiere, ni siquiera lo que se respeta. En particular, no se desea aquello a lo que nos parecemos. Puede que sea verdad, pero ahora no es momento para cavilaciones. Tengo que volver a casa.

Me reúno con Leonardo en su habitación, amplia y luminosa, y él me acompaña a la puerta. Se ha cambiado y ahora huele a gel de baño. Me acaricia la barbilla, se apoya en la jamba y me mira como si no quisiese que me marche.

—¿Cuándo volveremos a vernos? —pregunta.

—No lo sé... —contesto bajando la mirada y metiendo el teléfono en el bolso.

Él me obliga a levantar la cabeza y busca mis ojos.

—Eh... Has dicho que no te arrepentías de lo que hiciste conmigo. No empieces ahora, ¿eh?

—De acuerdo. —Suspiro, poco convencida. Me despido de él con un beso fugaz, a continuación bajo la escalera como un rayo y me sumerjo en el tráfico del Lungotevere.

Mientras camino hacia la parada del autobús tengo la extraña sensación de que tarde o temprano deberé arrepentirme de algo. Aunque no sé exactamente de qué.

5

Es un domingo por la noche casi veraniego, el aire es caliente, el cielo conserva su claridad y una sensación de feliz indolencia flota en los rostros de la gente. La mano de Filippo resbala por mi vestido y se detiene en un costado mientras nos dirigimos a la salida del cine. En el Trevi ponían *Amor mío, ayudame,* una película del festival dedicado a Alberto Sordi. No me lo esperaba, pero la sala estaba abarrotada de gente y eso me ha hecho recordar los foros de cine a los que solíamos ir cuando estábamos en la universidad; a veces solo asistíamos tres o cuatro personas a la proyección, Filippo y yo incluidos.

—Me ha encantado volver a verla —observa él con una sonrisa de satisfacción—. Es una película especial, extraña.

—Sí, no es la clásica comedia italiana. —Alzo la mirada intentando atinar con la palabra—. Te deja un gusto amargo —añado frunciendo la nariz.

—En ciertas escenas no sabes si reír o llorar. Además, hay que reconocer que Monica Vitti está fantástica.

—Pues sí.

Asiento con la cabeza haciendo creer a Filippo que nuestros pensamientos son idénticos, pese a que no es del todo así. Soy presa de una tempestad de emociones. Me esfuerzo por ocultársela, pero no sé si lo estoy logrando, a juzgar por la manera en que arden mis mejillas.

Ha sucedido mientras estábamos sentados en la sala. Estaba tranquila y serena, disfrutando de la película, acurrucada contra el cuerpo de mi novio, con la cabeza pegada a la suya y cogidos de la mano. Todo parecía perfecto. Hasta que proyectaron *esa escena*. El coche que derrapa en el paseo marítimo, la mujer que le confiesa a su marido que se ha enamorado de otro, la pelea furibunda, él que la persigue y la hace cambiar de opinión a fuerza de bofetadas. La escena siempre me ha hecho reír, pero esta noche no. Mi mano suelta de golpe la de Filippo mientras mi mente retrocede a hace una semana. Estaba allí, en ese mismo lugar, ya he visto pasar ante mis ojos esos fotogramas. La reconozco: es la playa de Sabaudia. Estaba allí con Leonardo, tan mentirosa e infiel como la protagonista, solo que en mi caso no se trataba de una película.

No he vuelto a saber nada de él desde ese día. Hace una semana que no da señales de vida, y yo he intentado borrar su recuerdo de mi mente. Pero lo cierto es que no ha funcionado, porque todo se ha convertido en un pretexto para pensar en él.

Filippo y yo caminamos a paso lento por las calles del centro, llegamos a la Fontana de Trevi, que ya está iluminada. Mi iPhone vibra, lo cojo y veo que tengo un nuevo mensaje en el contestador. Convencida de que es Gaia pulso el PLAY, pero un instante después compruebo, excitada y temerosa, que el mensaje no es de mi amiga, sino de Leonardo. No sé si sentirme feliz o desesperada, puede que se trate de las dos cosas. Vuelve a mi lado, desaparece, vuelve una vez más. ¿Por qué no me deja tranquila? ¡Todo es tan complicado!

Confusa, miro a Filippo, que parece distraído. Podría escuchar todo el mensaje sin que se diese cuenta, y la parte culpable de mí se muere de ganas de hacerlo. En cambio, lo interrumpo después de un prometedor: «Elena, soy Leonardo». Basta. No le permitiré que diga nada más en presencia de Filippo. Al lado de Filippo.

—¿A quién estás llamando? —pregunta él al notar que tengo el teléfono pegado a la oreja.

—Tenía un mensaje en el contestador —respondo como si nada. Y me apresuro a meter el iPhone en el bolso.

—¿De quién? —inquiere, curioso.

¿De quién? Mi mente es un hervidero.

—De Paola —contesto enseguida.

—¿Te molesta también en domingo? —Filippo abre desmesuradamente los ojos, exasperado al oír el nombre de la pesada de mi colega.

—Me ha pedido que vaya antes mañana.

—¡Menuda lata!

—Pues sí...

Después de dar un breve paseo vamos a tomar el aperitivo al Salotto 42, un local que se encuentra en la plaza de Pietra. El sitio es impresionante, sobre todo de noche, y las columnas de Adriano crean un efecto escénico extraordinario. Empiezo a sentirme mejor. La ansiedad se va atenuando, al igual que el ardor de la cara, mientras estamos sentados en un sofá *vintage* de los años cincuenta, entre souvenirs, revistas de diseño, fotografías, libros y vinilos. No debo pensar en Leonardo, debo dejar de preguntarme qué quería decirme en su mensaje y dedicarme a Filippo. Debo vivir el presente, aquí y ahora, con él.

Este local tiene un significado especial para nosotros: aquí cenamos la noche en que hicimos el amor por primera vez después de mi viaje enloquecido a Roma. Esta noche parece aún más bonito, nos mece un delicioso fondo musical de *nu jazz*. De improviso, me doy cuenta de que nos hemos sentado a la misma mesa.

Arqueo las cejas y digo:

—¿Coincidencia?

—Quién sabe... —Filippo sonríe encantado y se encoge de hombros. Al cabo de unos minutos, después de que hayan llegado nuestros aperitivos y alguna que otra delicia de cocina fusión, me pregunta por el trabajo—: ¿Cuándo crees que acabarás?

—¿Te refieres a la capilla o al fresco que estoy restaurando ahora?

—A todo.

Yo misma me he hecho esa pregunta un sinfín de veces durante los últimos días.

—Creo que a finales de verano, pero no pondría la mano en el fuego.

El camarero se detiene un instante en nuestra mesa para invitarnos a que probemos la *raw food*. Filippo señala el platito vacío de sushi y me pregunta si quiero más. Asiento con la cabeza —adoro la naturalidad con la que nos comunicamos mediante gestos— y dejo que sea él el que lo pida.

Mientras esperamos a que nos sirvan el nuevo plato de California maki, Filippo se yergue en la silla con una expresión inusualmente seria.

—Me gustaría hablarte de una cosa —dice.

Por un segundo soy presa del pánico, pienso que me ha visto cruzar Roma en la Ducati como una exhalación o que se ha enterado por otra vía de mi relación con Leonardo. Pero después añade:

—Tengo que contarte una novedad importante.

—¿Cuál es? —pregunto, en ascuas.

Filippo retuerce la servilleta y exhala un suspiro, titubea. Si él fuese la chica y yo el chico, no tendría la menor duda sobre la naturaleza del anuncio: «Estoy embarazada. Estamos esperando un hijo». Parece serio e inquieto, aunque también excitado. Al final dice con orgullo:

—Dentro de un mes dejo de trabajar para Renzo Piano. Está decidido.

Lo observo a la espera de que siga: hasta ahora, no es ninguna novedad. Sabía que tarde o temprano terminaría su colaboración. Así que esta vez debe de tratarse de algo más.

—¿Y? —pregunto para animarlo.

Mira unos segundos alrededor, luego da un buen sorbo a su bebida. Se seca los labios y anuncia:

—Bueno, después me gustaría seguir trabajando como arquitecto…, pero en un ambiente propio. Quiero abrir un estudio.

Creo adivinar lo que está a punto de decir, pero espero a que sea él el que lo haga.

—En Venecia… —concluye.

Bebo un sorbo de Martini, mi corazón late acelerado, presa de un sinfín de emociones contrapuestas. Me callo un segundo antes de preguntarle:

—¿Te has cansado ya de Roma?

—No lo sé —dice exhalando un suspiro—. Pienso que aquí todo es más difícil, en especial en mi sector. En Venecia aún conservo buenos contactos… —Se rasca la cabeza, nervioso. Después me mira a los ojos y prosigue—: Pero ¿tú qué dices? ¿Qué piensas?

Pues sí, ¿qué pienso? Sé dónde quiere ir a parar, así que espero con todas mis fuerzas que no esté ya en camino.

—¿Sobre la cuestión de abrir tu estudio? —Gano tiempo. En realidad, soy perfectamente consciente de que me está preguntando algo mucho más importante.

—No. Sobre Venecia —replica clavándome los ojos—. Sobre el hecho de irnos a vivir a Venecia. A fin de cuentas, es nuestra ciudad...

Ya está, ahora sí que ya no tengo escapatoria.

Como no podía ser menos, Filippo y yo hemos hablado ya antes del tema, solo que esta vez parece distinto. Esta vez parece tratarse de una posibilidad concreta e inminente.

—Podríamos compartir el alquiler de mi piso. —Bajo la mirada como si quisiese reflexionar unos segundos sobre lo que acabo de decir—. Es pequeño, pero nos adaptaremos...

—Me gustaría darte mucho más, Bibi.

Lo miro a los ojos, verdes e intensos. Antes de mudarse a Roma, Filippo aún vivía con sus padres. No tanto por comodidad como porque entonces se pasaba la vida viajando por motivos de estudio o de trabajo y, en consecuencia, no sentía la necesidad de tener un espacio propio.

Cabeceo, como diciendo: «¿En qué sentido más?».

En este momento Filippo inicia un discurso confuso, pero que parece directamente dictado por su corazón. Salta a la vista que le cuesta atinar con las palabras. Que es el contenido lo que lo apremia.

—Sé que te mudaste a Roma en buena parte por mí. Y que ahora te estoy pidiendo que te traslades de nuevo. Quiero decir, no es que odie Roma o que no vea la hora de marcharme de aquí, no es eso. Pero después del último viaje que hice a Venecia, después de haber visto varias casas, pienso que he vivido como un exiliado los últimos diez años, que mis padres están envejeciendo y todo el resto… No sé, ahora me siento realmente listo para dar un salto. Para emprender una vida más tranquila. O, al menos, una vida diferente.

Asiento con la cabeza mientras él elabora sus palabras. Nada de lo que dice me sorprende. Es cierto que hemos hablado ya de ello, pero, aun así, me turba un poco la idea de dejar Roma de la noche a la mañana. Llevo en la cabeza los lugares que aún me quedan por ver, las cosas que todavía debo hacer en esta ciudad y para las que no he tenido tiempo, pero también una imagen fija que, en este momento, va cobrando nitidez de manera inexplicable: Leonardo.

—¿No dices nada? ¿He conseguido dejarte sin palabras? —insiste Filippo mientras se mordisquea una uña. Solo hace ese gesto cuando está impaciente o cuando un tema le interesa de verdad. Lo sé, no me está pidiendo que nos casemos, pero, en cierto sentido, el cambio es aún mayor. Volver a vivir en Venecia, juntos. *Para siempre.*

Le cojo la mano y la sujeto en una de las mías; daría cualquier cosa por contentarlo, pero a la vez quiero ser totalmente honesta con él y conmigo misma.

—Creo que podría ser magnífico, de verdad —afirmo intentando parecer menos indecisa de lo que lo estoy en realidad.

Me gustaría añadir que quizá sea prematuro, que vale la pena pensarlo bien y que no hay ninguna necesidad de acelerar las cosas. Pero Filippo se entromete en mi incerteza diciendo:

—Lo sé. Créeme, no trato de ponerte en un aprieto. Pero... quería enseñarte esto. —Me suelta la mano y la mete en el pequeño bolsillo de su chaqueta deportiva, del que saca un folio doblado—. Aquí está.

Lo abro: es la fotografía de un maravilloso piso reformado con vistas al Canal Grande.

—¿Te gusta? —me pregunta con una luz especial en los ojos. La respuesta que espera es más que evidente.

—Por supuesto..., es precioso —digo leyendo deprisa la descripción que hay debajo de la fotografía: tres dormitorios, dos cuartos de baño, una amplia terraza con mirador, atraque privado. ¿Cómo podría no gustarme? Alzo la mirada de la hoja y exclamo—: ¡Es estupendo, Fil! No sé qué decir. —Suspiro y trago saliva—. Pero aún es pronto para pensar en eso, ¿no crees?

Ya está, por fin lo he dicho.

—Claro, por el momento es tan solo una idea —se apresura a decir—. Lo ha reformado un amigo mío y quería enseñártelo antes de que nos lo birle alguien.

Miro de nuevo la fotografía y esta vez también el precio, que está impreso abajo, en caracteres pequeños.

—Pero no es lo que se dice barato… —murmuro.

Filippo asiente con la cabeza conteniendo una sonrisa.

—¿Nos lo podemos permitir? —pregunto.

Él baja los ojos y cabecea. Acto seguido me mira y, muy serio, dice:

—Puede que sí. Entretanto podemos soñar. Más tarde, quién sabe…

Por suerte, al cabo de un momento la tensión se disipa y la atmósfera vuelve a ser ligera entre nosotros. Nos reímos más de lo habitual, bromeamos con malicia y fantaseamos sobre el fin de semana que nos espera en la Toscana, pero, aun así, no acabo de liberarme del peso de la conversación que hemos dejado suspendida, y, a modo de contraste, el recuerdo de Leonardo se impone con más intensidad. Lo siento como una presencia viva, real, como si estuviese sentado entre Filippo y yo, y nos hubiese escuchado mientras conversábamos sobre nuestro futuro.

Nos estamos preparando para acostarnos. Filippo está en el cuarto de baño. Siempre dejo que vaya primero, dado que tarda poquísimo y que, por suerte, no debe ponerse crema reafirmante en los glúteos y en los muslos como hago yo. Hace unos días empecé a usarla otra vez; desde la excursión improvisada a la playa, para ser más exacta.

Mi iPhone está sobre la mesita, inocente y silencioso; no despierta sospechas. En cambio, en su interior hay una bomba a punto de estallar: el mensaje de Leonardo que aún no he escuchado. Miro el teléfono como si fuese un peligroso depredador, luego alargo la mano y lo cojo. Si no lo escucho ahora, es más que probable que no pueda pegar ojo en toda la noche; en pocas palabras, que no estaré tranquila.

De manera que decido hacerlo, pero no delante de Filippo; en el baño, después de mi infructífero ritual de belleza. Filippo acaba de lavarse los dientes en unos segundos, es mi turno. Cierro la puerta con llave, abro al máximo el grifo del lavabo y dejo correr el agua. Sé que son unas precauciones insensatas y si tuviese una pizca de lucidez me reiría de mí misma, pero no puedo.

Evito a toda costa mirarme al espejo mientras cojo el teléfono y lo apoyo en la oreja para oír el contestador.

«Elena, soy Leonardo. Estoy volviendo de Sicilia. Libérate del trabajo mañana por la tarde. Quiero llevarte a un sitio. No quiero excusas. No las aceptaré».

Dios mío. ¿Será posible que un simple mensaje de voz de diez segundos me exalte enseguida de esta forma? Por un lado, siento curiosidad: a saber adónde quiere llevarme. Pero por otro me siento aturdida, y también un poco molesta. Miro fijamente el vacío durante unos minutos, de pie delante del lavabo; después vuelvo a escuchar el mensaje, para cerciorarme de que he oído todo. Es evidente que sí, me estoy contando una excusa, de manera que lo borro farfullando «Ni lo pienses», sobre todo para convencerme a mí misma.

Indignada, me lavo los dientes, después me limpio la cara y me pongo la crema reafirmante en los puntos críticos. Mientras vuelvo a la habitación, miro a Filippo desde el pasillo durante un momento que me parece larguísimo. Está ojeando algo en el iPad, quizá una de sus revistas de diseño. Abro la boca, la cierro, la vuelvo a abrir. Querría decirle algo; en cambio, me escabullo de nuevo al baño.

—¿No vienes a dormir, Bibi? —oigo que refunfuña en la habitación.

—Voy enseguida —contesto con la voz más dulce que puedo.

He decidido que tengo que responder al mensaje de Leonardo. Si lo ignoro, podría parecer una estrategia. Pero no es así: quiero rechazarlo de forma clara y rotunda, definitiva. Le comunicaré con un escueto SMS que puede dejar de buscarme, dado que, como sabe de sobra, tengo novio y soy feliz con él.

Me esfuerzo por tener la misma firmeza que se requiere para tragar una medicina necesaria, pero amarga a más no poder. Me cuesta mucho mantener esta decisión, se me escapa continuamente de las manos, resbaladiza como una anguila. Al final inspiro hondo y me apresuro a escribirle. Mientras pulso la tecla ENVÍA siento un escalofrío en la espalda. Me doy cuenta, demasiado tarde, de que mis dedos no han obedecido a mi mente, sino a un impulso asesino y visceral.

Hola. He escuchado tu mensaje. Mañana me viene bien. Ya sabes dónde encontrarme.

Eso es lo que he escrito. Cierro los ojos y sacudo la cabeza. He perdido la esperanza. Solo me faltaba el desdoblamiento de personalidad, ¡menudo lío!

Me siento culpable y aliviada a la vez, como supongo que se siente un alcohólico cuando saborea el primer sorbo de vodka después de una larga abstinencia. Unas emociones que se agrandan varios segundos más tarde, cuando mi teléfono se ilumina y aparece un SMS con el número de Leonardo. Aún no he decidido guardarlo en la agenda de nuevo, al fin y al cabo tampoco sirve de mucho. Me paro solo un segundo en el umbral del baño. Por lo general, él no responde a los mensajes. En cambio, ahora lo ha hecho.

El sitio de siempre, a las cuatro. Buenas noches. Leo

Pocas palabras, nada de particular; entonces, ¿por qué me siento especial? Basta. Tengo que hacer acopio de todas mis fuerzas y volver a la habitación. Filippo me está esperando con la luz encendida y tengo la impresión de que no le apetece mucho dormir. Al menos, por el momento. No antes de haber hecho el amor.

Cuando entro de nuevo en el dormitorio descubro que mi suposición no era infundada. Veo en sus ojos deseo, diría que incluso devoción, una profunda necesidad de mí. Busco su lengua, después le quito la camiseta dejando al aire su pecho. Me aferra las nalgas, mientras yo apoyo una mano en su sexo y lo acaricio a través de los calzoncillos. Meto los dedos bajo el elástico y me abro paso por el vello. Lo aprieto con fuerza. Filippo emite un gemido gutural. Se libera de los calzoncillos en un abrir y cerrar de ojos.

Me quita el picardías y me lame el cuello hasta los hombros, luego se inclina entre mis piernas y besa los labios húmedos de mi nido; lo deseo, pese a que en este momento el sentimiento es impreciso, confuso y, por eso, intento mirarlo.

Durante un aterrador instante los ojos de Leonardo se superponen a los de Filippo, que justo en ese momento me está haciendo gozar. Arqueo la espalda y me corro. Lo deseo con todas mis fuerzas, a pesar de que he escrito un mensaje *al otro.* Porque él me desea. Porque él me quiere. De manera que yo también lo quiero.

Así que cuando Filippo se echa encima de mí para penetrarme y empieza a moverse, secundo su ritmo y lo abrazo. Soy suya. Al menos aquí, al menos ahora.

Al día siguiente, en el trabajo sucede lo de siempre. Tengo que soportar los gruñidos de Paola, que está enfadada conmigo porque vamos retrasadas y me llama la atención cada vez que me chorrea un poco la pintura. No sé cómo decirle que esta tarde tengo que salir antes. Ni siquiera ha venido Martino para animar un poco el ambiente. No lo he vuelto a ver desde el día en que me vio salir de la iglesia con Leonardo. De vez en cuando pienso que quizá le haya dolido, que es posible que me considere algo más que una simple amiga. Lamentaría mucho tener que renunciar a él por ese motivo. Cuando está aquí trabajo mejor, pasaría horas hablando con él, y no solo de arte.

Mientras escribo con diligencia en el diario, se me ocurre preguntarle a Paola por él. Quizá ella sepa algo.

—Paola, ¿has vuelto a ver a Martino?

—¿Al jovencito? —Me escruta con una expresión casi mordaz bajando hasta la punta de la nariz sus gafas de color verde ácido—. Si tú no lo sabes… —dice con una sonrisita irónica.

Sacudo la cabeza, pese a que he comprendido ya adónde quiere ir a parar.

—Vamos, no te hagas la idiota —prosigue, mojando el pincel en el cuenco del rojo—. Ese no venía para ver los cuadros de Caravaggio, desde luego, sino para verte a ti.

—Vamos…, ¡pero qué dices! —Cierro el diario y remuevo el color—. Tiene que hacer un examen. Puede que esté en casa estudiando.

—Elena, no te hagas la ingenua, por favor: está chiflado por ti —me contesta remarcando su acento romano.

No replico, porque me temo que puede ser que Paola tenga razón. De acuerdo, ha llegado el momento de dar el comunicado. Inspiro hondo, adecuo la voz y me lanzo:

—En cualquier caso, quería decirte que hoy tengo que salir a las cuatro.

—¿Cómo? ¿Qué has dicho? —exclama haciendo temblar el andamio.

—Que a las cuatro me voy —contesto tratando de mantener un tono sereno y profesional.

—Haz lo que quieras —se limita a decir, pero salta a la vista que está irritada.

—Tengo una cita importante —digo tratando de justificarme—. No puedo anularla.

—De acuerdo —gruñe intentando parecer comprensiva—. Basta con que después no te quejes de que vas retrasada con el trabajo —concluye en un tono vagamente amenazador.

Me siento culpable, pese a que no tengo ningún motivo; al menos no con ella. En este momento Paola es una proyección de mi conciencia y me está diciendo que permanezca en mi sitio, que no ceda a las distracciones peligrosas. Pero, por desgracia, no tengo ninguna gana de escuchar a la conciencia; he tomado una decisión, la verdad es que lo hice ya anoche. No he dejado de querer a Filippo, jamás lo haré, pero la atracción que Leonardo ejerce sobre mí es irresistible.

Bajo del andamio y me preparo para salir de la iglesia.

A las cuatro en punto estoy en la plaza Sant'Andrea. Luzco un vestidito ligero y unas sandalias romanas. Suelo llevar pantalones, pero hoy he cogido ropa para cambiarme —vivo cada cita con Leonardo como si fuese la primera— y me he arreglado a toda prisa en la sacristía. No habría tenido ningún sentido negarme este toque de feminidad.

Leonardo llega puntual en su moto, me tiende el casco y me hace sitio en el sillín. Sin vacilar un momento, me doy impulso apoyando un pie en el pedal y me aferro con fuerza a su cintura. Estoy lista, dispuesta a ir adonde él me lleve.

Al cabo de veinte minutos de serpentear entre el tráfico, me doy cuenta de que estamos en la periferia este de la ciudad. No reconozco la zona, nunca he estado aquí, pero parece un antiguo barrio obrero lleno de naves y grandes edificios convertidos en viviendas. La moto se detiene en el centro de una explanada adoquinada, delante de un edificio que tiene toda la pinta de ser una fábrica abandonada. Detrás de ella se divisa un riachuelo; imagino que es el Aniene, un afluente del Tíber.

—Vamos, entremos —me invita Leonardo dándome la mano.

—¿Ahí dentro? —pregunto vacilante. Aún no he entendido por qué me ha traído aquí, pero él, como siempre, hace caso omiso de mis dudas y me guía sin titubear.

—¿Qué pasa? ¿Tienes miedo de que te rapte? —pregunta con una risita irritante.

Sonrío. Quizá la idea no me desagrade del todo.

Leonardo señala un letrero desconchado que hay en la fachada del edificio.

—Era una fábrica de galletas —me explica—. Lleva varios años cerrada. —Después, con un enérgico empujón, abre el portón de hierro y entra delante de mí.

El olor a cerrado es fuertísimo. Es una nave inmensa invadida por el polvo y las telas de araña. Está casi vacía, exceptuando varias máquinas cuya utilidad no acabo de comprender, y en el centro hay una cinta transportadora. Al fondo, unos enormes ventanales con los marcos de madera dan directamente al río. El ambiente ejerce una fascinación poética y decadente.

—¿Qué te parece? —me pregunta Leonardo.

—Depende de lo que quieras hacer en un sitio así. Aparte de secuestrarme, claro está.

Me rodea los hombros con un brazo.

—Lo quiero comprar con un socio —me explica orgulloso—. Quiero abrir aquí un restaurante.

—En ese caso me parece fantástico.

—Me alegra que te guste. —Me mira, luego da un paso hacia el centro del local y lo recorre con la mirada—. Este sitio tiene alma, lo noto. Imagina cuánta gente ha pasado por aquí, cuántas historias. Quiero darle una segunda vida.

Cuando habla de su trabajo y de sus pasiones, Leonardo deja entrever otro aspecto de sí mismo. Sin dejar de ser un hombre sanguíneo e instintivo, demuestra poseer además una gran sensibilidad.

De repente, se vuelve de nuevo y me aparta un mechón de pelo de la cara.

—Si yo pudiese tener otra vida… —dice con una punta de melancolía, pero deja la frase a medias para probar mis labios.

—¿Y qué harías en otra vida? —insisto interrumpiendo el beso a duras penas.

Él esboza una sonrisa, me acaricia los costados, se desliza hasta las nalgas y me sube el vestido.

—En todo caso, hiciese lo que hiciese, puedes estar segura de que iría a buscarte tarde o temprano, donde estuvieses, y te traería aquí para hacer el amor.

Me aprieta las nalgas y me atrae hacia él hasta que su sexo se pega a mi barriga. Tiene la mirada ardiente del que está a punto de obtener lo que desea. Y sabe que yo también lo deseo.

Me siento preparada para acogerlo en mi interior, pero decido posponer el placer y entregarme un poco a él. Así que me arrodillo, le desabrocho los pantalones y los dejo caer al suelo con los calzoncillos. Cojo con las dos manos su erección y la observo. Su sexo túrgido está listo para gozar y hacerme gozar, y el mero hecho de mirarlo me causa un estremecimiento en la espalda. Sin poderlo resistir, empiezo a lamerlo, a la vez que Leonardo me aferra el pelo como si quisiera hundirse cada vez más en mi boca. Pero solo me deja saborearlo unos instantes, porque enseguida, con un ademán casi violento, se libera de mis labios y me obliga a levantarme.

Después, doblando ligeramente las rodillas, me agarra las piernas y me coge en brazos hundiendo la cara en mi pecho. Me muerde a través de la tela, da varios pasos y me sienta en la cinta transportadora.

Miro alrededor inquieta en tanto que él me levanta el vestido. Antes de que pueda darme cuenta, coge un borde de las bragas con las dos manos y me las arranca de un tirón. Suelto un leve gemido de sorpresa cuando siento, inmediatamente después, su lengua en mi sexo produciéndome una oleada de placer. Mientras chupa mis líquidos me acaricia el seno, excitando el lunar que tengo en forma de corazón. Su lengua se desliza por todas partes, de los muslos al clítoris, al mismo tiempo que sus dedos apartan el sujetador para liberar mis pezones.

Ahora los labios y las manos se cambian de sitio. Cierro los ojos, aprieto su cabeza contra mi pecho y dejo que sus dedos me penetren. Leonardo se aparta, como si fuese presa de un rapto, me levanta con ímpetu las piernas y me obliga a tumbarme de espaldas.

No puedo respirar. Un morbo oscuro y reptante recorre mis venas, mi cuerpo se agita estremecido. Debo poseerlo. Debe entrar en mí.

Leonardo se echa encima de mi cuerpo y con un ademán implacable aferra el cinturón del vestido y me lo arranca de las presillas desgarrando la seda.

Tras rodear la máquina, me coge los brazos y los levanta por encima de la cabeza. No puedo oponerme aunque quiera: su gesto es imperioso, categórico. Junta mis muñecas, las ata con el cinturón y fija los extremos a un gancho metálico que hay al fondo de la cinta transportadora. Después me observa.

—Quizá no habría sido una mala idea secuestrarte —bromea esbozando una sonrisa perversa—. Podría encerrarte aquí y gozar de tu cuerpo cada vez que lo deseara.

Vuelve a ser el Leonardo de siempre: fuerte, dominante, dueño de la situación. Trato instintivamente de desatarme, pero lo único que consigo es que el nudo se apriete aún más en las muñecas. Apoya una mano abierta en mi cara, la desliza por el cuello, se detiene en el pecho y lo descubre abriéndome el vestido. Me muerde los pezones, los pellizca con el pulgar y el índice desencadenando chispas, al punto que debo morderme los labios para no gritar.

Se inclina para darme un beso fugaz y luego, pasándose la lengua por los dientes, como si quisiese conservar mi sabor, se levanta de nuevo y se quita la camiseta. Me agarra los muslos y los abre tirando de ellos hacia él. La falda del vestido resbala por la cinta de tal forma que me impide moverme. Estoy en sus manos.

El contacto de su sexo durísimo con el mío me estremece. Mi cuerpo se enciende de deseo a la vez que arqueo la espalda. Estoy preparada para recibirlo. Es el momento.

Pero Leonardo lo sabe y se hace esperar. Aún. No me penetra enseguida, se restriega contra mí en un cortejo lánguido y desgarrador. Empuñando su sexo con una mano, me atormenta los labios, los abre, los explora, los acaricia sin llegar nunca hasta el final. Siento que voy a enloquecer y lanzo un gemido de desesperación. Agito las piernas para rebelarme y él sonríe, sádico.

—No seas impaciente, Elena.

Mientras lo dice, me penetra de improviso, pero solo por un instante. El tiempo necesario para que intuya lo que me está negando; luego sale dejándome aturdida e insatisfecha.

Leonardo repite esta tortura un par de veces más: entra y sale enseguida. Emito otro gemido de rabia y él se echa a reír. Sin miramientos.

Entonces me penetra con un empujón aún más violento. Otro y otro más, cada vez más hondo. Grito, porque eso es lo que quiere que haga, arrebatada por el placer que he anhelado con desesperación. Leonardo ya no se ríe, sus ojos arden, la boca se contrae dejando entrever sus dientes blancos y feroces, una vena le hincha el cuello y su cuerpo es un haz de músculos tensos, debido al esfuerzo. Lo siento vibrar contra mí, dentro de mí. Siento que su deseo se confunde con el mío.

Antes incluso de llegar al orgasmo, la intensidad del goce nos ha desgarrado ya. Me corro lanzando un grito ahogado, sacudida de pies a cabeza por una tormenta sensorial.

Él me sigue unos instantes después y luego se deja caer sobre mi cuerpo inerme, apoyando la cabeza en mi pecho y mojando de sudor y sexo lo que queda de mi vestido.

Unos minutos infinitos. Unos minutos que tienen el peso de una eternidad. Unos minutos que, lo sé ya, colorearán de nuevo deseo las próximas horas, los próximos días.

Leonardo me desata. Me siento en la cinta transportadora acariciándome las muñecas y ajustándome el vestido, que ha quedado en un estado penoso. Tal y como imaginaba, mis bragas son irrecuperables. Leonardo se apoya en la máquina que hay a mi lado; parece exhausto, pero feliz. Apoyo la cabeza en su hombro. Me invade una sensación de plenitud que recuerda peligrosamente a la felicidad. Pero es una felicidad precaria, que dura apenas unos minutos y después se convierte en un mar de dudas. Y en la marea sombría del sentimiento de culpabilidad.

—Nunca sé qué esperar de ti —empiezo a decir rompiendo el silencio—. Te vas, vuelves, desapareces, vuelves otra vez.

Leonardo se planta delante de mí y me rodea el cuello con las manos. Quizá haya intuido que para mí es importante hablar de esto y parece dispuesto a hacerlo.

—¿Y eso te molesta?, ¿te hace sufrir?

—No exactamente. —Bajo los ojos—. Me desestabiliza, no lo entiendo. Cada vez tengo que hacerme a la idea de que no volveré a verte; eso es.

Lo digo porque es cierto, pese a que sé con certeza que Leonardo me quiere, lo comprendo por la forma en que me busca y en que hace el amor conmigo. Pero no sé hasta qué punto, y es evidente que me sigue manteniendo alejada de sus pensamientos más profundos. De repente, me viene a la mente el tatuaje que tiene en la espalda, el extraño símbolo cuyo significado no alcanzo a comprender. Pero me callo. En una ocasión me aventuré a preguntarle algo y la única respuesta que obtuve fue un muro de silencio, lo recuerdo muy bien. Por eso intento de nuevo abrir una brecha en el misterio de este hombre que se obstina en esconderse.

—Solo me gustaría saber qué es lo que te pasa por la cabeza, Leo. Me gustaría saber adónde nos llevará todo esto, cómo podemos continuar.

Me muerdo la lengua para forzarme a callar. Me he metido en un callejón sin salida y cuando me doy cuenta ya es demasiado tarde. Estoy pidiendo explicaciones a un hombre huidizo por definición. Esta conversación, lo sé ya, no nos llevará a ninguna parte.

—No me interesa lo que sucederá mañana, dentro de un mes o de un año, Elena —me contesta sosteniendo mi mirada—. No sigo programas, solo mi instinto. Estamos aquí porque los dos lo deseábamos, eso es todo. Y debería bastarte.

Se separa de mí dando un pequeño paso hacia atrás.

—Soy el mismo hombre que conociste en Venecia, con todas mis limitaciones, y no puedo hacer promesas ni tener pretensiones sobre ti. No tengo derecho a pedirte nada porque no tengo nada que ofrecerte a cambio.

—Puede que esa sea únicamente la historia que te gusta contarte —murmuro tragando saliva. He decidido provocarlo—. Con las palabras dices una cosa, pero los hechos demuestran justo lo contrario. Y, sobre todo, tu cuerpo. —El juego se está poniendo serio.

Sacude la cabeza, dispuesto a negarlo todo, pero yo se la aferro con las manos y la sujeto. Estoy segura de que veo algo en el fondo de sus ojos, algo que arde por mí.

—No es solo sexo, Leonardo, los dos lo sabemos. —La afirmación se me escapa, demuestro un valor que no creía tener. Las palabras salen de algún rincón de mí sin que yo pueda hacer nada para impedirlo.

Me agarra los hombros y me mira fijamente a los ojos.

—¿Qué quieres que te diga, Elena? Sí, te deseo, mucho. ¿Quieres que te diga que nuestra relación es verdadera, intensa y única? Lo es. Es más, he perdido el control que siempre he creído tener. Pero eso no tiene importancia. Porque no puedo darte lo que quieres: jamás te pediré que dejes a tu novio y que cambies tu vida por mí, por la sencilla razón de que no estamos hechos para estar juntos.

Querría gritar que nunca lo sabremos si no lo intentamos. Pero, por desgracia, no tengo la fuerza que ello requiere, no soy capaz de replicar, de combatir contra su obstinada voluntad, contra el lado oscuro que lo oculta a mi mirada. Detrás del Leonardo que veo hay otro hombre, estoy segura, y empieza a darme miedo. Pero sus palabras, sinceras o hipócritas, me duelen y, de una forma u otra, debo defenderme.

—Está bien, como quieras —digo sumisa y bajo de la cinta transportadora de un salto—. Ahora llévame a casa, por favor.

Leonardo baja los ojos y vuelve a alzarlos por unos segundos. Le gustaría decir algo, pero se está conteniendo. Y yo no quiero insistir más. De manera que nos encaminamos hacia la salida, sumidos en un silencio oprimente.

De improviso me siento decepcionada, transida, maltrecha, veo mis piernas enrojecidas, el vestido roto, el maquillaje deshecho, el pelo enmarañado. Soy una guerrera derrotada. Estas son las huellas de una pasión imposible, de una guerra que nunca lograré ganar.

Fuera el sol sigue alto en el cielo, pero no calienta. Mientras la moto se pierde por las calles de Roma una nueva certeza se va abriendo paso dentro de mí: si no tomo una decisión ahora, Leonardo me hará daño. Porque su pasado es una herida que aún no ha dejado de sangrar y que, quizá, nadie podrá curar jamás.

6

Esta noche he decidido esmerarme con la cena. He preparado a Filippo un *gâteau* de patatas y una pechuga a la plancha, la única combinación que me sale medianamente bien, y él parece haberlo apreciado, a juzgar por la velocidad con la que ha vaciado el plato.

—Exquisito —ha comentado al final lamiéndose los labios, y su veredicto me ha convencido de que tal vez no sea tan mala cocinera como pensaba.

Ahora estamos recogiendo juntos la cocina. Yo lavo los platos y él los seca. Como mañana partimos por fin a pasar el fin de semana en la Toscana, no quiero dejar las cosas en el friegaplatos tres días. Filippo se ha atado a la cintura mi delantal azul con la imagen de Mafalda —por la única razón de que sabe que me hace reír de esa guisa— y está pasando el trapo por los platos y los vasos como si de esa tarea dependiese el destino de la humanidad. ¡A veces resulta tan cómico! Quizá sea ese el aspecto que más me gusta de él.

Leonardo lleva varios días sin aparecer, de nuevo. No ha vuelto a dar señales de vida y yo no le he buscado, ni siquiera cuando la tentación ha sido tan fuerte que me ha dejado sin respiración. Por fin he decidido, tal vez solo con la cabeza, pero lo he hecho: lo nuestro se acabó. Una parte de mí se estaba engañando ya; por suerte, las palabras que me dijo la última vez que nos vimos tuvieron el efecto de un brusco pero sano despertar: «No estamos hechos para estar juntos». He reflexionado mucho y al final no he podido por menos que darle la razón: no quiero un hombre que me llama y me deja como y cuando le parece, que me desea a días alternos, que me desorienta con sus silencios y con sus misterios, que solo me concede las migajas. Leonardo ha sido una aventura excitante, pero ha llegado el momento de volver a la vida real, la que comparto con Filippo.

De manera que, con la conciencia un poco abollada y los fotogramas de mis pecados impresos en la mente, he vuelto al lado de Filippo y me he consagrado a nuestro amor. Quiero pasar con él el mayor tiempo posible, le he pedido que me acompañe al trabajo o a hacer la compra, lo he ido a buscar todos los días al estudio para comer juntos, he programado nuestras cenas atreviéndome a poner en práctica unos experimentos culinarios de dudosos resultados, incluso me he dejado convencer para ir al gimnasio con él. He buscado el contacto físico, tanto de noche, en nuestro dormitorio, como de día, con pequeños gestos, en presencia de gente. Le he dicho que lo quiero, pero nunca como un automatismo, sino concentrándome en el significado profundo del verbo «amar»; mi santo y seña son ahora el compromiso, la participación y la dedicación.

Puedo conseguirlo, estoy segura. Puede que nunca logre borrar del todo el recuerdo de la traición, pero las cosas no tardarán en volver a la normalidad o, cuando menos, al estado en que se encontraban antes de mi cumpleaños. No veo la hora de que sea mañana, de subir al tren que nos llevará a Siena, donde nos sumergiremos en la paz de las colinas toscanas.

Pienso en esto mientras hundo las manos en el agua caliente y llena de espuma. Soy consciente de lo afortunada que soy por estar aquí: he tenido mi pequeña evasión, me he tomado unas breves vacaciones de nuestra relación, pero al final he vuelto a casa. Donde quiero quedarme.

—¿Has hecho ya tus baúles? —me provoca Filippo. Me conoce al dedillo y sabe que no me limito a meter lo esencial en el equipaje.

—Aún no. No he tenido tiempo.

—Vamos a la Toscana, Bibi. No a una tienda en el desierto. —Me mira con aire indulgente, como si fuese capaz de comprender todas mis ansias—. Si luego te falta algo, puedes comprarlo allí.

—Haré un esfuerzo, pero no te aseguro nada. —Cada vez que viajo me prometo reducir a la mitad el peso, pero el mío es un propósito destinado a no realizarse nunca, dado que antes de cerrar la maleta siempre encuentro algo que meter en el último rinconcito vacío, algo que, por descontado, me parece de vital importancia.

—¡Al menos deja los libros!

—De acuerdo, Fil. Los dejaré en casa a condición de que tú hagas lo mismo con el iPad —le propongo.

—Acepto —dice sonriendo. Se acerca a mí por detrás y me pellizca en un costado—. Tendremos cosas mejores que hacer en vez de leer.

Me da un fugaz beso en la nuca y a continuación hunde la nariz y los labios en mi cuello. Doblo la cabeza apoyándola en la suya para gozar de ese contacto dulce y familiar.

—¿Te refieres a las excursiones y a las visitas a los museos? —le tomo el pelo. Cuando se echa a reír siento su aliento cálido en mi piel.

—Podemos hablar de eso, si quieres —me susurra apretándome los pechos.

Sin prisa, quito el tapón de la pila y espero a que baje la espuma. Después me seco las manos y me vuelvo hacia él, resuelta a aclarar la cuestión. Pero en ese instante oigo el débil timbre del móvil en el bolso que he dejado en el sofá. De mala gana, me separo del abrazo de Filippo y corro a la sala para evitar que salte el contestador. No tengo la menor idea de quién me puede estar llamando a esta hora y, dado que ya he hablado con Gaia y con mi madre antes de cenar, dudo que se trate de una de las dos. En realidad, mis sospechas apuntan en otra dirección... Saco el iPhone. Cuando veo *ese número* en la pantalla el corazón empieza a latirme más deprisa de lo normal y un arroyuelo de sudor frío me recorre la espalda.

Leonardo. ¿Qué querrá ahora? No quiero saberlo y no tengo la menor intención de contestarle.

—¿No respondes? —grita Filippo desde la otra habitación.

Me apresuro a rechazar la llamada.

—No me apetece. Es Paola —explico carraspeando—. Le mando un mensaje.

¡Pobre Paola! Siempre eres la protagonista de mis mentiras adulterinas. Sin saberlo, me estás salvando la vida, y algo me dice que un día sabré agradecértelo.

Tecleo a toda velocidad un SMS lapidario que me sale del corazón.

He tomado una decisión. Si me quieres un poco, no me vuelvas a llamar.

Antes de que pueda arrepentirme de lo que he escrito, pulso ENVÍA. Sé que esta vez no hay vuelta atrás. Esta vez se ha terminado de verdad, porque quiero yo.

Me reúno con Filippo en la cocina y, para esconder la cara, que me arde, me pongo a limpiar la encimera de

mármol y los hornillos, y a meter los platos en el aparador, como si fuese presa de una repentina furia doméstica.

Filippo se acerca de nuevo a mí y aferra mis manos
hipercinéticas.

—Eh... —Me obliga a volverme y me abraza por
la cintura—. Tú y yo hemos dejado una conversación a
medias, ¿me equivoco?

En lugar de contestar hundo la cabeza en su pecho
y me agarro a sus brazos como si no fuera a soltarlo nunca. Filippo me estrecha entre sus brazos y me besa. Quiere hacer el amor, y ahora yo también necesito ser suya.

A las cinco de la tarde del sábado nos encontramos
ya en nuestra tarjeta postal, envueltos en la quietud del
campo toscano: olivares, viñedos, campos de trigo y ex-
tensiones de girasoles que se pierden en el horizonte.

El taxi en que viajamos acaba de cruzar una verja
blanca de hierro forjado y, a la velocidad de una persona
andando, está recorriendo el estrecho camino flanquea-
do de cipreses que lleva a nuestro hotel. Estoy emocio-
nada. Todas las moléculas de mi cuerpo exultan de felicidad. Cogida de una mano de Filippo, miro por la
ventanilla intentando fotografiar con los ojos todos los
rincones de este lugar mágico; después me acerco a su
oreja y le doy las gracias con un susurro que sabe a besos y a caricias.

El hotel, una antigua casa de campo restaurada, es
impresionante, empezando por las rosas que enmarcan

la entrada y por las ánforas llenas de geranios rojos que hay bajo el pórtico.

Después de pagar al taxista entramos en el vestíbulo. Filippo lleva al hombro su bolsa deportiva y con dos dedos arrastra mi maleta de ruedas, que pesa lo suyo y está llena a reventar. Como era de esperar, también esta vez he logrado convertirla en un vagón de mercancías.

El interior del hotel es muy acogedor. Ha conservado el encanto sencillo y nítido de los palacios cargados de historia sin perder de vista la sofisticación: el pavimento de terracota florentina cubierta de alfombras hechas a mano, las lámparas y los muebles de época, los grabados de autor colgados a las paredes, una colección de libros antiguos expuestos en la librería de madera preciosa. Y ramos de flores frescas en varias tonalidades de blanco, escenográficamente colocados en unos jarrones de porcelana fina.

—¡Estoy impresionada! —exclamo admirando la enorme chimenea de mármol—. Este sitio es fabuloso.

Filippo señala mi maleta con ruedas desconsolado:

—De alguna forma había que justificar el equipaje, digno de una princesa.

—¿Y dónde está el príncipe azul? —pregunto pasmada. Me coge del cuello como un gatito y me planta un beso punitivo en los labios. Lo miro henchida de orgullo: hoy parece uno de esos modelos un poco *preppie* de la publicidad de Hugo Boss: lleva un polo de rayas, unas bermudas de color caqui y unos mocasines de piel.

Nos dirigimos a la recepción, donde una morena con un generoso escote nos da la bienvenida. En la placa que lleva prendida al pecho leo que se llama Vanessa.

—¿Han reservado ustedes? —nos pregunta exhibiendo un genuino acento toscano.

Filippo la observa y en un instante el buen chico se transforma en el macho alfa que hasta ahora ha dormitado en algún rincón de su cerebro.

—Sí, hemos reservado —responde clavando los ojos en las formas procaces de Vanessa.

—¿A qué nombre? —pregunta ella haciendo aletear sus tupidas pestañas.

—De Nardi —contesto yo por los dos silabeando todo lo que puedo las palabras y pegándome a Filippo.

Siento la necesidad de marcar el territorio para mitigar el repentino ramalazo de celos que se apodera de mí. Me doy cuenta de que es una de las primeras veces que estoy celosa por él y no sé si el hecho me preocupa o, al contrario, me tranquiliza.

Sea como sea, mi tácita advertencia parece funcionar con Vanessa, ya que esta sonríe, asiente con la cabeza y, tras pulsar el teclado, dice:

—Aquí está. Dos noches para dos personas. —A continuación nos registra y nos da un poco de información sobre el hotel antes de entregarle la llave de la habitación a Filippo y de desearnos una magnífica estancia.

Le damos las gracias y unos minutos después estamos solos en nuestra elegantísima suite de color carmesí que da a las dulces colinas sienesas. Es un ambiente cálido, acogedor, decorado con un mobiliario sofisticado y, sin lugar a dudas, caro. Al igual que en el vestíbulo, en la habitación hay también una chimenea de piedra; es una lástima que fuera la temperatura sea de treinta grados y que, por tanto, no podamos encenderla. Una peana de mármol valioso pegada a la pared sostiene un último modelo de televisor Bang & Olufsen, que contrasta con el escritorio antiguo y el tintero de época que hay al otro lado del cuarto. Pero el toque especial lo da el nicho de la pared: dos copas de cristal, un cuenco de fresas aún recubiertas de gotitas de agua y, para rematar, una cubitera con una botella de vino espumoso de las colinas sienesas. ¡Justo lo que necesitábamos!

Filippo coge las copas sujetándolas entre los dedos.

—¿Le apetece un aperitivo, señora? —me pregunta en tono formal remedando a un camarero de un local de lujo.

Le sigo el juego.

—Me encantaría, *monsieur* —respondo con una pequeña inclinación y una sonrisa.

Me satisface en un abrir y cerrar de ojos.

—¡Menudo espectáculo! —exclamo abriendo la ventana y contemplando el paisaje.

—Todo para nosotros, Bibi —dice inspirando el aire límpido y aromático. A continuación me rodea los hombros con un brazo y me susurra al oído—: Ahora sí que puedes decir que ese desgraciado de príncipe azul no puede competir conmigo. —A continuación me lame la oreja haciéndome cosquillas.

Me retraigo riéndome a la vez que él se dirige al centro de la habitación y abre su bolsa.

—¿Qué te parece si vamos a la piscina antes de cenar? —dice mientras busca su bañador. Cuando lo encuentra empieza a desnudarse interpretando de forma conmovedora un clásico de su repertorio de Battisti: *La colina de los cerezos.*

Abro mi maleta y me desvisto también. No sé por qué, pero al quitarme la camiseta y ver lo pálido que tengo el pecho, el cuerpo seductor de Vanessa pasa por mi mente.

—Es muy mona la chica de la recepción —digo distraída a la vez que me abrocho el sujetador del bikini.

—Sí, mucho —asiente cayendo de pleno en la trampa.

—Ah, ¿así que confiesas? —Lo fulmino con la mirada apoyando las manos en las caderas, como hacía mi madre cuando iba a regañarme.

—¿Confesar qué? —pregunta él con aire inocente.

—Que te la comías con los ojos, asqueroso —le digo al mismo tiempo que empiezo a darle puñetazos en los brazos, en parte en broma, pero también en serio.

Filippo se protege de los golpes y deja que siga, casi divertido. Al final me agarra las muñecas y me obliga a parar.

—¿Has acabado ya? —me pregunta con una calma extrema.

—¡Cerdo! —le grito otra vez tratando de desasirme.

—De acuerdo, confieso que soy un poco cerdo —me dice besándome en el cuello con voz tierna y sensual—, pero solo con mi novia, te lo juro.

Bajo la mirada y la poso en su pecho musculoso y lampiño de quinceañero; siento que una atracción irresistible se está apoderando de nosotros. El verde de sus ojos se ha intensificado, como si el deseo le hubiese dado una nueva luz. Se inclina y me roza el hombro y el lóbulo de la oreja con la nariz, a la vez que me pasa los dedos por el pelo.

—¿No debíamos ir a la piscina? —murmuro.

—Luego… —Empieza a besarme bajo el lóbulo tirándome del pelo. Con dulzura me obliga a echar la cabeza hacia atrás para dejar el cuello expuesto a sus labios, que se apresuran a subir a mi cara.

Por un instante pienso en que muchas mujeres se quejan de sus hombres porque se saltan los preliminares. Él no. Él nunca se olvida de besarme.

Se pone detrás de mí, delante del espejo que ocupa toda la pared, y con delicadeza me desata el sujetador del bikini. Mi piel se estremece, como cubierta por una tela de araña, y mis pezones se endurecen como si fueran puntas de diamante. Filippo me desabrocha el primer botón de los pantalones cortos y, metiendo los pulgares en los bolsillos, los hace resbalar por mis piernas a la vez que las bragas.

Me quedo desnuda delante del espejo, mientras él se arrodilla a mis espaldas y me rodea las rodillas con los brazos. Sube lamiéndome las piernas y me muerde con delicadeza el trasero haciéndome temblar. Acerca su cara a la mía y, a la vez que mira nuestra imagen reflejada, apoya una mano cálida en mi barriga.

—Eres guapísima —murmura mordisqueándome un hombro.

—Tú también. —«Mucho más que yo», pienso.

Filippo me coge las manos cubriéndolas con las suyas, las palmas contra los dorsos, después me las pone en la barriga y las mueve lentamente subiendo hacia el pecho. Es un doble masaje: mi piel sobre mi piel, protegida por la suya. Y es tan erótico que gimo con los labios entreabiertos. Mis suspiros aumentan cuando él mete una pierna entre las mías obligándome a separar los pies, y pasa nuestras manos por mi sexo mojado. Al sentir que su deseo oprime mi espalda me enciendo.

Filippo se quita a toda prisa los calzoncillos y me tumba en la cama. Nos buscamos con el mismo anhelo de siempre, pero nuestros cuerpos están atravesados por una energía distinta, como si el hecho de encontrarnos en este sitio hiciera que todo parezca nuevo. Sin dejar de besarme, entra poco a poco en mi nido, listo ya para acogerlo, y me llena. Se mueve seguro, explorando un mundo conocido y haciéndome vibrar de placer a cada empuje. Su cuerpo tiene un sabor familiar, su respiración, sus latidos, su carne son unas certezas sólidas y tranquilizadoras. El sexo con él es un ritual, la celebración vital de nuestro amor. Me penetra más hondo a la vez que aumenta el ritmo hasta que nuestros gemidos de placer se convierten en gritos y nuestros cuerpos estallan a la vez en un violento orgasmo.

—Te quiero. —Su voz es un soplo. Sus brazos me estrechan con fuerza, como me gusta.

—Yo también. —«Te quiero, Fil, yo también te quiero. Me gustaría repetírtelo otra vez y permanecer aquí para siempre, entre tus brazos sinceros y vigorosos, perdiéndome en tus ojos».

Es el orgasmo más auténtico y desmesurado que hemos sentido desde que estamos juntos. Ahora somos dos cuerpos desfallecidos. Dos corazones que laten al unísono. Dos respiraciones que se buscan sin cesar.

Filippo se levanta con calma y va al cuarto de baño a abrir el grifo del jacuzzi. Unos instantes después me reúno con él. La bañera circular se va llenando poco a poco. El vapor se eleva por encima de la espuma, encendiéndose con unos colores que van del rojo al azul. En el aire flota un aroma afrodisiaco a rosa y a vainilla. Esta tarde no iremos a la piscina, disfrutaremos de la intimidad y de la pasión en nuestro nido de amor.

Me recojo el pelo en la nuca con una pinza y nos sumergimos juntos en la espuma escondiéndonos entre las burbujas. Filippo me coge la cara con las manos y me besa intensamente. Lo abrazo besándolo también con pasión. Lo quiero, nunca he estado tan segura, y me siento feliz, como no me sucedía desde hacía mucho tiempo. Sé que él es el hombre adecuado, un hombre al que amar y por el que dejarse amar. Es mi roca, mi puerto seguro, a diferencia de Leonardo, que ha sido tan solo una peligrosa y atormentada aventura. Una aventura que ha concluido. De ese fuego solo quedan ya las cenizas.

Al día siguiente nos levantamos bastante pronto. La romántica cena a la luz de las velas con las especialidades de la Val d'Orcia y Brunello de Montalcino no nos ha quitado el apetito. Al contrario, parece haber aumentado nuestra voracidad, hasta tal punto que nos abalanzamos sobre el bufet del desayuno y devoramos los pastelillos de almendra caseros, los cereales caramelizados, el pan fresco y las mermeladas.

Pasamos la mañana cabalgando por unos caminos de tierra que se extienden entre las colinas. El contacto con esta naturaleza incontaminada me revigoriza. Nunca había montado a caballo hasta ahora y debo decir que ha sido menos traumático que ir en moto. Obviamente nos ha acompañado un profesor de equitación. Creo que he entendido la mitad de las explicaciones técnicas que nos ha dado, pero al menos no me he caído, algo que no era del todo evidente. Filippo, que ya sabía montar, se ha pasado el tiempo tomándome el pelo, pero, en cualquier caso, ha sido una mañana fantástica. Adoro cuando me hace reír a carcajadas.

Por la tarde, nos tiramos por fin a la piscina al aire libre del hotel. Nos rodea un jardín florecido que huele a lavanda y a romero. Después de dar unas cuantas brazadas y hacer varios metros en apnea, decido que es suficiente por hoy y salgo del agua. Me pongo al sol, echada en una elegante tumbona de tela blanca. Estamos solos, por lo visto a los huéspedes del hotel no les interesa la piscina. Y se equivocan, porque desde aquí la vista de los olivares y del valle de Ciliano es sensacional. Tengo la impresión de estar en un pequeño oasis y en este silencio regenerador empiezo a respirar de nuevo y me olvido del caos de Roma y de mi corazón, que en esta paz parece haber frenado por fin el ritmo de sus latidos.

Al cabo de un poco Filippo sale también del agua y se acerca a mí. Es guapísimo, tiene un cuerpo esbelto y armonioso, parece el *David* de Miguel Ángel en carne y hueso. Rebusca en su bolsa, saca su inseparable iPad —que no ha conseguido dejar en casa— y se tira en la tumbona contigua a la mía. Fiel al papel impreso, me pongo a hojear una revista que he encontrado en el vestíbulo. De vez en cuando nos miramos con complicidad, alargamos un brazo y saboreamos el magnífico Bolgheri Sauvignon que nos han servido en unas copas.

Será también por esto, por el clima relajado, el ánimo feliz y el lugar de ensueño en que nos encontramos, por lo que me siento lista para afrontar el tema que no me puedo quitar de la cabeza desde hace unos días.

De manera que paso al ataque:

—¿Sabes? He pensado en la idea de volver a Venecia..., a la casa que me enseñaste.

Filippo se vuelve hacia mí de golpe, he capturado por completo su atención.

No lo decepciono.

—He decidido que estoy preparada, Fil. —Esbozo una sonrisa—. Pero que no se te suba a la cabeza, ¿eh? Lo hago solo porque empiezo a echar de menos Venecia —digo tratando de quitar hierro al asunto.

—¿De verdad? —me pregunta suspicaz. Se le han pasado las ganas de bromear.

—Sí, de verdad —le contesto, casi ofendida por su perplejidad.

Filippo se pone de pie, me tiende las dos manos y cuando se las cojo me levanta de golpe. A continuación me abraza por la cintura y acerca su cara a la mía.

—Escucha, Bibi —me dice con aire paciente, como si estuviese explicando algo complicado a un niño—, sabes lo que significa esto, ¿verdad?

Asiento risueña con la cabeza. Él exhala un suspiro y mira alrededor, aún no está del todo convencido.

—Significa compartir una casa, un futuro, una vida. Y no sé si te das cuenta... —Me mira con sus ojos grandes y claros a la vez que me acaricia los tirantes del bañador con los dedos—. ¿Estás preparada para dar ese paso?

—¡Sí que lo estoy! —le contesto convencida, sosteniendo su mirada.

—Entonces, ¡adelante! —exclama él al mismo tiempo que me empuja hacia atrás.

Veo una sonrisa pícara dibujarse en su cara. Me ha engañado y estoy perdiendo el equilibrio. Sin que ni siquiera me dé tiempo a gritar, me caigo a la piscina y permanezco un poco bajo el agua antes de volver a la superficie. Filippo se tira también y nada hacia mí.

—¡No vale!, ¡has hecho trampa! —refunfuño, pese a lo cual me enrosco a él con los brazos y las piernas, a la vez que busco sus labios con los dientes.

—No te preocupes —me susurra con aire tranquilizador—. He venido a salvarte.

Nos besamos apasionadamente, formando un solo cuerpo. Después Filippo me apoya en el borde.

—Si quieres podemos ir a ver el piso. Mando un mail a la agencia y quedamos un fin de semana.

No sé por qué, pero de improviso pasa por mi mente un pensamiento inoportuno que echa a perder la fiesta, como si fuera un invitado desagradable. ¿Qué hace Leonardo en los planes de felicidad que comparto con Filippo? ¿Qué tiene que ver él con nuestros proyectos de vida en común? Nada, absolutamente nada. Debo ahuyentarlo de mi mente como sea.

Mientras Filippo espera mi respuesta me repito que poco importa qué decisión tomemos al final sobre el piso o si al final nos mudamos a Venecia o no, porque mi vida seguirá en cualquier caso sin Leonardo. Por eso debo eliminarlo de inmediato de la ecuación. Ahora sé lo que me conviene. De manera que, esbozando la más radiante de mis sonrisas, digo:

—De acuerdo, vamos a ver esa casa.

—¿Estás segura, Bibi? —me pregunta Filippo con ternura. Temo que ha notado mis dudas.

Me llevo una mano al corazón y anuncio fuerte y claro, como si estuviese haciendo una declaración bajo juramento:

—Claro que estoy segura.

En teoría solo estoy dando permiso a mi novio para que mande un mail, solo estoy accediendo a la idea de cambiar de casa y de ver un piso en Venecia. Pero sé que, en realidad, todo esto significa mucho más. En mi caso es una señal de renacimiento, de giro radical. Estoy demostrando mi amor. Estoy salvaguardando nuestra relación. Estoy eligiendo a Filippo.

—Soy feliz, Bibi —me susurra apoyando su frente en la mía.

—Yo también.

Nos besamos una y otra vez mientras el cielo se tiñe de rojo encendido.

Mañana vuelvo a Roma, a la vida de siempre, pero quiero pensar que algo ha cambiado, que este instante es el inicio de algo nuevo, de un futuro en compañía del hombre que he elegido.

Estoy haciendo una promesa, a él y a mí misma, y me esforzaré todo lo posible por mantenerla.

7

A la vuelta del fin de semana en la Toscana todo parece más dulce que antes: el amor, el trabajo, las pequeñas cosas.

Mi relación con Filippo se refuerza día a día. Desde que le dije que quiero volver con él a Venecia vivimos en perfecta armonía, esperando confiados el futuro que hemos decidido compartir.

También el regreso a San Luigi dei Francesi ha sido mucho menos traumático de lo previsto. Será que los tres días de vacaciones han contribuido a calmar mis ánimos y a darme nueva energía, será que empieza el verano (¡adoro esta estación!), el caso es que trabajo bien, como no me sucedía hacía tiempo, y logro concentrarme en cuerpo y alma en lo que hago. Me siento viva y centrada, incluso Paola lo ha notado y me ha felicitado por la manera en que he resuelto la zona más difícil del fresco, que estaba completamente contaminada por el moho. Y no es tan fácil que ella manifieste su estima por alguien.

Me he tomado un cuarto de hora de pausa y estoy esperando a Martino. Reapareció ayer, después de no haber dado señales de vida en varios días, de forma que le propuse que nos tomáramos un café en la plaza Sant'Eustachio, donde, entre una charla y otra, había nacido nuestra amistad, si es que se la puede llamar así. Pese a que no estoy muy segura de lo que quiere de mí, he comprendido que lo aprecio y lamento de verdad que se haya alejado, sobre todo después de haberme visto con Leonardo fuera de la iglesia. Es la única persona con la que puedo hablar de arte sin sentir que mi interlocutor me considera aburrida o me juzga. Martino es una persona brillante y creativa que, con todo, nunca resulta engreída. Tal vez porque aún es joven o porque es un poco introvertido, tiende a no tomarse demasiado en serio y eso contribuye a que conversar con él resulte especialmente divertido.

Son las once de la mañana y ya hace mucho calor. Roma está resplandeciente, el aire trae consigo un aroma a mar que —estoy convencida— no es mero fruto de mi imaginación. En un mundo así parece imposible no ser feliz.

Aquí está Martino. Ha aparecido por el callejón que hay a un lado de la plaza con su inconfundible andar flexible y un poco torpe, vestido con unos vaqueros, una camiseta blanca y las inevitables All Star de cuadritos. Lleva en la mano una enorme carpeta de plástico de las que usan los artistas o los estudiantes para guardar los folios particularmente grandes. Noto que tiene el mechón rebelde cada vez más largo.

—¿Cómo estás? —lo saludo dándole dos besos en las mejillas.

—Bien… ¿Y tú? —Lo dice sin aguardar la respuesta, mirándome casi con una punta de melancolía. A continuación se sienta en la silla que hay a mi lado y apoya la carpeta en una pata de la mesa—. En realidad tengo mil cosas que hacer. Me han añadido otros dos cursos de dibujo en la Academia —me explica con aire atormentado.

—Ah, por eso no has vuelto a venir por aquí… —digo mostrando cierto disgusto.

—Bueno, la verdad es que he terminado con el ciclo de san Mateo. ¡Se acabaron las monedistas! —Sonríe aliviado—. Ahora me he concentrado en otra obra de Caravaggio.

Interrumpimos un momento la conversación para pedir dos cafés al camarero de siempre, que ya parece reconocernos. Luego vuelvo a mirarlo con interés.

—¿Cuál estás estudiando? —Siento una gran curiosidad. Oírlo hablar de sus libros y sus exámenes me hace revivir un sinfín de momentos felices, como cuando, en la época de la universidad, iba de un museo a otro buscando inspiración.

—*La Virgen de los palafreneros*, que está en la Galería Borghese.

—Pero ¡ese cuadro es precioso! —comento entusiasmada—. Sé cuál es, pero aún no he tenido ocasión de verlo.

—¿No? No me lo puedo creer... —Abre desmesuradamente los ojos. Abre también la boca, pero la cierra enseguida, como si quisiera decirme algo y no se atreviese.

Quizá lo haya entendido, de manera que salgo en su ayuda:

—Pues sí, y debería remediarlo cuanto antes, ¿no crees?

—Bueno, podrías venir conmigo un día —se apresura a decir. Así me gusta, que dé una patada a la timidez y deje que las palabras salgan libremente por su boca.

—De acuerdo, pero a condición de que me hagas una exégesis digna del mejor crítico.

—Vale, lo intentaré..., pero ¡no esperes oír a Philippe Daverio! —Sonríe acariciándose el piercing que tiene en una ceja.

—Claro que sí. Y te quiero ver también con una chaqueta de cuadros y una pajarita... —Soltamos al unísono una carcajada, cómplice y sincera.

Después de despedirnos, y antes de regresar a la iglesia, recibo un SMS de Leonardo.

¿Dónde estás? ¿Por qué no respondes?

En la pantalla veo tres llamadas perdidas. No las he oído, porque puse el móvil en silencio y luego me olvidé de reactivar el timbre.

Leonardo ha vuelto a empezar a buscarme llamándome y mandándome mensajes incesantemente, pero yo no le he contestado. Me he prometido una vez más evitarlo para siempre y me estoy manteniendo fiel a mis propósitos. Pero he de confesar que en cada ocasión mi estabilidad emocional se ve sometida a una dura prueba, de manera que ya no estoy tan segura de que ignorarlo sea la estrategia más adecuada. Hace falta algo más definitivo, algo que ponga punto final a este tormento.

No tiene ningún sentido que sigamos viéndonos. He decidido estar con Filippo, en serio. No me busques más, por favor.

Sencillo, inmediato, claro. Quizá baste para reducir a Leonardo al silencio. Sin embargo, no estoy tan segura de que baste para acallar mi corazón.

Han pasado varios días de calma total. Leonardo no me ha vuelto a llamar, pero yo sigo estando alerta; he ganado una batalla, pero tengo la impresión de que no he ganado la guerra. Por lo visto ha sido suficiente que le dijera basta de forma rotunda para que se desalentase y se calmase del todo. Quién me lo iba a decir: un solo cubo de agua ha bastado para apagar un fuego como Leonardo. Un incendio que ha dejado de arder en todos los rincones de mi vida. No volveré a verlo ni a hablar con él, y el destino absurdo y desdeñoso que un día cruzó nuestros caminos no interferirá de nuevo en mis elecciones, por descontado. Después, estoy segura de que el tiempo jugará su papel. Adiós, Leonardo; no tardarás en ser un simple recuerdo...

Es casi la una y aún tengo el olor de las pinturas al temple y de los disolventes en la nariz. Necesito dar un paseo para respirar un poco de aire fresco y acostumbrar de nuevo los ojos a la luz natural. A pesar de que hoy en el cielo de Roma hay un sol pálido, medio oculto tras una nube amenazadora, y de que no tengo paraguas, prefiero pensar que no lo necesitaré.

Estoy yendo al estudio de Filippo para recogerlo y comer con él. Como no podía ser menos, me he cambiado para la ocasión: he sustituido el uniforme de trabajo por un vestidito blanco sin mangas y con encajes. Ahora que estoy morena siento que puedo ser un poco más atrevida. Los zapatos, en todo caso, son planos (¡perdóname, Gaia!): la sandalia romana es la moda de este verano y yo me he sometido a ella de buena gana.

El estudio de la calle Giulia me recibe con sus paredes de colores y el olor típico de las impresoras láser. Huele a creatividad y el aroma es bueno. En cierto sentido casi parece un centro de la NASA, con todos los ordenadores con pantallas gigantes de plasma que cuelgan de la pared, los Mac enormes, los escáneres, los pantógrafos y los demás objetos hipertecnológicos cuyas funciones ignoro. El caos artístico domina en todas partes: en los estantes de las librerías, en el pavimento de motivos geométricos. Dos relojes colgados simétricamente en la pared del fondo marcan la diferencia horaria entre Roma y Nueva York. Cada vez que meto el pie aquí me siento avasallada por una carga de energía positiva.

—Hola, Elena. —Es la voz de Alessio. Se levanta de su escritorio y sale a mi encuentro exhibiendo un moreno tropical y un nuevo tatuaje en el brazo izquierdo—. ¿Qué tal? —me pregunta con una sonrisa que parece salida de la publicidad de un club de vacaciones.

—Todo bien, gracias —respondo apresuradamente—. ¿Filippo?

—Está ahí con un cliente. —Me señala con la cabeza la puerta cerrada de la sala de reuniones—. Pero entra si quieres. Creo que han terminado.

—De acuerdo. ¡Gracias!

—¡Ah, me olvidaba! —Me detiene como si acabara de acordarse de algo importante—. Flavia te agradece mucho las cremas que le trajiste de la Toscana.

¡Dios mío, aún!

—Ya sabes que lo hice con mucho gusto —digo con una sonrisa de circunstancias.

Desde el día de mi cumpleaños esas cremas se han convertido en una pesadilla. Cuando Flavia se enteró de que íbamos a la Toscana empezó a acribillarme a SMS y a llamadas telefónicas para convencerme de que fuera al famosísimo —según ella— centro herborista que estaba a escasos kilómetros de nuestro hotel. Y todo porque quería que le consiguiese unos preparados fitocosméticos antiarrugas imposibles de encontrar, rigurosamente bio y de un precio, como mínimo, prohibitivo. Una misión que solo llevé a cabo por amor a Filippo y por la amistad que lo une con Alessio. Pero por culpa de esa actividad fuera de programa estuvimos a punto de perder el tren de regreso.

—Flavia está obsesionada con esas cosas —prosigue Alessio cabeceando con resignación.

Le sonrío en actitud solidaria.

—¿Sabes que le han dado la edición vespertina del telediario?

Me la imagino ya con su melena rubio platino y la boca hinchada de silicona haciendo la crónica en Telenorba.

—¡Es una noticia estupenda! Puedes estar seguro de que la veré —me apresuro a decir. A continuación me escabullo, antes de que Alessio empiece a contarme de nuevo la interesantísima carrera televisiva de su mujer.

Llamo a la puerta corredera de la sala de reuniones y la abro. Veo al fondo a Filippo, de pie, sonriendo con una cara radiante. Pero en la habitación hay otra silueta que mis ojos tardan un poco en enfocar: una amplia espalda cubierta por una chaqueta de lino gris. *¡Esa espalda!* El pelo ondulado, los hombros anchos, los músculos de los brazos tensos. No estoy soñando. No estoy loca.

Es cierto. Conozco bien ese cuerpo, pero no consigo ubicarlo en esta habitación. Mi mente se bloquea. ¿Qué demonios hace aquí Leonardo?

—Disculpad..., creía que estabas solo. —No sé cómo logro respetar las reglas de urbanidad después de una impresión así, pero en este momento son la única certeza a la que puedo aferrarme.

—Pasa, Bibi, casi hemos acabado. —Filippo me hace un ademán para que entre. No puedo echarme atrás y doy unos cuantos pasos vacilante, como si estuviera en trance. Primero lo veo de lado, después de cara, y tengo la clara impresión de que el suelo tiembla bajo mis pies. Trato de contener cualquier expresión incontrolada de estupor y, con los ojos clavados en Filippo, emito un débil «hola». La verdad es que me gustaría tirarme por la ventana. Ahora.

—Es mi novia —le explica Filippo con cierta familiaridad a la vez que me pone directamente delante del diablo—. Elena, este es Leonardo Ferrante. —Lo señala con admiración y casi le da una palmada en un hombro—. Es el chef del restaurante donde cenamos el día de tu cumpleaños, ¿te acuerdas?

—Ah —digo como si recordase en ese momento—. ¿El Cenacolo?

—Eso es. Y a partir de hoy es cliente del estudio —concluye Filippo.

Me parece que no lo he entendido.

—Encantada. —Le estrecho la mano, a mal tiempo buena cara. Supongo que la temperatura de mis mejillas debe rayar los cincuenta grados, pero, en compensación, siento escalofríos en la espalda. El teatro nunca ha sido mi fuerte. Sobre todo en este momento en que las instantáneas de nuestros encuentros clandestinos están pasando por mi mente a toda velocidad.

—Encantado. —Leonardo me dedica su mejor sonrisa. Siento que un arrebato de rabia impotente me sube desde las entrañas, pero me esfuerzo por contenerlo.

—Leonardo y su socio han tenido una idea magnífica —me cuenta Filippo—. Quieren recuperar una antigua fábrica que está a orillas del Aniene para abrir un restaurante.

—¿El estudio se encargará de la reforma? —pregunto como una boba. Sé que parezco idiota, pero mi cerebro se niega a aceptarlo: mi amante acaba de contratar a mi novio para que proyecte un restaurante en uno de los sitios en que hemos hecho el amor.

Leonardo asiente con la cabeza; me mira complacido y con aire seguro. Domina perfectamente la situación. Es más, le divierte.

—Hemos ido a ver el local hace un rato —continúa Filippo. Busca la mirada de Leonardo—. Es un lugar precioso.

—Yo me he encariñado ya con él —comenta Leonardo mirándome furtivamente— y no veo la hora de ponerlo en marcha.

—Haremos todo en un tiempo récord. Ya te lo he dicho: nuestro personal está más que probado —asegura Filippo—. En todo caso, seguiré las obras personalmente —concluye con solemnidad doblando en cuatro un mapa catastral y volviéndolo a meter en el fichero que hay sobre la mesa.

Me gustaría lanzar un grito desesperado, pero debo mantener las apariencias y sonreír. Sufro como si me estuvieran tatuando la *A* de «adúltera» en el pecho.

El tatuaje. Pienso en el de Leonardo. En las ocasiones en que he podido verlo. Debo borrar esa imagen de mi mente lo antes posible.

Leonardo echa un vistazo al reloj.

—Está bien. Se ha hecho tarde. Os dejo ir a comer. —Estrecha la mano a Filippo—. Nosotros nos vemos dentro de unos días. —Acto seguido se vuelve hacia mí y también me da la mano—. Ha sido un placer, Elena. —Me mira directamente a los ojos y añade a modo de amenaza—: Espero volver a verte.

Me limito a asentir con la cabeza sin pronunciar palabra.

En cuanto Leonardo abandona la sala, Filippo me estruja en un vigoroso abrazo y me da un beso en la boca.

—¿Dónde quieres ir a comer? ¿Te apetece un filete de bacalao o algo más exótico? —pregunta con más pasión de la habitual.

—Donde quieras. —No logro decir nada más. En este momento la última de mis preocupaciones es decidir dónde comer.

—¿Has visto qué proyecto tan interesante? Es un reto estupendo. —Sonríe satisfecho mientras apaga el ordenador.

—Sí, parece una idea bonita. —Intento ser convincente, pero mis dotes de actriz están a punto de abandonarme.

Por suerte Filippo no parece darse cuenta y, cogiéndome del brazo, dice:

—¿Sabes qué?

—¿Qué?

—Vamos al restaurante ligur, me estoy muriendo de hambre.

Yo en absoluto. Se me ha cerrado el estómago, pero me esfuerzo por mostrar aplomo y digo:

—De acuerdo.

—Y deprisa, también…

Caminamos hasta el callejón del Oro, donde se encuentra uno de los restaurantes que frecuentamos. Propone unas magníficas especialidades ligures y unos dulces caseros deliciosos. Dentro, la cola es mucho más larga de lo que cabía esperar, pero milagrosamente logramos encontrar una mesa para dos que da al ventanal. Nos sirven casi enseguida, para gran alegría de Filippo, quien, a juzgar por la manera en que devora el plato de *caciucco,* da la impresión de que lleva ayunando una semana. A mí, en cambio, enfrentarme al plato de *trofie* con pesto me parece una empresa sobrehumana. Me paso la comida esbozando sonrisas plastificadas, fingiendo que escucho con suma atención los vehementes discursos de Filippo. En realidad tengo la cabeza en otra parte y mientras observo a mi novio desde el otro lado de la mesa no puedo por menos que pensar en Leonardo. ¿Cómo ha podido hacer algo tan taimado? Y, sobre todo, ¿por qué? No entiendo adónde quiere ir a parar. A buen seguro ha planeado uno de sus juegos perversos en los que soy un simple peón sin escapatoria. Pero esta vez ha ido demasiado lejos, no se la dejaré pasar así como así.

Cuando salimos del restaurante nos enfrentamos a una tarde oscura e intemporal. Unas nubes plomizas y bajas anuncian el inminente chaparrón. Pese a que no tenemos paraguas, en este momento eso me parece irrelevante. Casi me alegraría de empaparme. Quizá serviría para borrar los pensamientos que me bombardean en este momento la cabeza.

—¿Vuelves sola a San Luigi? —pregunta Filippo caminando delante de mí hasta la esquina.

—Sí, no te preocupes.

—¿Seguro que no debo acompañarte? —Percibo una punta de sarcasmo en su voz. Sé en qué está pensando. Mi habilidad para perderme en Roma lo divierte y le preocupa a la vez.

—Seguro —respondo sonriente—. He aprendido ya el camino.

—No creo que llueva —dice mirando el cielo—. Pero quizá sea mejor que corras un poco.

—Está bien, maestro.

—Entonces, ¡hasta esta noche, Bibi! —Se despide dándome un dulce beso en los labios.

—Hasta esta noche.

Apretando el paso, dejo atrás una manzana en dirección a San Luigi, pero cuando me parece que Filippo ya no me puede ver me desvío un poco y cruzo el Tíber por el puente Mazzini. Tengo que ir a un sitio, no puedo posponerlo. Y no corro el menor riesgo de perderme, ya que mi destino es la casa de Leonardo.

Mientras camino deprisa por el Lungotevere, obedeciendo a un reflejo condicionado abro la bolsa y examino el estado del maquillaje en el espejito de la polvera. El rímel se me ha corrido, pero ahora es irrelevante, así que resisto la tentación de retocarme y peinarme un poco. No me dispongo a hacer una visita de cortesía.

Con la rabia devorándome el estómago, vuelvo a meter el espejito en el bolso y saco el móvil. Veo que Paola me ha escrito a las catorce horas y once minutos, esto es, hace cinco minutos:

¿Dónde estás?

Le escribo que he tenido un pequeño contratiempo y que tardaré una media hora en volver al trabajo. Supongo que no se alegrará de leer mi respuesta, pero ya pensaré luego en la manera de hacerme perdonar.

Entretanto veo ya las ventanas de la casa de Leonardo. No sabría decir si la última vez que estuve aquí, cuando volvimos de pasar la mañana en la playa, fue ayer o hace mil años. Recuerdo las emociones de ese día soleado, en el que sentí que un deseo desgarrado y el placer me ahogaban, y me pregunto cómo puedo haber llegado tan lejos.

Confío en que Leonardo esté en casa. Dada la hora, podría haber ido a trabajar o haber salido a hacer algún recado. No obstante, cuando llego al edificio diviso su silueta en la terraza. Está descalzo, viste unos vaqueros y una camisa blanca desabrochada —se ha cambiado, antes era roja— y mira el cielo guiñando los ojos; puede que para cerciorarse de si lloverá o no. Me detengo un instante a mirarlo disfrutando por una vez de esta ventaja sobre él: cuando nos observan sin que nos demos cuenta, todos parecemos más humanos e indefensos; Leonardo también. Ahí está, es un hombre del montón; no hay ningún motivo para temerlo. A diferencia de antes, no tengo el corazón en la garganta ni me siento subyugada. Me preparo para enfrentarme a él con absoluta calma y determinación.

De repente, casi como si hubiese advertido que lo estoy mirando, Leonardo se vuelve y me ve. No parece mínimamente sorprendido; de hecho, alza un brazo y sonríe, como si estuviese esperando mi visita.

Sostengo su mirada sin devolverle el saludo, me acerco al portal y antes de que pueda llamar al telefonillo oigo cómo se abre la cerradura. Si supiese cuánto veneno tengo que escupirle encima no me recibiría con tanta diligencia.

Subo la escalera poco a poco, con los nervios firmes y los músculos tensos. Me siento fuerte, soy una guerrera equipada con la mejor armadura. Ya no tengo miedo, sé que cuando llegue el momento adecuado estaré lista para lanzarme al ataque. Sangre fría, Elena.

La puerta del ático está abierta. Me reciben una melodía clásica, dulce, y una voz femenina seductora. Leonardo está en la barra de la cocina con la camisa arremangada. Tiene delante de él una cesta de fruta estival y la está cortando con un cuchillo de cerámica. La hoja se hunde veloz en el vientre jugoso de un melocotón, rozando apenas sus dedos y emitiendo un sonido rítmico en la tabla de cortar.

—Entra. —Me mira fugazmente y me invita con la mano a avanzar—. Cuando he dicho que esperaba volver a verte no pensaba que iba a suceder tan pronto —añade imperturbable sin dejar de cortar fruta.

Doy un par de pasos y cierro la puerta a mi espalda. Un olor familiar me cosquillea en la nariz: es el aroma de Leonardo, que ahora se mezcla con el del melocotón. Miro alrededor y en un instante me veo arrastrada por un alud de recuerdos, de momentos que *entonces* parecían hermosos y que ahora tienen un sabor amargo. Tengo una sobrecarga de emociones, pero no permito que me desvíen de mi propósito. Una fuerza brutal se está abriendo paso en mi interior.

—Simpático tu novio.

—Oye, ahórrate las gilipolleces —lo interrumpo con una mueca de irritación cruzando los brazos—. Creía que había sido muy clara en el último mensaje que te mandé. —Mi voz es fría y cortante, como la hoja de su cuchillo.

—De hecho, fuiste sumamente clara. —Se acaricia la barba—. Categórica, diría.

—Pero, por lo visto, a ti te da igual, ¿verdad? —Dejo caer el bolso al suelo y me acerco a la barra. Me planto delante de él buscando su mirada—. ¿Qué pretendes hacer? ¿Qué esperas obtener con esta estratagema? —Levanto de inmediato una mano para impedir que hable—. Espera, no me lo digas. Ya sé tu respuesta: «Solo quiero divertirme un poco». ¿Es eso?

—Socorro…, pero ¿qué he hecho? ¿Tan mal me he portado? Nunca te he visto tan enfadada. —Alza los ojos de la tabla y me observa como si fuese una especie rara en vías de extinción. Eso me enfurece aún más.

—¡Claro que estoy enfadada! —Inspiro hondo y abro ligeramente las piernas para mantener el equilibrio, clavo los pies en el suelo—. Y no me cuentes que es una casualidad, que ha sido el destino el que te ha llevado a ese estudio.

—De hecho, no ha sido el destino —explica él impasible mientras golpea la fruta con un poco de hielo dentro de dos vasos. Su voz no manifiesta la menor alteración—. Me he dirigido a uno de los mejores estudios de arquitectura de Roma, eso es todo. No me parece que el hecho de que Filippo trabaje en él sea tan grave. —Pronuncia su nombre arrastrando un poco la voz. Entretanto vierte una serie de líquidos no identificados en los vasos y los mezcla enérgicamente.

—Leonardo… —Casi nunca pronuncio su nombre completo. Estoy furibunda, pero me domino—. Deja de tomarme el pelo. —Doy varios puñetazos a la encimera—. Este es un asunto entre tú y yo. La locura es nuestra. ¿Qué necesidad había de meter a Filippo por medio?

—Relájate, Elena. Si piensas que le voy a contar lo nuestro, te equivocas de medio a medio, te lo aseguro —me dice acercándose a mí con los dos cócteles y mirándome con franqueza.

Tiene la malsana capacidad de lograr que me sienta una mierda; da la impresión de que me he inventado una historia sin sentido y que lo estoy acusando injustamente. Me levanta una mano, guiándola como si fuese una niña, y me obliga a coger el cóctel.

—Bebe —me invita haciendo chocar su vaso contra el mío.

Me siento frustrada al verlo tan descaradamente seguro de sí mismo. Sigue escabulléndose, impidiéndome que profundice en el tema. Mi cólera alcanza un nivel peligroso.

—Basta, Leonardo. Respóndeme —le exijo con la expresión más hosca de la que soy capaz a la vez que dejo el vaso en el banco de la cocina—. Explícame por qué has ido a ver a Filippo.

Mi agresividad no parece impresionarle mucho. Bebe un sorbo de su cóctel y lo saborea satisfecho. A continuación se vuelve hacia mí.

—Contéstame tú a una pregunta. —Guiña los ojos como si pretendiese llegar a lo más hondo. Las arrugas que se le forman al gesticular le confieren un extraño aire inquisitivo—. ¿Por qué has venido?

No me esperaba este repentino cambio de papeles, pero le respondo de manera impulsiva:

—Para decirte que nos dejes en paz a mí y a mi novio.

Cabecea y bebe otro sorbo.

—El motivo no es ese, lo sabes de sobra.

Ahora está casi pegado a mí, su camisa blanca ocupa todo mi campo visual y su aroma es tan fuerte que casi resulta insoportable. Su respiración desciende hasta rozar mi oreja.

—Que quede claro: me alegro de que hayas venido. —Me da un beso fugaz en el cuello.

Retrocedo de un salto y antes de que pueda impedírmelo le tiro la bebida a la cara y lanzo el vaso al suelo. Por un momento el tiempo se paraliza. Mis ojos graban los trozos de cristal y la pulpa de la fruta en el suelo, y también a Leonardo, con la barba y el vello del pecho salpicados de gotas del cóctel. Nunca había hecho algo similar. Siento que una carga de adrenalina fluye por mis venas.

Leonardo deja su vaso y se pasa lentamente una mano por la cara. Su actitud impasible ante todo me saca de quicio. Me abalanzo sobre él y empiezo a tirar de su camisa y a darle puñetazos en el pecho.

—Debes salir de mi vida, ¿comprendes? Debes dejarme en paz, debes dejar de arruinarme la vida... Porque yo lo he decidido y tú, ahora, harás lo que te pido. —Debería ser una amenaza y, en cambio, suena a súplica desesperada.

Me deja desahogarme un poco sin reaccionar. A continuación, con un movimiento rápido me aferra las muñecas y me obliga a volverme. Me aprisiona entre sus brazos aplastando mi espalda contra su pecho y me tapa la boca con una mano. Intento escabullirme como una anguila, pero es más fuerte que yo y no me puedo liberar.

—Calla. Basta, Elena. Escucha.

Es inútil, no me queda más remedio que rendirme. Jadeo, el corazón me late enloquecido.

— Yo te diré el motivo por el que has venido —me explica sosegadamente apoyando la cara en mi pelo. Libera una mano y la desliza por mi costado, a la vez que con la otra me sigue sujetando las muñecas. Llega al borde del vestido y lo levanta, resbala por mi muslo, que se estremece—. Aunque te niegues a reconocerlo, es evidente que no consigues estar lejos de mí. —Su voz es baja y profunda, su aliento huele a alcohol y a fruta.

Mi cabeza da vueltas al sentir ese roce familiar. Los músculos de mi bajo vientre se contraen en un coágulo de deseo mientras Leonardo me acaricia lentamente entre las piernas. Después, sus dedos se insinúan bajo mis bragas buscando mi carne, ya húmeda.

—Por esto has venido, Elena. Tu cuerpo no miente —dice moviéndose con impunidad entre mis labios.

Es inaceptable. Una oleada de placer me sube al cerebro y choca contra mi sentido común y mi fuerza de voluntad. Es difícil resistir a sus manos. Calientes, expertas. En un instante cedo de nuevo a la tentación. Tengo que hacer un esfuerzo sobrehumano para no abandonarme por completo y recuperar la poca dignidad que me queda. Valiéndome de la energía que aún me resta, me libero de su abrazo y le aparto las manos. Hago ademán de darle una bofetada en la cara, pero él es más rápido que yo y me lo impide aferrándome la muñeca.

—Dime que no es cierto —me desafía, con sus ojos oscuros e impunes acercándose otra vez a mí peligrosamente.

No es cierto. O puede que sí. En cualquier caso, no tiene importancia. Lo que cuenta es que no tiene derecho a hacerme esto.

Recopilo en mi interior los pensamientos más negativos, el rencor, la decepción y la rabia que este hombre me ha provocado y, al final, lo consigo.

—Que te den por culo, Leonardo —le suelto a la cara a la vez que me libero con un empujón.

Doy un paso hacia atrás y lo miro a los ojos, dolorida pero resuelta y, de alguna forma, libre. Balanceo los brazos en los costados repitiendo en mi fuero interno las últimas palabras que han salido por mi boca. «Que te den por culo». Basta, ahora elijo yo. No me importa seguir sintiendo algo por él, ya sea nostalgia, atracción o un deseo desgarrador.

Ya no me importa nada.

Tengo que pensar intensamente en Filippo, solo eso. Tengo que decidir si lo quiero de verdad, y la respuesta es sí, hace mucho tiempo que estoy segura. Porque el amor no puede ser esta lucha agotadora, esta descarga vertiginosa, este puñetazo en el estómago. El amor es una elección que consiste en esforzarse día a día con alguien para lograr un objetivo común. Y yo he elegido el amor porque me hace sentirme bien, porque es lo que necesito.

—Se ha acabado. Para siempre —digo con solemnidad. A continuación me doy media vuelta y me marcho.

No me siento vencedora, en absoluto, pero sé que estoy haciendo lo justo. La distancia que me separa de la puerta me parece enorme; la recorro suplicando que él se quede donde está y no intente detenerme. Tengo la certeza de que lo he logrado cuando salgo al rellano y bajo la escalera. Ahora lo hago a toda prisa. Leonardo se ha quedado en su sitio y me siento aliviada, más ligera, pese a que tengo un nudo en la garganta y estoy a punto de echarme a llorar.

Apenas salgo a la calle, veo que se acerca un taxi. Es una señal: tengo que marcharme de aquí lo antes posible. Paso entre dos coches aparcados y me paro en el borde de la calzada braceando. Quizá Leonardo me esté mirando desde la terraza. Aun en el caso de que sea así, no debo levantar la cabeza. Es un acto de valor, una cuestión de respeto por mí misma.

Milagrosamente, el taxi se para. Abro la puerta y desaparezco en el asiento posterior. Sonrío al taxista para darme ánimos, pero, de repente, mi vista se empaña y tengo que contener las lágrimas parpadeando y tragando saliva.

—A San Luigi dei Francesi —digo con la poca voz que me resta.

Me acurruco en el asiento y lo hago. El error, el que nunca debería haber cometido: me vuelvo hacia atrás. Leonardo está de nuevo en la terraza y mira hacia abajo. Lo miró a través de la ventanilla mientras las primeras gotas de lluvia resbalan por el cristal reemplazando mis lágrimas.

El coche empieza a moverse en la dirección correcta, la opuesta a mi deseo. Estoy volviendo a mi vida y, si bien me siento vacía, esta vez no volveré atrás. Leonardo es ya un puntito a lo lejos. Muy pronto dejaré de verlo.

8

Filippo y yo nos acabamos de levantar y estamos desayunando. El sol de julio se filtra por las ventanas abiertas e inunda la cocina de luz y calor. Somos el retrato de una pareja normal que comparte el inicio de un día normal. Filippo bebe su habitual café amargo e hirviendo, en tanto que yo permanezco fiel a mi taza de tisana ayurvédica. Filippo trajina con su iPad mientras yo hojeo el *Corriere della Sera,* que, abierto, ocupa la mitad de la mesa de la cocina. Él está ya impecable, vestido para ir a las obras; yo, en cambio, sigo en pantalones cortos y camiseta, con el pelo desgreñado y bolsas bajo los ojos. Todo es normal, sin crispaciones. Un momento de ordinaria vida doméstica.

Al menos, visto desde fuera.

Han pasado varias semanas desde el día en que estuve en casa de Leonardo para decirle que lo nuestro se había acabado para siempre, y me siento en estado de convalecencia. Estoy aquí sana y salva, pero aún me siento débil, tengo que protegerme —lo sé— del riesgo de volver a caer en sus brazos. Recorro con la mente todos los pormenores de esa tarde, desde el vaso hecho añicos en el suelo a mi fuga en el taxi, y tengo la impresión de que ha pasado un siglo desde entonces. Leonardo está lejos, ya no existe, ha salido de mi vida. No me volverá a buscar ni pasará a recogerme a San Luigi dei Francesi ni a ningún otro sitio.

El verdadero problema es ahora Filippo. No hace sino reavivar el recuerdo de Leonardo; me habla de él casi todos los días comentándome el nuevo proyecto. Por si fuera poco, se prodiga en una cantidad de detalles que me sacan de mis casillas. Me irrita, el mero hecho de oír su nombre me hace sentir escalofríos. Me gustaría obligarlo a callarse, prohibirle que me hable de esa maldita reforma que tanto lo apasiona. En cambio, me veo obligada a fingir que lo escucho con interés; como ahora.

—Hoy tengo que pasar por la antigua fábrica para ver cómo van las obras —dice hundiendo la cuchara en el tarro de miel—. Si siguen así, acabaremos en un tiempo récord...

—Muy bien —digo sin apartar los ojos del periódico.

—Está quedando estupendo —prosigue Filippo. Su cara se ilumina, como le sucede siempre que habla de un trabajo que le gusta—. ¿Te he dicho ya que hemos conservado las cintas transportadoras y que las hemos usado para decorar?

¡Dios mío, las cintas transportadoras! El recuerdo de lo que hice tumbada en uno de esos artefactos me revuelve el estómago. Tengo que borrar de mi mente esa imagen de inmediato.

Filippo prosigue con la mirada perdida en el horizonte, como si estuviese viendo los objetos de los que está hablando, sin importarle el hecho de que lo escuche o no.

—En cualquier caso, lo más bonito de ese sitio es la luz.

—Sí, el ventanal que da al río —repito distraída sin que me dé tiempo a morderme la lengua. Por suerte también Filippo está distraído y no se ha dado cuenta de mi metedura de pata. Él no debe saber bajo ningún concepto que he estado en esa fábrica.

—Hay que salvar los marcos de bronce, pero me gustaría jugar con la geometría de los cristales. —Se rasca la cabeza con una expresión de satisfacción en la cara.

¡Basta, Fil, no lo soporto más! No saldré viva de todo ese parloteo. Mientras habla, mi mirada se posa en los titulares de las páginas deportivas, en especial en una noticia que podría resultarme de ayuda. Intento desviar la conversación hacia otro tema.

—¡Mira, mira! —exclamó con énfasis—. ¡Por lo visto, las previsiones de Gaia eran correctas!

Filippo cabecea.

—¿A qué te refieres?

—Belotti ha ganado el Tour de Francia. —Levanto el periódico, señalándole el artículo donde aparece la fotografía de Belotti victorioso con los Campos Elíseos como telón de fondo. No puedo por menos que darle la razón a mi amiga. Pese a que nunca he comprendido de qué color tiene los ojos, hay que reconocer que ese hombre está para parar un tren. Emana un discreto encanto, una suerte de carisma; tiene un puño apoyado en el corazón y un brazo levantado, como un verdadero campeón.

—¿Es el famoso ciclista por el que se pirran las mujeres? —pregunta Filippo.

— Sí, pero Gaia sigue teniendo esperanzas de hacerle sentar la cabeza.

—¿Así que están juntos?

—Bueno, si a eso se le puede llamar estar juntos. —Alzo los ojos al cielo—. Él está siempre de viaje y ella se pasa la vida en casa esperándolo, mirando su fotografía como si fuese un soldado que se ha ido a la guerra.

—¡Vamos, no me lo creo! —Suelta una sonora carcajada.

—Te lo juro, Fil. Belotti la está haciendo sufrir. Jamás he visto a Gaia tan embelesada y sumisa. Él la quiere (según dice ella), pero en la distancia. —Sonrío al recordar lo que me contaba mi amiga—. Ya sabes cómo es

—guiño un ojo maliciosa—, ¡basta una noche de pasión para poner en peligro los resultados de un mes de entrenamiento!

—¿Eso significa que Gaia está ahora en abstinencia? —Abre desmesuradamente los ojos, divertido.

—Pues sí. Nunca ha estado tanto tiempo sin practicar sexo —explico mientras Filippo se sienta a mi lado y lee a toda prisa el artículo—. Por lo visto, Belotti le prometió el oro y el moro… Bueno, al menos ha ganado. Piensa qué desastre si ni siquiera lo hubiese hecho.

Me acaricia los hombros, sus dedos rozan ligeramente mi piel desnuda. Me besa en el cuello resbalando con la lengua por mi nuca hipersensible. El verano lo vuelve más apasionado. Últimamente solemos hacer el amor por la mañana.

—¿Qué intenciones tienes? —pregunto, conteniendo un gemido. Si sigue lamiéndome así, no tardaré en derretirme.

—Ninguna, Bibi. Me acerco en son de paz —me susurra al oído. Se levanta y me mira con aire intimidatorio—. Pero solo te salvas porque llego tarde al trabajo. —Exhala un suspiro—. Cuando vuelva a casa, hablaremos de nuevo.

—Yo estoy aquí —digo con estudiada indiferencia, a la vez que me subo el tirante de la camiseta.

Filippo se dirige hacia el sofá, donde ha dejado la bolsa con el ordenador portátil. La coge y se la echa al hombro. Da dos pasos y se detiene en el centro de la sala.

—Ah, me olvidaba —dice—. Mañana por la noche estamos invitados a una cena en los Castelli. Vendrá todo el estudio.

—¿En los Castelli? —Sé que está en las afueras de Roma, pero no conozco bien la zona.

—Sí, vamos a la residencia veraniega de Rinaldi —contesta con afectación, como si estuviese hablando del papa—. Tiene una mansión en el lago de Bracciano. Dicen que es fabulosa.

Ettore Rinaldi es el dueño del estudio donde trabaja. Lo he visto una sola vez y me pareció el típico magnate al que le gusta ser el perejil de todas las salsas, siempre a la búsqueda de contactos y sumamente hábil para las relaciones públicas. Si bien no se puede decir que tenga un físico ideal para moverse en sociedad —debe de pesar un quintal y hasta tiene un poco de gota—, el hecho de no ser mínimamente chic no parece haberlo penalizado. Pese a ello, la idea de cenar a orillas del lago me anima. Seguro que es un lugar magnífico.

—¡Me gusta esa invitación! —exclamo.

Filippo se acerca para darme un beso. Se lo devuelvo demorándome unos segundos más de lo habitual.

—¿Estás bien? —pregunta despegándose de mis labios, imparables.

—Sí —contesto esbozando una sonrisa.

Eso es lo bueno de Filippo: como mínimo, todo va siempre bien cuando estoy con él.

Al día siguiente por la tarde Alessio pasa a recogernos para ir a la cena. Como buen veneciano, Filippo sabe llevar perfectamente una barca, pero no tiene el carné de conducir. La única razón por la que yo me lo saqué fue porque me obligó a hacerlo mi padre, que, al día siguiente del examen final de bachiller, agitó delante de mí el libro de test de la autoescuela y me intimó:

—Tienes dos meses para hacerlo.

En momentos como estos me arrepiento de haber renunciado a las famosas vacaciones en Ibiza con mis compañeros del instituto. Gracias, papá. Ese sofocante verano me saqué el carné, pero la verdad es que no me ha servido de mucho hasta ahora, pienso mientras me acomodo en el asiento posterior del Mercedes SLK.

—Hola, querida. ¡Me alegro mucho de verte! —dice Flavia con voz cantarina haciéndome sitio; su voz es propensa a los ultrasonidos. Ha dejado el asiento de delante a Filippo, que está charlando animadamente con Alessio sobre equipos domóticos y elementos de decoración.

—Hola, Flavia. —Nos besamos en las mejillas. A juzgar por el maquillaje, el peinado y el traje ceñido, debe de acabar de salir de los estudios de Telenorba. Yo, que voy en vaqueros y camiseta, y llevo un par de chanclas de piel en los pies, me siento una mendiga a su lado. Por otra parte, antes de arreglarnos para salir, Filippo me ha dicho que se trataba de una velada «informal».

—Estás estupenda —le digo.

—Gracias. —Sonríe mostrando unos dientes blanquísimos que contrastan con la espesa capa de pintalabios—. Siempre eres muy amable.

—Te vi en el telediario la otra noche. —Efectivamente, zapeando entre un canal y otro vi de repente su imagen de medio cuerpo y busto reluciente; no podía ser más cursi.

—Sin comentarios. —Agita una mano en el aire con expresión de disgusto—. Estaba acostumbrada a los programas de entrevistas y de cotilleo. El telediario es una novedad para mí.

—Pero ¡si lo haces de maravilla! —Soy sincera. Lo poco que he visto me ha hecho cambiar de opinión sobre ella. Se come la pantalla y habla con desenvoltura. Si me apuntaran con una cámara a la cara, me pondría a sudar y me embarullaría a la segunda frase.

—Nunca sé qué cara poner cuando me toca leer las noticias de sucesos. —Cabecea irritada—. Y quizá unos segundos después tengo que anunciar un reportaje sobre la feria gastronómica del cochinillo.

Nos reímos. Al mirar por la ventanilla me doy cuenta de que ya estamos bordeando el lago. Ante mis ojos se abre una inmensa extensión verde que, a la tenue luz de la tarde, tiene un tono azulado.

—Fla, ¿recuerdas la calle? —pregunta Alessio agitado mirándonos por el espejo retrovisor. Tiene las venas del cuello marcadas y una expresión taurina en la cara, quemada por el sol.

—Calle de los Salici, me parece —susurra ella.

—A mí también me parecía que era esa calle. —Desliza los dedos por el navegador—. Pero ¡no la encuentra!

—Espera, ve despacio. —Filippo le indica que frene con un ademán a la vez que consulta el mapa vía satélite del iPhone—. Me parece que hemos llegado. Sigue unos cien metros más. Eso es. Dobla a la derecha.

—¡Ah, sí, es esta! —exclama Alessio golpeando el salpicadero—. Tengo que actualizar esta mierda de navegador. —Da una palmada en el hombro a Filippo—. Gracias, en cualquier caso —masculla y aparca arrimándose a la fila de coches lujosos que han invadido la calle.

Alessio toca el telefonillo. Rinaldi en persona sale a recibirnos con sus andares parsimoniosos, vestido con unas bermudas y una camisa de manga corta. Tiene una barriga enorme y las sienes perladas de sudor. Al verlo así me relajo: al menos tengo a alguien delante en la lista de los menos elegantes.

—Bienvenidos —nos saluda con voz estentórea. Los mofletes le dan un aire jovial.

Filippo le entrega la botella que hemos rescatado en nuestra bodega de casa: un Bardolino buenísimo que nos había regalado el tío Bruno hace tiempo.

—¡Fantástico, muchacho! —exclama Rinaldi—. Esto siempre es bienvenido —afirma volviendo a mirar la etiqueta con una sonrisa de satisfacción.

Nos guía por el inmenso jardín adornado con antorchas hasta llegar al pórtico que da al lago, donde están reunidos los demás invitados. Filippo y yo nos miramos con complicidad, felices de estar en este lugar encantado. El césped de la mansión desciende hasta la bahía y casi parece fundirse con el lago. La naturaleza que nos rodea es maravillosa.

Las luces del pueblo brillan en la otra orilla y la luna, que acaba de aparecer en el cielo, traza una estela plateada en el agua iluminando el muelle, donde están amarradas dos barcas. Una pareja de cisnes se acerca silenciosa a la orilla buscando comida. Todo es tan mágico, tan intemporal, que me quedo boquiabierta, igual que me sucede cada vez que veo una obra de arte por primera vez.

Diviso a Giovanni e Isabella en medio de la gente. Me acerco a ellos y los saludo para que Filippo pueda conversar a solas con Rinaldi, que no se ha separado de él desde que hemos llegado. Bajo la luz artificial del jardín, Giovanni parece aún más delgado. Isabella, en cambio, luce tan espléndida como siempre, incluso con unos vaqueros y una camiseta sin mangas. Se ha vestido como yo..., ¡menos mal! Además, se ha traído a Socrate, su adorable cachorro de carlino, que debe de haberle cogido manía a los tobillos de Flavia, a juzgar por la forma en que los está mordisqueando. Veo a lo lejos a Riccardo, el soltero de oro de la burguesía romana, que, en esta ocasión, ha venido acompañado de una Barbie.

Me inclino para acariciar a Socrate; su hocico negro, arrugado y aplastado lo hace irresistible, y él sabe de sobra cómo hacerse adorar. De repente, oigo una voz familiar a lo lejos, detrás de mí. Me vuelvo y la tensión me baja en picado. Leonardo está aquí, ha venido acompañado de un tipo que, supongo, es su socio. Me vuelvo rápidamente hacia el otro lado suplicando al cielo que no me haya visto. ¿Qué narices hace aquí? Creía que era una cena de los socios del estudio, no de los clientes. Me gustaría fingir un repentino malestar —en este momento no me costaría demasiado— y pedir a alguien que me saque de inmediato de aquí, pero me temo que será inútil.

De hecho, al cabo de unos segundos, Leonardo se separa de su amigo y viene a saludarme:

—Buenas noches, Elena.

Es un auténtico maestro de la ficción. Una sonrisita ilumina su cara bronceada. Las arruguitas que me vuelven loca. Tiene los ojos demasiado grandes. Además de unas cejas espesas y de una boca carnosa. Es condenadamente sexy. Odio tener que reconocerlo.

—Buenas noches. —Lo miro torvamente—. ¿Usted también aquí? —Esta vez no me bastaría un vaso, me gustaría tirarle la mesa llena de copas de champán.

—Pues sí. —Se encoge de hombros a la vez que esboza una sonrisa insolente—. Tal y como estaba previsto, volvemos a vernos —me susurra después.

—No porque yo haya querido —replico sibilante. La cólera me sube desde lo más hondo encendiéndome las mejillas y solo la llegada de Filippo me obliga a moderar el tono y a calmar la perversidad que siento.

Filippo saluda a Leonardo con una sonrisa resplandeciente.

—Chef... —dice alzando la barbilla.

—Arquitecto...

—¿Has pasado hoy por las obras? —pregunta Filippo con una punta de orgullo. Sé que es inevitable que hablen del tema, pero la fábrica del Aniene se está convirtiendo en una pesadilla para mí.

—Sí, todo me parece perfecto —lo halaga Leonardo—. ¿Tenéis hambre? —pregunta luego cambiando de tema. Puede que haya notado que he puesto los ojos en blanco—. Rinaldi me ha encadenado ya a la barbacoa. Hay una lubinas fabulosas —anuncia complacido, a la vez que un poco resignado.

—¡No veo la hora de probarlas! —exclama Filippo. Para él todo es normal.

—Bueno. En ese caso os dejo. —Leonardo se da media vuelta y mira la chimenea de toba donde Riccardo trajina ya torpemente con el fuego—. Voy a socorrerlo —dice guiñándonos un ojo.

Lo miramos mientras se aleja. Lleva unos vaqueros desteñidos que le marcan perfectamente el trasero. O, al menos, eso es lo que veo yo. Filippo se vuelve hacia mí y me apresuro a desviar los ojos de Leonardo.

Mientras tanto, el grupo se dispersa por el jardín: unos se acomodan bajo el templete, otros en las tumbonas blancas que hay desperdigadas aquí y allá. Leonardo agita sus brazos ardientes y, como un pintor, da pinceladas en la parrilla con unas ramitas de romero empapadas de aceite. Se ha desabrochado varios botones de la camisa y se ha arremangado. Al lado del fuego la temperatura debe de ser infernal, de manera que sudará bastante, por eso ha sacado la consabida banda blanca y se la ha atado a la cabeza. Lo observo desde aquí, sentada en una tumbona al lado de Isabella, mientras Socrate coletea como un pillo entre mis piernas.

Lo miro mientras da la vuelta a los langostinos y las sepias con sus manos demasiado seguras, los coloca en las bandejas con elegancia y los condimenta con sus mejunjes de alquimista. Lo que me asombra es que un cuerpo tan viril y robusto como el suyo sea capaz de ejecutar unos gestos tan delicados y precisos.

Es tan condenadamente guapo que me gustaría matarlo. De hecho, lo odio; el problema es que, a mi pesar, a la vez lo deseo con todas mis fuerzas.

—Qué magnífica velada —comenta Isabella—. Nunca había estado aquí. ¡Es un paraíso! Rinaldi es muy afortunado.

—Pues sí. A fuerza de esclavizar a nuestros novios... —Nos sonreímos con complicidad a la vez que Socrate se afila los dientes mordisqueando las patas de plástico de la tumbona.

—¡Eres exasperante! —Isabella lo agarra por el collar y lo regaña—: Eso no se hace. ¡Malo!

Sonrío.

—Tendrá hambre.

—Pues sí.

Le cojo el hocico y le susurro:

—Ve con ese señor y dile que te dé algo de comer, Socrate. —Lo empujo en dirección a Leonardo. «Y muérdele de paso una pierna», pienso confiando en que los perros sepan leer el pensamiento.

—Socrate solo come alimentos para perros —explica Isabella resignada.

—En ese caso nuestro chef no puede hacer nada por él. —Mi voz rebosa sarcasmo.

En efecto, cuando llega al centro del prado Socrate se desvía y se pega de nuevo a los tobillos de Flavia, quien ya empieza a dar claras señales de irritación.

Leonardo ha abandonado la barbacoa y ahora está en el banco de mármol que hay a un lado. Corta las berenjenas para la parrilla hundiendo el cuchillo en el centro con una precisión asesina. A continuación rellena las lubinas con las hierbas aromáticas metiendo con delicadeza los dedos en el corte que las parte por la mitad. Conozco bien esos dedos, sé cómo se mueven en la carne.

Una morena muy delgada con aire roquero, un corte de pelo asimétrico y varios kilos de pulseras en las muñecas se acerca a él, seductora. En apariencia, él la deja hacer. No logro apartar los ojos de ellos, siento que mis entrañas se revuelven como un nido de víboras.

De improviso, Leonardo alza los ojos y me desafía con su mirada arrogante e impúdica. Es una locura intolerable. Me gustaría levantarme de aquí y desaparecer muy lejos, quizá en el fondo de este lago, pero lo único que logro hacer es girarme hacia el otro lado e ignorarlo. Un magma de emociones se enciende en mi corazón a la vez que la cólera se mezcla peligrosamente con el deseo que se arrastra bajo mi piel.

En la cena todos los invitados felicitan al «chef» en una sucesión agotadora de alabanzas y comentarios aduladores que se suceden entre un brindis y otro. Hay botellas de vino vacías por todas partes y todos parecen bastante achispados. Incluso Filippo, que jamás pierde el control de sí mismo, tiene los ojos brillantes y una sonrisita dibujada en los labios. Todos han bebido menos yo. A pesar de que tengo motivos más que válidos para hacerlo, esta noche no tengo ninguna gana de emborracharme.

Cuando Riccardo le pide al discjockey —pues sí, también tenemos un discjockey— que ponga *Another Brick in the Wall,* de Pink Floyd, las mujeres empiezan a bailar y los hombres a moverse tambaleándose en el césped. Todos salen al jardín y en un abrir y cerrar de ojos forman una masa que se mueve al unísono. Rinaldi, completamente colocado, me arrastra a la horda festiva y se lanza a bailar de forma descompuesta, moviéndose con torpeza. Parece un flan que tiembla al ritmo de la música. Lo sigo dando unos cuantos pasos y conteniendo a duras penas la risa. Veo que Leonardo baila con la morena. Cuando nuestras miradas se cruzan siento la necesidad de esconderme tras la mole de Rinaldi y de repetirme —sin demasiada convicción— que, a fin de cuentas, no me muevo tan mal.

El clima es de tal euforia que la Barbie de Riccardo aprovecha para ejecutar una especie de striptease: se levanta sin el menor pudor la camiseta mojada mostrando sus pechos operados, para gran alegría del público masculino.

Flavia la imita de inmediato: es la reina de la silicona de la fiesta y debe dejárselo bien claro a todos. Uno tras otro, los invitados se desprenden de las camisetas y las camisas.

La fiesta ha tomado un rumbo irreversible y no sé cómo saldremos de ella. La música sigue retumbando en los altavoces mientras los cuerpos desnudos se agitan desenfrenados: los pies descalzos en el césped y los brazos tendidos a la luna. Parece un frenético rito pagano de fusión con la naturaleza. De repente, a Riccardo se le ocurre que nos demos un baño en el lago.

—¡Todos desnudos! —grita y, después de haberse desvestido por completo, coge carrerilla desde la playa y se tira al agua. Los demás lo siguen, salvo Rinaldi, que se acurruca boqueando en el balancín en compañía de Socrate. Querría imitarlo, pero Filippo me aferra una mano y, haciendo caso omiso de mis protestas, me coge en brazos y me lleva a la orilla.

—Tienes cinco segundos para quitarte la ropa, si no te tiraré como estás —me amenaza.

Al final me rindo, me quito los vaqueros y la camiseta y me quedo, como todos, en ropa interior. Menos mal que he tenido la genial intuición de combinar las bragas con el sujetador antes de salir. La idea de mostrarme así ante él y Leonardo a la vez me estremece. Filippo me coge de la mano y nos reunimos con los demás, que prosiguen la fiesta en el agua.

Dicen que el lago siempre está en calma. No es cierto. Esta agua no es tranquila ni dulce, es una sucia ola de deseo. Filippo juega a salpicarme, después me rodea la cintura con los brazos, me levanta por detrás y me besa en el cuello. Una sensación de placer recorre mi espalda hasta llegar al nido que hay entre mis piernas. Leonardo está a un metro de nosotros, tan inquietante y peligroso como un tiburón. De nuevo nos miramos por un instante y una corriente subacuática une nuestros cuerpos, sumergidos en el mismo elemento.

Siento que me invade una energía sexual incontrolable. Tengo que salir de inmediato de este lago turbio.

—Voy a salir, necesito secarme. Perdona, pero tengo un poco de frío. —Me libero de los brazos de Filippo e, ignorando la mirada de Leonardo, me acerco a toda prisa a la orilla.

Está oscuro. La oscuridad es profunda, y yo me guarezco aliviada en ella. Varios invitados siguen en el agua, otros han vuelto a la playa y están encendiendo una hoguera.

Fuera hace bastante frío. Cojo la ropa que he dejado en la orilla y una toalla del montón que hay en el suelo y me tapo con ella. Camino descalza por el sendero que lleva a la casa siguiendo el rastro de lucecitas amarillas que están encastradas en la piedra lávica. Doy un empujón a la puerta de madera y me refugio en el interior. En la habitación flota una tibieza reconfortante. Justo en el centro, al lado de un sofá *vintage* de piel, una sofisticada lámpara refleja en las paredes una cálida luz naranja, a la vez que en un rincón una fuente de vapor gotea agua y esparce en el ambiente humo con un agradable aroma a pino.

Dejo la ropa en una silla de diseño —Filippo sabría decirme quién es su autor— y me acerco al espejo que cubre toda la pared. Me quito la ropa interior y me enrollo la toalla a la altura del pecho como si fuera un vestidito corto. Después me examino la cara y veo que el agua ha borrado el maquillaje y que tengo restos de rímel bajo los ojos. Intento limpiarlos con las manos, pero es poco menos que inútil; tengo que resignarme a parecer un oso panda. Me alejo unos pasos del espejo, me inclino hacia abajo para sacudir el pelo y unas gotas caen al suelo de mármol blanco formando un pequeño charco. Después, con un gesto resuelto, echo el pelo hacia atrás. ¡Es indomable! La melena me llega ya justo por debajo de los hombros, un corte indefinido que empieza a no gustarme; la semana que viene iré a la peluquería.

Mientras me arreglo con los dedos los mechones húmedos y rebeldes oigo un ruido sordo a mi espalda. Alguien ha abierto la puerta.

Envolviéndome bien en la toalla, me vuelvo enseguida y siento que la tierra tiembla bajo mis pies. Es Leonardo. Lo miro como si se tratase de una presencia demoniaca. Tiene la mirada turbia, el pelo y la barba empapados, el pecho desnudo y los calzoncillos pegados a la piel.

No logro decir ni una palabra, no puedo abrir la boca, porque tengo miedo de que el corazón me escape por ella.

—Hola, Elena. —Se apoya en la puerta y, alargando una mano por detrás de la espalda, da una vuelta a la llave en la cerradura.

Sacudo la cabeza y retrocedo.

—Vete —le ordeno, perentoria. Quiero que se vaya de verdad, pero no consigo apartar los ojos de él. Es tan sexy que hace que me sienta mal—. Vete o grito —repito haciendo un esfuerzo.

—Hazlo, vamos. —Leonardo se acerca a mí e invade mi espacio con su turbadora presencia.

—¿No te bastó lo que te dije la última vez? —Sostengo su mirada fingiendo calma—. Creía que la idea había quedado clara.

Él sonríe ignorando mis protestas. Me rodea la cintura y me aparta la mano del pecho. Siento que la toalla se afloja ligeramente y suplico que no se abra.

—Ah, en ese caso debo de haberte entendido mal antes... ¿No nos estábamos mirando, *Bibi*?

Lo odio. Debe desaparecer de mi vida.

—No te miraba a ti, sino a la morena que no te dejaba ni a sol ni a sombra. Me gustaba su corte de pelo.

—Sigo escudándome en la ironía, pero su seguridad me aplasta. Sabe que puede hacer conmigo lo que quiera.

—Yo en cambio te miraba a ti. —Me pone las manos en los hombros—. Puede que me equivoque, pero tenía la impresión de que querías decirme algo con los ojos. —Ahora su voz es aterciopelada.

—Tienes razón, quería decirte que te fueras al infierno y que desaparecieras de mi vida y, en concreto, de esta fiesta, dado que yo no puedo hacerlo —me apresuro a contestar.

El contacto de su piel con la mía es insoportable. Me siento poco menos que violada por sus manos expertas y ya familiares. Su roce se expande por mis brazos y reverbera bajo la superficie de mi cuerpo calentándome. Pienso en Filippo, en sus manos delicadas y dulces, pero justo en el momento en que lo visualizo su imagen pierde nitidez y se desvanece. La verdad es que nadie me ha tocado nunca como lo hace Leonardo. Lo miro a los ojos y siento un espantoso escalofrío en la espalda. No comprendo el repentino deseo de calor que recorre mis entrañas, la peligrosa disposición a rendirme. Quizá ya sea demasiado tarde.

—Esto era lo que querías cuando llamaste a Filippo para ofrecerle ese trabajo. Esperabas que se produjeran situaciones de este tipo. —Sonrío, consciente de que estoy cediendo. Alargo instintivamente el cuello hacia la ventana y me siento aliviada al comprobar que los postigos están cerrados—. Pero ha sido una pésima idea, Leonardo.

Me coge la barbilla y captura mis labios con los suyos. Me gustaría separarme de ellos, pero es imposible. No puedo hacer nada para alejarlo. Lo cierto es que no quiero hacer nada que no sea seguir besándolo.

Le acaricio las mejillas con las manos trémulas, deslizando los dedos por su barba húmeda y áspera.

—¿Qué puedo hacer contigo? —le pregunto desfallecida, impotente.

Leonardo cierra los ojos a la vez que mis manos buscan su pelo.

—Lo único que debes hacer es rendirte a lo que deseas —susurra.

De improviso, el mundo que hay fuera de la ventana ha dejado de existir. Ya no oigo las voces de los demás, los gritos, los ruidos de la fiesta, el soplo del viento. Solo lo oigo a él, a Leonardo. Y solo siento arder nuestro deseo, más allá del mal y del bien.

Nuestras lenguas se buscan, consumiéndose la una a la otra; nuestras respiraciones entrecortadas se funden en una sola, líquida y profunda.

Leonardo aparta un borde de la toalla y mete las manos, que pasan rápidamente a mis costados y resbalan hasta aferrarme el culo. Aprietan rapaces, recorren el perfil de mis nalgas y, por fin, sus dedos empiezan a acariciar el periné con sabia delicadeza. Veo en sus ojos una chispa peligrosa. Me acerca a su cuerpo hasta que lo siento: está hinchado de deseo, listo para liberar la prepotente necesidad de sexo que lo atormenta. Con la otra mano sujeta su erección y hunde poco a poco un dedo dentro de mí. Siento que explora en profundidad, y a cada toque mi piel cede abriéndose al paso de su mano experta. Se me escapa un gemido.

—Nos estamos equivocando —murmuro—. No deberíamos continuar —digo, pero no puedo evitar rodearle el cuello con los brazos y buscar uno de sus pezones con la boca. La toalla me resbala por la piel desnudando un pecho.

—Tú me deseas, Elena. Lo siento —susurra tirándola al sofá. Estoy completamente desnuda—. Y yo te deseo —prosigue. Su voz me embriaga y me inunda de calor. Sus ojos me encadenan.

No tengo fuerzas para hablar. Quiero lo mismo que él. Es verdad. El deseo me penetra en círculos, se propaga por todo mi cuerpo.

Leonardo me tumba en el sofá, se baja los calzoncillos y se mete entre mis piernas. Su boca, insaciable, invade la mía. Incontrolables, mis caderas se levantan para pegarse a las suyas. Leonardo está por todas partes, en mi piel y en mi corazón, me abruma hasta dejarme sin respiración, me devora con la lengua y con las manos y mi cuerpo responde envolviéndolo. Lo deseo dentro de mí, así, despiadado y brutal, quiero que me colme con su deseo, que se hunda en mi interior.

Cuando está a punto de suceder una voz procedente de fuera nos detiene.

—¿Estás aquí, Bibi? —Es Filippo. Está llamando con los nudillos a la puerta. Una descarga de adrenalina y de terror me paraliza.

—Sí —contesto tratando de dominar mi voz temblorosa—, me estoy vistiendo.

Leonardo sigue inmóvil encima de mí, casi dentro de mí, y nuestras respiraciones se rozan. Presa del pánico, lo aparto de un empujón. Movida por un reflejo condicionado cojo la toalla y me tapo.

—Van a servir el postre —prosigue Filippo—. ¿Vienes?

—Voy enseguida, amor. Un instante. —Esta vez la voz me sale chillona y nerviosa.

Mi cabeza da vueltas y el sentimiento de culpa me causa una sensación aguda de vértigo que contrasta con el deseo insatisfecho. Me pongo las bragas y el sujetador a toda prisa. Luego las demás prendas.

Mientras tanto, Leonardo se ha echado en el sofá y no parece nada turbado. Cruza los brazos bajo la nuca y arquea una ceja.

—*Bibi* —susurra con tono irreverente.

Me gustaría abofetearlo, pero también comérmelo a besos.

Me arreglo el pelo delante del espejo y, al hacerlo, noto que me está observando. Me vuelvo para decirle algo, pero me detengo de golpe. Siento una única e innegable certeza: aún lo deseo. Si Filippo no estuviese fuera, lo abrazaría con fuerza, lo lamería para sentir su sabor antes de recomenzar desde el punto en que hemos tenido que interrumpirnos y satisfacer este maldito deseo.

—No te muevas de ahí —le ordeno, en cambio, dirigiéndome a la puerta.

Él se arrellana en el sofá y alza los brazos en señal de rendición. Una expresión tranquilizadora se dibuja en su cara, como si me estuviese diciendo: «Ve tranquila».

Abro la puerta y la cierro enseguida a mi espalda. Veo a Filippo sentado con los brazos cruzados en el muro bajo del sendero. Está jugando a hacer desaparecer y aparecer la luz del led que asoma por el adoquinado.

—Eh… —Se pone de pie y se acerca a mí—. Cuánto has tardado. ¡Estaba preocupado! Me coge la cintura con sus manos delicadas. Después de lo que acaba de suceder es desgarrador tener que acostumbrarse de nuevo a ese contacto.

—Ya sabes cómo soy. —Miro al suelo. Mentirle mirándolo a los ojos sería demasiado—. Tardo mucho en cambiarme.

Me siento mal, porque él es el hombre que quiero. Me gustaría arrojar un meteorito sobre el recuerdo de lo que ha sucedido hace cinco minutos. Pese a que aún siento su huella en la piel y alrededor del corazón.

Abrazados, Filippo y yo regresamos a la playa y nos sentamos alrededor de la hoguera con los demás. Están comiendo el pastel de *amaretto* que ha preparado Leonardo. Una de sus creaciones. Algo me rasca la garganta y la sensación se acentúa cuando, al cabo de unos minutos, «el chef» se une al grupo silbando, como si acabase de salir de un relajante masaje. Ha esperado un poco antes de abandonar la habitación. La joven con el corte de pelo extraño se acerca a él contoneándose.

—Este dulce es fenomenal —lo felicita Flavia—. Quiero la receta.

—Lo siento, pero es un secreto y los secretos no se revelan —contesta él mirando en dirección a mí.

Me apoyo en el respaldo de la tumbona, exhausta, completamente desfallecida. Siento que la humedad del lago me cala hasta los huesos y que mis músculos se rinden. Quiero marcharme de aquí cuanto antes.

Como si me hubiese leído el pensamiento, Alessio se pone de pie y, desentumeciéndose, dice:

—¿Qué hacemos? Son casi las cinco. Es hora de marcharnos, ¿no os parece?

—Por supuesto, ¡vámonos! —Me levanto haciendo acopio de mis últimas energías. La luna se ha puesto y un nuevo amanecer me espera al otro lado del horizonte.

Llegamos a una Roma iluminada por los primeros rayos de sol. Me gustaría apagar esta luz, acallar a los pájaros y recuperar la noche. El silencio. No estoy preparada para un nuevo día. Lo único que deseo es dormir, ahora.

9

Falta una parada para la mía. Esta mañana hay menos gente en el metro de la habitual y he logrado sentarme. Llevo unos minutos observando la publicidad que aparece en las pantallas del vagón, donde anuncian los próximos eventos y espectáculos que ha organizado el ayuntamiento. Después de los anuncios, acompañada de un efecto sonoro que recuerda a las olas del mar, aparece una cita escrita con caracteres muy grandes: «Solo hay una estación, el verano, tan hermosa que las demás giran alrededor de ella». Ennio Flaiano. Pienso que no puede ser más cierto. Ser infeliz en verano es un delito imperdonable.

Es el primer fin de semana de agosto y estoy yendo a trabajar. A veces me pregunto de dónde saco la fuerza para bajar rodando de la cama a las siete un sábado por la mañana. Puede que sea mi manera de permanecer anclada a la realidad para conservar un mínimo de equilibrio mental: mientras hay una restauración en curso, mi vida parece tener un objetivo.

El fin de semana pasado, después de la fiesta del lago, estuve en Venecia con Filippo. Se lo había prometido, y no me arrepentí. Fuimos a ver el piso de sus sueños y los dos lo encontramos maravilloso, mucho más de lo que parecía en las fotografías. Fantaseamos mientras deambulábamos por las habitaciones vacías imaginándonos una vida entre esas paredes, tan acogedoras y luminosas. Pese a ello, aún no lo hemos aceptado. Es un paso importante y no estoy segura de querer darlo.

Y no es solo cuestión de ceros.

Después de lo que ocurrió en la fiesta, en mi cabeza reina un caos absoluto. Si en ciertos momentos creo que quiero a Filippo, poco después sus continuas atenciones y sus gestos premurosos casi me irritan y no puedo por menos que compararlo con *el otro;* intento reprimirlo, pero Leonardo no me da tregua. Porque la obsesión es más fuerte que mi voluntad.

En Venecia vi también a mis padres, a quienes he echado mucho de menos estos meses. Me parecieron rejuvenecidos y serenos, sobre todo mi padre, que está viviendo la jubilación mejor de lo que cabía esperar. El exteniente Lorenzo Volpe se está dedicando incluso al teatro, su pasión de toda la vida. Por lo visto tiene talento y mi madre me dijo —después de obligarme a jurarle silencio absoluto— que hasta se ha presentado como extra de cine.

La única nota dolorosa del fin de semana veneciano fue que no pude ver a Gaia, pero su ausencia estaba justificada. Después de haber ganado el Tour de Francia, su querido Samuel la raptó y se la llevó de vacaciones a las Maldivas prometiéndole unos días y unas noches de fuego. Por fin se ha decidido a ser novio a tiempo completo y, según me escribe Gaia, parece que no le falta talento.

Acabo de subir a la superficie y mientras dejo el Coliseo a mi espalda oigo sonar el teléfono en el bolso. En la pantalla leo DESCONOCIDO. ¿Quién será? Empiezo a sudar, convencida de que es él, Leonardo. Mi mente elabora el segundo discurso combativo y respondo.

—¿Elena? —Una voz femenina, acompañada de un ligero ruido.

—Sí… —contesto de golpe. Me he librado del peligro.

—Hola, soy Gabriella. —El tono sosegado y relajado asume el contorno de un rostro familiar. ¡Es la Borraccini! ¿Qué querrá a las ocho y media de la mañana?

—Buenos días, profesora —la saludo procurando parecer lo más despierta posible.

—Escucha, estoy en el tren camino de Roma —anuncia—. Doy una conferencia en la Escuela de Verano de

Restauración esta tarde, pero pensaba pasar por la mañana para ver cómo va el trabajo.

Siento un estremecimiento de terror en la espalda.

—¿Quiere venir a San Luigi? —pregunto tratando de confirmar su mensaje, que no puede ser más claro.

—Sí, en cuanto llegue a la estación.

—¡Estupendo! Será un placer. Yo voy para allí ahora. —Finjo un entusiasmo poco creíble a la vez que pienso en todo lo que me queda por hacer en el fresco. Pánico.

—Avisa a Ceccarelli, por favor —ataja, como si tuviese prisa por colgar—. Nos vemos en la iglesia a las once. Llegaré a esa hora —precisa.

—De acuerdo, profesora. —Intento ocultar la ansiedad asumiendo un tono profesional—. Hasta luego.

Aprieto el paso e ignorando los semáforos en rojo y los pasos de cebra consigo llegar milagrosamente a la iglesia unos minutos antes de las nueve. Estoy chorreando de sudor y tengo la boca tan seca como si hubiese corrido diez kilómetros en subida, pero, apenas entro en la iglesia, el frescor y la quietud del lugar me calman de inmediato.

Paola está ya en el andamio, vestida con el mono de restauradora y el pelo recogido en la nuca.

—¡Llegas puntual esta mañana!

—Como siempre, ¿no? —contesto irónica. Por lo general, a pesar de nuestros rocambolescos esfuerzos y de los diez despertadores consecutivos que suenan con pocos minutos de diferencia, nunca llego al trabajo antes de las diez—. Tenemos visita —le comunico poniéndome a toda prisa el peto encima de los pantalones de pirata y la camiseta.

—¿Qué quieres decir? —Paola se vuelve intrigada.

—Pues que hoy pasará a vernos Borraccini —respondo arremangándome y subiendo al trípode—. Me acaba de llamar por teléfono.

—Ah —se limita a comentar Paola algo contrariada—. ¿Y qué se supone que viene a hacer aquí?

—Me ha dicho que quiere echar un vistazo. Te confieso que me ha puesto un poco nerviosa.

—La responsable de esta restauración soy yo; deberías temer mi opinión, no la suya —especifica secamente.

—Por supuesto que sí, Paola. En todo caso, ella me encontró este trabajo y quiero quedar bien.

—Ya, pero si has conseguido mantenerlo es solo mérito tuyo.

Me quedo boquiabierta: es la primera vez que Paola me hace un cumplido. No estoy muy segura de haber comprendido bien, dado que me da la espalda, pero quiero dar crédito a mis oídos.

—Sea como sea, nunca me han gustado las sorpresas —gruñe con acritud.

—Tienes razón... —asiento con repentino desparpajo—, a tomar por culo la Borraccini y su manía de vigilarlo todo.

Paola me mira de una forma extraña, que yo considero cómplice. Tengo la impresión de que el hecho de compartir un enemigo nos une más de lo que han hecho todos estos meses de colaboración.

—En cualquier caso, yo también tengo que darte una noticia —me dice al cabo de unos segundos.

—Espero que sea buena. —Me vuelvo y la observo desde lo alto del andamio abriendo mucho los ojos.

Asiente con la cabeza y esboza una sonrisa.

—El padre Sèrge nos ha recomendado a la Academia de Francia. Por lo visto, nos tendrán en cuenta para las próximas restauraciones.

—¡Fantástico! ¡Tenemos que celebrarlo! —exclamo y por un instante estoy a punto de bajar del trípode para chocar con ella los cinco, pero luego pienso que quizá Paola se ha descolocado ya bastante por hoy.

Mientras trabajamos concentradas oímos resonar una voz grave y vibrante a nuestras espaldas.

—Buenos días, chicas.

Es ella, Gabriella Borraccini, la reina de la restauración. Sube los escalones y se detiene en el centro de la capilla con sus cincuenta años magníficamente llevados. Parece recién salida de un salón de belleza, está impecable con su melena cuadrada al estilo de los años veinte, los labios pintados de color rojo encendido y un velo de colorete en las mejillas. Luce unos pantalones beis de pinzas, una camiseta a rayas blancas y azules, y un originalísimo collar de perlas negras gigantes atadas con un lazo blanco de *gros grain* (¡lo quiero!). A los pies el consabido par de Tod's, cuyo color varía dependiendo de la estación —los de ahora son blancos— y un precioso bolso bandolera de piel azul oscuro.

—Buenos días —respondo apresurándome a bajar del andamio—. Bienvenida. ¿Ha tenido un buen viaje? —Noto que, pese al impulso de rebelión que he tenido hace poco, estoy asumiendo instintivamente una actitud sumisa.

No puedo remediarlo: esta mujer me intimida.

—Sí, gracias —contesta mientras intercambia con Paola un frío saludo. Ella, a diferencia de mí, no está ni mínimamente cohibida; al contrario, parece más distante y cabreada de lo habitual—. Entonces, ¿cómo va el trabajo por aquí? —Echa un rápido vistazo al fresco de *La anunciación,* frente al que se encuentra Paola, que no muestra la menor intención de apartarse; después se acerca a la pared de *La adoración de los Magos,* la mía.

—Aún no he acabado —me apresuro a justificarme.

—Sí, ya veo. Aún quedan varias cosas por hacer —asiente. Se lleva la mano a la barbilla mientras mira la pintura con aire penetrante y escrutador.

—Yo añadiría un poco de brillo aquí y dejaría opaca esta zona; luego habría que enfatizar la expresión de las caras. Ese rojo, además, no queda muy bien. —Ya está, ha encontrado el defecto. Cuando Borraccini dice «no queda muy bien» por lo general significa que hay que rehacerlo todo.

—En realidad, el color respeta el original. En todo caso, aún está por acabar — sale Paola en mi defensa. ¡Increíble! Aunque quizá solo esté marcando el territorio, poniendo a la intrusa en su sitio. En pocas palabras, quiere dejar bien claro que ella es la única que puede juzgar el trabajo.

—Claro, es obvio —contesta Borraccini con diplomacia. No me esperaba que reaccionase de manera tan sumisa—. En fin, veo que habéis colaborado bien —añade como si pretendiese cambiar de tema.

—Sí —contesto, también por cuenta de Paola.

La profesora me mira esbozando una sonrisa maliciosa.

—Entonces Paola no te hizo salir por pies al tercer día, como sucedió con tus predecesores.

—No, ¿por qué? Todo va viento en popa —corroboro a la vez que noto que el semblante de Paola se ha ensombrecido. Sus pómulos se han endurecido, como sucede siempre que está furiosa y tensa.

—Yo no hago escapar a nadie si me demuestra que quiere quedarse de verdad —replica, glacial. De nuevo, no parece que el cumplido vaya dirigido a mí.

Se produce un momento de silencio grave en el que las dos mujeres se intercambian una mirada de alta tensión. Proyecto enseguida una de mis películas mentales: entre las dos hay una cuestión pendiente, quizá se trate de rivalidad académica o —a saber— de hombres.

Borraccini es la primera que relaja el ambiente esbozando una sonrisa de plástico.

—Bueno, chicas, no os quiero hacer perder más tiempo. Voy a la Escuela de Restauración. —Se ajusta el bolso que lleva en bandolera—. Ha sido un placer volver a veros. Buen trabajo.

Veo que Paola sigue con la mirada a Borraccini hasta que queda fuera de nuestro campo visual. Su expresión me disuade de hacer preguntas, emitir sonidos e incluso respirar. Mejor será que trabaje en absoluto silencio durante las próximas horas. Tengo que volverme invisible.

Por fin estoy en casa, destrozada. Abro la puerta y mascullo un «hola» soltando las llaves en una bandejita que hay a la entrada y liberándome con torpeza de las zapatillas de tenis en el pasillo. Una vez en la sala alzo la mirada y veo que alguien me está esperando al lado de Filippo.

Gaia me sonríe y grita:

—¡Sooorpresa!

¡Dios mío, no puedo creérmelo! Me siento tan feliz que podría echarme a llorar. Hace cinco meses que no veo a mi amiga y ahora la tengo aquí delante, tostada por el sol de las Maldivas, después de un interminable sábado estival.

—¡Debes agradecérselo a él! —Gaia apunta a Filippo con el índice pintado de color morado—. La idea fue suya. —A continuación abre los brazos para acogerme y me acribilla a besos, lo que me permite notar que se ha pintado los labios con un brillo también morado; por lo visto es el color del verano.

—¡Tonta! Pero ¿por qué has tardado tanto en venir? —La abrazo con todas mis fuerzas deshaciéndome en su minivestido de seda verde. Va muy perfumada, a diferencia de mí, que estoy empapada de sudor, porque hoy ha sido un día realmente sofocante. Busco la mirada de Filippo y le susurro: «Gracias». Esta es la enésima prueba de que me quiere de verdad.

Gaia anuncia que piensa quedarse con nosotros todo el fin de semana, y la idea me electriza. Olvido el sábado de trabajo y el estrés que me ha causado la visita de Borraccini. Gaia está en forma, como siempre; diría que aún más guapa sin los tacones de doce centímetros, calzada con un sencillo par de sandalias de esclava. Solo que con el pelo rubio resplandeciente, las uñas cuidadísimas y el cutis perfecto y luminoso es una esclava con mucho más glamour que yo.

—Bueno, chicas, os dejo solas. Salgo con Alessio y Giovanni, cena de hombres. —Filippo se escabulle y por su expresión comprendo que la combinación Elena-Gaia lo atemoriza un poco. Me mira y guiñándome un ojo me dice—: No habléis demasiado mal de mí.

—Y tú no ligues demasiado con tus colegas —le respondo guiñando también un ojo.

Después de que Filippo se haya marchado, Gaia y yo nos bebemos un Bellini sentadas en el sofá. Por un instante tengo la impresión de haber vuelto a Venecia, a mi apartamento de soltera, más o menos desesperada. El recuerdo de nuestras veladas de socorro mutuo en las que nos atiborrábamos de avellanas y helado me hace recuperar al instante la sensación de intimidad que he añorado todos estos meses.

—Veamos, antes de venir me he documentado y he seleccionado un par de invitaciones para estas noches —dice Gaia agitando delante de mis ojos un auténtico carné de invitaciones a fiestas y espectáculos varios—. Conociéndote, supongo que habrás vivido como una reclusa y que aún no habrás disfrutado del verano romano.

En líneas generales Gaia tiene razón, pese a que... Mi mente vuela incontrolable a la noche de la fiesta en el lago, a Leonardo y a la locura que estuve a punto de cometer con él. Me gustaría confesárselo todo, pero siento que aún no ha llegado el momento, así que me limito a decir:

—Acabas de llegar y ya me estás sermoneando. Hablemos un poco de lo que debes contarme tú, *guapa*...

Gaia se arrellana en el sofá, frunce sus labios carnosos haciendo una mueca estudiada, saca de su Balenciaga blanco de flecos un número de *GQ* y me lo deja en las rodillas.

Cojo la revista y me quedo boquiabierta. En la portada aparece Samuel Belotti con el pecho desnudo y unos vaqueros rotos, el pelo rubio cobrizo despeinado y un colgante tribal al cuello. Su mirada es descarada y resuelta. Me recuerda a alguien.

—Pero ¿de qué color tiene los ojos este hombre? —Es la primera pregunta que se me ocurre. La foto tampoco me da ninguna pista: ¿verdes, grises o castaños?

Gaia se echa a reír.

—Cambian dependiendo del humor. —Recupera la revista y lo mira con aire embelesado—. Imagínate que ahora escribe también. —Suspira, como si eso la inquietase—. Tiene un blog en la edición *on line* de la revista en el que cuenta sus días como deportista. En realidad se lo escriben los de la redacción, pero no te digo la cantidad de mujeres que dejan sus comentarios.

—¿Y tú no estás celosa?

Gaia asiente con la cabeza, resignada.

—Al principio la cosa me atormentaba bastante, incluso reñimos. —Se interrumpe y me mira extraviada, como si ni siquiera ella estuviese convencida de lo que se dispone a decir—. Pero él me juró que solo me quiere a mí, y yo le creí, Ele. —Me sonríe temerosa, esperando que la regañe—. Bueno, ¿no me dices que soy una pobre ingenua? —pregunta.

—No, no lo eres —contesto—. Dame un solo motivo válido por el que un hombre no deba amarte de verdad. Sea como sea, ¿quieres contarme de una vez cómo fue en las Maldivas? ¡Qué callada estás esta noche! —la aliento, porque esta atmósfera tan melosa empieza a sacarme de mis casillas.

—Estupendo. Ojalá hubiese durado más —responde ella mordiéndose el labio—. Ahora se está entrenando para las últimas carreras de la temporada.

—¿Lo echas de menos?

—Muchísimo. Es lo primero que pienso cuando me despierto y lo último cuando me voy a dormir. Sé que parezco ridícula, ¡a veces me asusto sola! Tengo miedo de que Samuel me haya sorbido el seso.

—Sí, sé a qué te refieres —suelto sin querer.

Gaia me sonríe. Piensa que me refiero a Filippo, pero, por desgracia, se equivoca.

—He vuelto a ver a Leonardo.

Ya está, lo he dicho.

—¿Leonardo? —exclama boquiabierta, incrédula.

Se me encoge el estómago al oír su nombre pronunciado en voz alta, me gustaría que se llamara Paolo o Marco, como otros amigos o conocidos. Ahora que lo pienso, es el único Leonardo que conozco.

—Lo sé —mascullo tratando de ganar un poco de tiempo mientras bebo un buen sorbo de Bellini—. Debería habértelo dicho antes. Estuve a punto de hacerlo una noche, pero no quería confesártelo por Skype. —Noto que estoy balbuceando. Intento reponerme y contárselo desde otra perspectiva, pero no funciona.

—Caramba, Ele, después de todo lo que pasó, ¿has vuelto a caer en la trampa? —Su tono manifiesta más ansiedad que desaprobación.

—Te lo juro, Gaia. La culpa no es mía. Fue más fuerte que yo.

—Vamos, cuéntame. Quiero saber todos los detalles.

Ya no tengo escapatoria, así que le cuento todo, nuestro primer y fatal encuentro, las fugas clandestinas, el sentimiento de culpabilidad por Filippo, la decisión de no volver a verlo y la insistencia de Leonardo en seguir formando parte de mi vida.

—Pero la nuestra es ya una historia acabada, muerta y sepultada —concluyo convencida—. Ha faltado poco para que volviese a cometer un error arriesgándome a perder a Filippo, pero he conseguido dejar atrás el pasado. Ahora estoy mejor y no permitiré que nada ni nadie arruine nuestra relación.

Al cabo de unos segundos en los que parece estar recomponiendo las piezas del puzle en la cabeza, Gaia se vuelve de golpe hacia mí haciendo tintinear sus pendientes de diamantes y me mira fijamente.

—¿Estás segura de que quieres de verdad a Filippo?

—Sí, jamás he estado tan convencida. —La velocidad a la que lo digo casi me asusta.

Ella sigue observándome, como si estuviese decidiendo si creerme o no.

—¿Él sospecha algo?

La pregunta hace emerger el sentimiento de culpabilidad que aún me queda.

—No creo.

—¿Piensas decirle algo?

—Yo... quizá debería...

—¡No! —se adelanta—. ¡No hagas esa gilipollez! No debes decirle nada.

—¿Estás segura? —La sinceridad siempre ha sido la base de nuestra relación.

—Por supuesto. Si de verdad ha terminado, no tiene ningún sentido decírselo ahora.

—El problema es que me pesa seguir ocultándoselo. Me gustaría confesarle todo y volver a empezar desde el principio, con el corazón más ligero y sin mentiras entre nosotros.

—Lo único que conseguirías sería discutir, Ele. Incluso puede que eso os haga romper. ¿Qué esperas? ¿Que te perdone y siga queriéndote como si nada?

Tiene razón. Contarle todo a Filippo solo serviría para descargar mi conciencia. Si quiero que nuestra historia prosiga, me temo que tendré que soportar sola ese peso.

—Fíate. Es mejor así. Con el tiempo tú también te perdonarás y el sentimiento de culpa irá disminuyendo. —Me apoya una mano en la cabeza—. Pero no hagas más gilipolleces. Filippo te quiere demasiado.

—Lo sé, Gaia. —El hecho de que ella esté aquí lo demuestra—. Te aseguro que yo también le quiero.

Es domingo por la noche y después de habernos pasado el día de compras por el centro me duelen los pies, pero

aún me queda un poco de energía para dedicar las últimas horas a Gaia, que se marcha mañana por la tarde.

—Te llevo a una fiesta gay —me revela mientras
nos arreglamos para salir—. La organiza un amigo mío
en un local de Testaccio.

Conozco de sobra la filosofía de Gaia sobre el tema: las fiestas de homosexuales son las más divertidas,
la música es mejor y la gente más *cool*, además de que, a
saber por qué, se liga más.

—¿Y qué demonios me pongo para ir a una fiesta
gay? —Paso revista a casi todos mis vestidos con la impresión de que ninguno es adecuado.

—Lo que te dé la gana, Ele! —me dice sacando un
vestidito negro de lentejuelas de su maleta—. Aunque
es mejor que vayas un poco ligera de ropa.

Mientras nos cambiamos y vamos de la habitación
al cuarto de baño con unos conjuntos imposibles, Filippo permanece arrellanado en el sofá de la sala con la televisión encendida y, cómo no, el iPad en la mano. En
estos días lo hemos excluido un poco, pero a él no parece que le afecte demasiado. De cuando en cuando nos
mira cabeceando y disimulando, sin conseguirlo, una
risita burlona. Debe de pensar que somos peores que un
par de adolescentes y la verdad es que he de reconocer
que no anda muy desencaminado.

Al cabo de más de una hora de restauración, estamos listas para salir. Caminamos hacia la sala contoneán-
donos sobre nuestros tacones de doce centímetros (¡es-

ta noche el tacón es obligatorio, incluso para mí!) y desfilamos delante de Filippo.

—Perdonad, pero me tapáis la pantalla —comenta con aire distraído, y luego se echa a reír.

—No sabes apreciarnos, ¡no nos mereces! Adiós —digo arrastrando a Gaia hacia la puerta.

—Ah, Bibi —dice.

—¿Sí? —Me vuelvo.

—Antes de que me olvide... —Se endereza en el respaldo—. Nos han invitado a la inauguración.

—¿La inauguración?

—El restaurante de Leonardo, ¿te acuerdas? —explica. Una oleada de calor me sube a las mejillas. Lo había olvidado por completo.

—Sí —digo saliendo de mi estado de confusión. Miro a Gaia, que hace como si nada. Ella siempre sabe seguirme el juego. Yo, en cambio, soy una aficionada.

—Es el sábado por la noche —dice Filippo.

—¡Perfecto! —me apresuro a responder, pese a que no sé si debo acompañarlo.

Acto seguido se dirige a Gaia:

—Lástima que te vayas. Te habría gustado: es un local que acabamos de reformar.

—La próxima vez, siempre que queráis que vuelva —replica ella guiñándole un ojo.

—Ahora vámonos, si no llegaremos realmente tarde. —Empujo a Gaia fuera de la puerta.

—Divertíos... ¡y portaos bien! —grita Filippo.

—Por supuesto —respondemos a coro entrando en el ascensor.

Mientras bajamos a la planta baja, Gaia me interroga con la mirada y yo le confirmo que el restaurante en cuestión es el que Leonardo ha usado como pretexto para acercarse a Filippo.

—Pero no quiero pensar en eso ahora —le suplico—. Esta noche no quiero pensar en nada.

Llegamos al Ketumbar casi a las diez. El interior del local es extraordinario: amplios espacios coronados por techos abovedados y una larga barra semicircular que atraviesa las diferentes salas. El edificio que lo alberga se extiende al abrigo del monte de las ánforas de época romana —el Testaceus— que da nombre al barrio. Por algunos ventanales aún se puede ver una sección: estratos y estratos de ánforas y de residuos que se han ido acumulando a lo largo de los siglos.

—¡Menudo espectáculo! —exclamo lanzando una mirada de aprobación a Gaia.

—Sabes que siempre te llevo a los mejores sitios —dice mi amiga con cierto orgullo. Sobre eso no cabe la menor duda: la reina de la noche y de las relaciones públicas triunfa también en Roma.

Y, a propósito de relaciones públicas, veo que saluda enseguida a una chica morena del personal que va vestida de hombre: corbata negra y tirantes sobre la camisa blanca, labios rojo Valentino.

Con una sonrisa radiante nos guía hasta nuestra mesa.

—Aquí es. Puesto VIP —dice a Gaia—. Te lo he reservado a propósito.

—Gracias, Alessia. Sabía que podía contar contigo. —Gaia da un pequeño tirón a la corbata. Luego se vuelve y saluda calurosamente a uno de los camareros. No ha cambiado un ápice. Dondequiera que vaya domina la situación.

Mientras espero a que lleguen las primeras bebidas miro alrededor y noto que casi todos van vestidos de blanco.

—Gaia, esto…, cómo te lo diría yo…, me temo que estamos un tanto fuera de lugar —digo. Yo de azul claro, ella de negro.

—¡Dios mío! —exclama llevándose una mano a la frente—. ¡Era el código de vestimenta de la velada! ¡Lo indicaban también en la invitación!

Vaya, dos horas de preparativos para después meter la pata de manera tan clamorosa.

—Bueno, eso significa que esta noche llamaremos la atención. —Me encojo de hombros.

—Parecemos dos lesbianas excéntricas.

—Justo, amor mío. —Le lanzo un beso al aire y las dos soltamos una sonora carcajada.

Apenas nos sirven nuestros cócteles nos abalanzamos sobre el bufet y probamos las fantásticas albóndigas de arroz y el estupendo cuscús con piñones y pasas. Devoro la comida pensando que ya me preocuparé después de mis pesadillas digestivas.

Al cabo de una hora la fiesta está en pleno apogeo. Como de costumbre, Gaia tenía razón: la atmósfera es sofisticada y elegante, las luces difusas, la música suena al volumen justo y ha sido sabiamente seleccionada. Dalida y Edith Piaf, en versión remix, se alternan con Kylie Minogue y Lady Gaga, pasando por Cyndi Lauper y David Bowie. El panteón de los iconos homosexuales.

Del techo de la sala central, un poco por todas partes, cuelgan unos pedazos de papel pegados a unas cintas de raso blanco: son citas de Pasolini, Oscar Wilde, Thomas Mann, Virginia Woolf y, sin lugar a dudas, algún miembro más del panteón arriba mencionado.

He aparcado mis preocupaciones y me estoy divirtiendo más de lo que me prometí a mí misma que haría, en parte porque todos parecen alegres y la atmósfera es contagiosa. Gaia me presenta a su amigo, el organizador, un treintañero *hipster* —gafas con montura grande negra y camisa a cuadros—. Después me arrastra hasta la pista y me ordena que baile. Como no podía ser menos, obedezco sumisa.

Voy ya por el cuarto cóctel de la velada, para ser más concreta *gin lemon* superfuerte, mi preferido, cuando desde nuestra mesa diviso a lo lejos una cabellera familiar. Enfoco una figura frágil sentada de espaldas. ¿Y si solo fuese alguien que se le parece? Mmm... Pero ¿con el mismo corte de pelo, el mismo color y el mismo collar de perlas gigantes? De improviso la figura se vuelve casi por completo.

Ahora que puedo ver su perfil agudo, la certeza es absoluta. Es Borraccini.

Aviso a Gaia.

—Mi profe está aquí —le susurro al oído.

—¿Estás borracha? No aguantas el alcohol.

—Te lo juro. —Aferro la nuca de Gaia y la obligo a girar el cuello indicándole dónde debe mirar—. Allí. Está sentada a la mesa que hay al lado del ventanal.

—¿Estás segura? —insiste ella abriendo mucho los ojos.

—Por supuesto.

—¿Y qué hace aquí?

—A mí también me gustaría saberlo —contesto atónita—. Parece que está esperando a alguien. No deja de mirar hacia la barra. ¿Crees que debo ir a saludarla?

Cuando, unos segundos después, una mujer rubia muy arreglada se acerca a ella con una copa en la mano y le da un beso apasionado en la boca me quedo sin habla.

—¿Y esa quién es? —pregunta Gaia cada vez más divertida.

Dios mío, no me lo puedo creer. La miro boquiabierta.

—Es Paola, mi compañera de trabajo.

Su aspecto es completamente distinto del habitual. Va maquillada como si fuera a hacer un desfile de moda, lleva un vestido ceñido blanco supersexy y calza unos tacones vertiginosos.

—Tu compañera de trabajo —repite Gaia.

—Eso es.

—Está con tu profesora.

—Gracias por haber encajado las piezas.

—¡Dios mío, qué historia tan absurda! —Se echa a reír.

Es, como mínimo, absurda. Por lo que yo sé, Borraccini está felizmente casada con un empresario véneto y tiene una hija de quince años.

—Qué extraño —reflexiono en voz alta—. Ayer por la mañana tuve la impresión de que se odiaban.

—Habrán hecho las paces, Ele —me asegura Gaia sin dejar de mirarlas.

Decido que lo mejor que puedo hacer es evitar que me vean. Es evidente que la suya es una relación clandestina y no creo que les guste que me acerque a saludarlas.

Cuando me dispongo a pedirle a Gaia que cambiemos de sitio compruebo que ya es demasiado tarde: Paola me ha visto. Nuestras miradas se cruzan a través de la sala atestada de gente; por un momento me parece notar cierto fastidio en sus ojos y me siento casi en la obligación de pedir disculpas por este encuentro fortuito. No sé qué esperarme de ella, quizá haga como si nada; en cambio, Paola no me rehúye ni desvía la mirada. «Sí —me está diciendo—. Soy yo. Ahora conoces nuestro pequeño secreto».

Bueno, he recibido el mensaje y respondo con una sonrisa: «Vuestro pequeño secreto está a buen recaudo».

Después Paola acerca su silla a la de Borraccini para darme la espalda. Punto final.

La fiesta prosigue hasta altas horas de la noche, pero decidimos marcharnos antes, ya que mañana tengo que levantarme al amanecer para ir a trabajar y no sé si tendré suficiente energía. Cuando salimos del local son casi las dos. Pero, por lo visto, las sorpresas aún no se han acabado.

Divisamos a Paola en la acera de enfrente discutiendo animadamente con Borraccini. Le tira de un brazo a la vez que le suelta una retahíla de palabras indescifrables; la otra le responde con idéntica vehemencia con los brazos cruzados.

—¡Ay, me temo que la paz ha durado poco! —comenta Gaia.

—Vámonos, venga. —La empujo temiendo que nos vean.

Me parece como si fuera uno de esos fotógrafos que se apostan por la noche fuera de los locales y que luego venden las exclusivas a las revistas de cotilleo. Solo que esta exclusiva me la guardaré. Paola y yo hemos hecho un pacto tácito, suscrito con una mirada.

A la mañana siguiente, en el trabajo, lucho denodadamente contra el sueño. Me cuesta tener los ojos abiertos y me he metido ya en las pupilas veinticinco gotas de colirio.

¡Menuda suerte tiene Gaia, que sigue durmiendo a pierna suelta en el sofá! Se marcha esta tarde y ya sé que se tomará su tiempo antes de levantarse, se entretendrá con sus rituales de belleza matutinos, saboreará el desayuno continental que le he preparado y puede que incluso envíe algún comentario encendido al blog de Belotti.

Cuando he llegado a la iglesia Paola estaba ya en su puesto y, como era de esperar, no ha hecho la menor alusión a lo que ocurrió anoche. Si ella no toca el tema, yo tampoco. Además, ¿qué iba a decir?

Con todo, yo sigo sin poder dar crédito: jamás me habría imaginado que Borraccini pudiese tener una relación extramatrimonial, y por si fuera poco con una antigua alumna. Pero ciertas cosas suceden sin más y no necesitan explicaciones. A estas alturas yo debería saberlo.

Mientras aplico el brillo en la zona baja del fresco oigo que alguien solloza quedamente a mi espalda. Me vuelvo y veo que Paola está trabajando tranquila. Pienso que debo de haberme equivocado, pero no tardo en volver a oír un sollozo ahogado. Me acerco a ella y compruebo que está llorando mientras trabaja.

—Eh, ¿qué pasa? —le pregunto con cierto apuro.

Paola se enjuga la cara con la manga del mono, avergonzada.

—Perdona —murmura.

Llora como si no tuviera costumbre y no recordara cómo llorar. Sé que lo que digo puede parecer extraño, pero esa es la impresión que me da.

—¿Por qué? —digo tratando de calmarla.

Las lágrimas siguen empañándole las gafas, pese a los esfuerzos que hace para contenerlas.

—¿Quieres que hablemos o prefieres que te deje un poco sola? —le pregunto con suma cautela. Con las personas reservadas como ella hay que ir con pies de plomo.

Paola deja caer los brazos a lo largo de los costados e inclina la cabeza. Permanece así unos segundos, como si estuviera abstraída. Luego, de improviso, se quita los guantes de látex y se pasa una mano por el pelo a la vez que resopla, como si pretendiese liberarse de un peso.

—Qué más da, a fin de cuentas ya lo sabes... —Me mira con firmeza—. Se ha acabado, Elena. Gabriella y yo rompimos anoche.

Después, como un río que se desborda, empieza a desahogarse y me cuenta su arrebatadora historia de amor con Borraccini, que nació en la época de la universidad y prosiguió de manera clandestina hasta el borrascoso epílogo de anoche.

—He pasado muchos años aceptando que ella viviese dos vidas paralelas, conformándome con estar a la sombra. Pero al final le dije que eligiese: o su marido o yo. Quería que fuésemos a vivir juntas, que nos convirtiésemos en una pareja normal, auténtica. Ella me pidió tiempo para tomar una decisión. Luego, el otro día, se presentó por sorpresa en Roma sin avisarme.

Paola respira hondo antes de proseguir.

—Esperó hasta la última noche para decírmelo. Ha elegido a su marido. En el fondo, me lo esperaba, pese a que sé que lo ha hecho por miedo, no por amor.

—Lo siento. —Es lo único que se me ocurre decir. Me he quedado sin palabras, al menos sin las adecuadas. Su dolor es inconsolable. La abrazo, acortando de golpe la distancia formal que nos ha mantenido alejadas hasta ahora. Siento que es lo que necesita en este momento, y también que es lo único que puedo darle. Recibe mi abrazo con cierta tensión, pero no me rechaza.

—El error es mío: me he engañado mucho tiempo. Por fin puedo cerrar un capítulo y seguir adelante —dice con un optimismo forzado limpiándose las gafas con una atención que hace que eso parezca la cosa más importante del mundo.

—Si me necesitas, aquí me tienes —le digo.

De repente la veo bajo una nueva óptica. Hasta ayer era solo una dama de hierro severa y huraña; hoy, en cambio, parece una niña frágil e indefensa. Me enternece profundamente que Paola me haya mostrado este aspecto suyo. Tengo la impresión de haber perdido una colega y encontrado una amiga.

Hoy he salido un poco antes de trabajar porque quería ir a las cuatro a la estación de Termini, para despedirme de Gaia. Se va a Nápoles siguiendo a Belotti, que esta semana recorre el sur de Italia con su equipo. A decir verdad, Belotti no sabe que Gaia viaja para reunirse con él y no me atrevo a pensar qué ocurrirá cuando se entere —porque no es alguien a quien le gusten las improvisaciones, sobre todo cuando compite—; pero aun así soy positiva.

Mientras la acompaño al andén pienso en lo bien que he estado con ella estos días y en lo mucho que la voy a echar de menos. Gaia es la única que sabe toda la verdad sobre Leonardo y también la única que, quizá, puede comprenderme a fondo.

—¿Qué crees que debo hacer? —le pregunto antes de que suba al tren—. ¿Debo ir a la inauguración del restaurante o no?

Me siento preparada para ir. He dado una dirección clara a mi vida y el hecho de ver a Leonardo no me hará cambiar de idea. Otra vez no. He alcanzado cierto grado de conciencia —al menos, eso espero— y creo que puedo salir del paso con dignidad.

—¿Puedo darte un consejo? —Gaia arquea una ceja.

—Te lo estoy pidiendo…

—Es mejor que no vayas.

—¿Por qué? —Sacudo la cabeza. No me esperaba esa respuesta.

—Hazme caso. Aún no estás preparada.

Me estruja en uno de sus poderosos abrazos y sube al tren. Desde la ventanilla del vagón me lanza una última sonrisa y en sus ojos verdes leo un único mensaje: «Cuidado, Elena. No juegues con fuego».

10

Llevo desde ésta mañana haciendo la cuenta atrás. Esta noche es la inauguración del nuevo restaurante de Leonardo y aún no he tomado una decisión. He prometido a Filippo que lo acompañaré, pero desde que Gaia se marchó las dudas no han dejado de atormentarme.

Tengo que afrontar la cuestión: a medida que se acerca el momento la idea de ver a Leonardo me asusta cada vez más. ¿Y si Gaia tuviese razón? ¿Y si él tuviese aún el poder de echar por tierra todas mis certezas?

En realidad, las cosas con Filippo van bien —incluso en la cama, no puedo negarlo—, pero a veces tengo la impresión de que no me siento lo bastante viva. Al menos, no tan viva como me hacía sentirme Leonardo. ¡Dios mío, menuda confusión tengo en este momento en la cabeza! Necesito hablar con Gaia, pero he intentado llamarla desde por la mañana y no me contesta. ¡A saber qué estará haciendo en Nápoles con su ciclista!

Me dispongo a cruzar la puerta de Villa Borghese, la que está cerca de la Galería. He quedado con Martino, quien me prometió darme hoy la famosa *lectio magistralis* sobre la obra de Caravaggio que está estudiando.

Ahí está. Ha llegado puntual, a diferencia de mí, y me espera delante de la escalinata de la entrada. Lleva unos pantalones chinos, camisa blanca de manga corta y —¡no me lo puedo creer!— una pajarita con un estampado óptico.

Ha entrado completamente en el papel: representa a Philippe Daverio de joven con la cara de Robert Pattinson. Me acerco a él riéndome.

—¡Veo que has seguido mis instrucciones!

—Solo por ti —dice abriendo los brazos y regalándome una inmensa sonrisa—. Solo por ti he tenido valor para ponerme una camisa de manga corta.

—¡Menudo honor! Tengo el guía más elegante del planeta.

—Lo sé. Estoy pensando en llevar siempre esto. —Se ajusta la pajarita con aire altivo.

—Queda genial con los pantalones de cintura baja y las zapatillas de deporte —confirmo.

—Bueno —dice exhalando un profundo suspiro—, ¿estás lista para morirte de aburrimiento? —Me ofrece el brazo como un auténtico caballero.

—Me muero de ganas. —Sonrío guiñándole un ojo y cogiéndole del brazo.

Subimos la escalinata de piedra y hacemos nuestra entrada triunfal en la mansión. Este lugar es un templo del arte y casi me avergüenzo de haber cumplido treinta años sin haberlo visitado nunca. ¡Menos mal que Martino se ocupa de colmar mis lagunas!

En la sala central, rodeada de otros tesoros artísticos italianos, está expuesta la *Virgen de los palafreneros.*

Nos paramos delante del cuadro y por un instante creo que me voy a desmayar: las piernas me tiemblan un poco, el corazón me late más deprisa de lo normal, mi vientre es un remolino de emociones. No sé si son los síntomas del síndrome de Stendhal, pero es evidente que algo ha despertado en mi interior. He estudiado este cuadro en los libros, pero verlo ahora me produce un efecto impresionante, pese a que el tema es irrelevante: la Virgen y el Niño aplastan la serpiente —el pecado original— en presencia de santa Ana.

—Bonito, ¿verdad? —me pregunta Martino.

—Es extraordinario —contesto, atónita. Caravaggio lo pintó hace cuatro siglos y, sin embargo, parece tan moderno, tan... auténtico.

—Piensa que estaba destinado a un altar de la basílica de San Pedro, pero después los que lo habían encargado lo rechazaron —explica Martino con aire de conocer a fondo el tema.

—¿Por qué?

—El cuadro causó un gran escándalo. Lo consideraron herético.

Lo invito a proseguir con la mirada, ansiosa por saber más.

—Mira a Jesús —dice él apuntando la figura con el dedo índice—. Es un niño, pero parece mayor o, cuando menos, demasiado mayor para aparecer representado totalmente desnudo. —En efecto, tiene los músculos ya delineados y el sexo marcado, unos detalles que resaltan en el increíble juego de luces que creó el pintor.

—Además, ¿ves a la Virgen? —prosigue Martino—. Parece una pueblerina, el escote es pronunciado y el pecho, abundante, queda muy a la vista...

—Es cierto, emana una belleza sensual —comento sin apartar los ojos de la tela—, casi prepotente.

Martino asiente con la cabeza.

—Dicen que la modelo de Caravaggio fue una tal Lena, la famosa prostituta que había posado también para la *Virgen de los peregrinos.*

—Conociendo la biografía de Caravaggio, no me sorprende... —Sonrío pensando en el pintor loco siempre rodeado de mujeres—. Lo que es evidente es que María y el Niño son increíblemente reales. Mucho más vivos y humanos que santa Ana.

—Exacto. —Martino se ilumina. Veo pasar por su mente las notas a pie de página de los libros que ha estudiado—. Según algunos estudiosos, el verdadero motivo de que la obra fuese rechazada es el desapego de la santa, que, en teoría, personifica la gracia divina.

—La verdad es que parece una estatua de bronce. Mira con las manos juntas y una expresión de disgusto, pero no hace nada para matar a la serpiente —observo, como si la escena se estuviese desarrollando de verdad ante mis ojos.

—Quizá, al pintar a santa Ana, Caravaggio quiso comunicar algo de la condición humana —reflexiona Martino—. Porque ninguno de nosotros está siempre dispuesto a enfrentarse al mal, como la Virgen. Es más, en muchas ocasiones nos dejamos seducir por él.

Asiento con la cabeza, porque no puedo por menos que reconocerme en esas palabras. De hecho, a mí me ha sucedido con Leonardo, que en este momento es mi pecado original, una serpiente que se arrastra venenosa, pero que, al mismo tiempo, ejerce una fascinación irresistible.

—Sea como sea, María es la verdadera protagonista del cuadro —prosigue Martino con aire experto.

—Sin ninguna duda —corroboro.

—Mira la expresión de su cara. —Me apoya una mano en un hombro y me la señala alzando la barbilla—. Es inflexible. Ella es la que decide, la que sabe lo que hay que hacer. Coge a Jesús por las axilas, lo sostiene, lo dirige. Y es ella la que pone el pie sobre la cabeza de la serpiente para aplastarla.

—El Niño se limita a imitarla apoyando el pie en el de su madre —completo la explicación.

—Está aprendiendo a hacerlo —aclara Martino—. Es como si María le dijese que para aplastar el mal antes hay que enfrentarse a él cara a cara. Hay que reconocerlo, medirlo.

—Para después liberarse definitivamente de él —concluyo. Parte de esta conversación resuena en mi interior.

De repente tengo la impresión de que yo también sé qué hacer y cómo hacerlo. Pienso en la inauguración de esta noche y comprendo que no debo ir. La voz de la conciencia me habla a través de Gaia. Rechazar la invitación es la única manera de resistir a la tentación. He bailado con el demonio y ahora debo mantener las distancias.

Martino continúa su explicación hablándome de la luz, de los drapeados, del juego de sombras, pero ya no lo escucho. Tengo la cabeza en otra parte, estoy pensando ya en la forma más indolora de decirle a Filippo que esta noche no lo acompañaré.

Después de visitar la Galería salimos al parque de Villa Borghese y nos sentamos en un banco, a la sombra de un árbol. Me encuentro un poco mareada, como me sucede siempre que salgo de un museo o de un cine, y el calor de agosto contribuye a amplificar el efecto.

—Estás pensativa —dice Martino.

—¿Sí?

—Sí.

—Solo estoy cansada —susurro casi exhalando un suspiro—. El arte a la larga agota, ¿sabes?

—No lo sé. —Martino cabecea y me observa—. Te encuentro muy triste, Elena. Hace tiempo que te veo apagada.

Socorro…, este muchacho tiene una sensibilidad que jamás habría imaginado: logra radiografiarme el alma de una forma increíble.

—¿Desde cuándo? —pregunto, en un miserable intento de esquivar el verdadero problema.

Martino, en cambio, tiene la respuesta preparada:

—Recuerdo perfectamente la última vez que me pareciste feliz de verdad: el día en que te vi salir de San Luigi con ese hombre.

Bajo la mirada, siento que estoy enrojeciendo hasta la punta del pelo. Martino se refiere al día en que Leonardo me raptó para llevarme a la playa, uno de los más bonitos que pasamos juntos.

—¿Quién era ese tipo? —osa preguntar haciendo acopio de valor—. No era tu novio, ¿verdad?

—¿Cómo lo sabes?

—Bueno, supongo que si hubiese sido tu novio me lo habrías presentado.

—Es cierto. No era mi novio —confieso. En el fondo, no tiene ningún sentido mentirle. Sé que puedo fiarme de unos ojos tan límpidos—. He pasado un periodo difícil: he compartido mi vida con dos hombres. Filippo, mi novio, y Leonardo, el hombre que viste ese día. —No encuentro las palabras adecuadas para describir los últimos meses—. Pero ahora se ha acabado todo. He tomado una decisión y me he quedado con Filippo —declaro, puede que sin demasiada convicción.

Martino me escruta, como si no me acabase de creer.

—¿Sabes? Ese día, cuando te vi con… *Leonardo* —pronuncia su nombre como si fuese un interrogante existencial—, había algo en tus ojos, una luz distinta, más viva.

Está diciendo una amarga verdad, pero he acorazado de tal forma mi corazón que sus palabras rebotan en mi interior antes de salir de nuevo como un bumerán. Por favor, Martino, no te conviertas ahora en la serpiente de la tentación.

—Sí, puede que sea verdad —digo tratando de parecer tranquila—, pero he sufrido mucho por él y no quiero caer de nuevo en la trampa.

—Comprendo. Si eso es lo que has decidido… —Alza los brazos en señal de rendición. Luego, una punta de pesar ensombrece su semblante—. ¿Sabes qué es lo único que siento?

—¿Qué?

—Me gustaría haber sido yo la causa de que te brillaran los ojos de esa forma… —Lo dice sin mirarme a la cara, contemplando algo a lo lejos.

Sonrío. Es una declaración sumamente delicada, sin pretensiones; da la impresión de que se ha resignado ya a la idea de que nunca seré suya. ¡Oh, Martino! Qué diferente eres de Leonardo, que fue capaz de remover cielo y tierra para satisfacer sus deseos. Con todo, yo adoraba su cabezonería, su pasión arrogante.

Lo miro con ternura.

—A tu manera, siempre haces brillar mis ojos. —Le acaricio la espalda.

—A mi manera, claro.

Una vez en casa, me preparo para escenificar mi gran mentira. Me tumbo en el sofá con una máscara relajante en la cara y el cojín de semillas de lino sobre la barriga y espero a que Filippo vuelva.

A eso de las siete oigo que la puerta se abre y mi nombre suena en el aire. La voz de Filippo es vigorosa, parece recién salido de una ducha tonificante.

—Estoy aquí —mascullo agonizante.

—¿Qué te ha pasado? —Me mira perplejo mientras se acerca a mí.

—Tengo un dolor de cabeza terrible, Fil. —Levanto un poco la máscara—. Quizá me está viniendo la regla, no lo sé.

—Mierda. Justo esta noche, Bibi. —Se inclina y me acaricia con dulzura la frente. Bajo los párpados; no podría soportar su ternura con los ojos abiertos—. ¿Te has tomado algo?

—Sí, un analgésico, pero no me ha hecho ningún efecto —digo con un hilo de voz repitiéndome sin cesar que mi mentira obedece a una buena causa.

Lo hago por los dos; debo de ser una buena actriz, a juzgar por su reacción. Abro los ojos y veo los suyos, tan atentos como siempre.

—Te ruego que no te enfades ni me odies, pero esta noche no me siento con fuerzas para acompañarte.

Filippo se sienta en el borde del sofá y me mira resignado.

—Si quieres me quedo en casa contigo.

—De eso nada. —Me incorporo—. Tienes que ir.
—Sé que esta velada es importante para él y no quiero que renuncie a ella por mí.

—¿Y dejarte aquí sola? No quiero.

—Basta ya. No te preocupes, no tengo nada grave —insisto.

—Me apetecía mucho que vinieras conmigo.

—Lo sé, Fil. A mí también me apetecía —exhalo un suspiro—, pero no puedo, de verdad. Estoy hecha polvo. —Me cojo la cabeza con las manos simulando una expresión de zombi—. Mírame, soy un monstruo, no puedo estar más pálida.

—A mí no me lo parece. —Me besa con ternura en la frente—. De acuerdo, intenta descansar. Voy a arreglarme.

—Está bien —digo poniéndome de nuevo la máscara para taparme los ojos, que me brillan.

Siento que mi decisión ha sido justa y me preparo para pasar la velada sola delante de la televisión. Me he puesto la ropa adecuada: un par de pantalones cortos, una camiseta de tirantes de algodón a rayas y un par de Havaianas en los pies. He cogido un bote de helado del congelador y ahora estoy aquí, sentada con las piernas cruzadas en el sofá, mirando varios capítulos viejos de *Mujeres desesperadas* y atiborrándome de *stracciatella*. Esta noche no tengo la cabeza como para seguir una película entera.

Las escenas pasan por mis ojos distraídos sin que yo haga el menor intento de captar su significado. Eva Longoria está ejecutando en el salón de su casa un baile sexy, abrazada a un poste de *pole dance,* y puede pasar de todo; de hecho, de repente se cae a la alfombra con un ruido sordo y no puedo contener una carcajada estúpida y espontánea. A pesar de que no estoy entendiendo una palabra de lo que sucede en el capítulo, al menos aún consigo ver el lado cómico de la situación, en la que no puedo por menos que verme reflejada. Aún no he metido el cerebro en un cajón y he tirado la llave…

Son más de las diez, casi he acabado el tarro de helado y he empezado a ver el segundo capítulo de *Mujeres desesperadas* cuando llaman a la puerta. Apago la televisión para asegurarme de que he oído bien. El timbre vuelve a sonar. No es el de la portería, sino el del rellano, que tiene un sonido antiguo, parecido a un xilófono. No espero visitas, así que no tengo la menor idea de quién puede ser. Dejo la cuchara en el bote de Häagen-Dazs, me levanto del sofá y me arrastro hasta la puerta con un mal presentimiento. Acerco el ojo a la mirilla y en cuanto veo lo que hay al otro lado doy un salto hacia atrás. ¡No es posible! Es él. Lo primero que se me ocurre es acurrucarme al lado de la puerta y fingir que no estoy en casa, pero enseguida me avergüenzo de mí misma. Vamos, Elena, compórtate como una mujer. Enfréntate a él.

Bajo el picaporte y entreabro la puerta. Ahí está. Leonardo se materializa ante mis ojos con su presencia carismática e inquietante. Está elegantísimo. Viste una camisa blanca con gemelos de plata y un par de botones desabrochados que dejan a la vista su pecho bronceado, unos pantalones oscuros, unos zapatos negros resplandecientes y una bufanda de seda gris al cuello. Se ha peinado hacia atrás, puede que hasta se haya puesto un poco de gel —nunca le he visto el pelo así—, lleva la barba un poco más corta de lo habitual y sus ojos siguen siendo diabólicos, tan negros que casi parece que se los haya pintado.

Siento que me flaquean las piernas, pero me planto con firmeza en el umbral con los brazos cruzados y la espalda bien erguida. Soy la guardiana de mi espacio y no permitiré que lo invada.

—¿Qué demonios has venido a hacer aquí?

Me mira a los ojos, tiene las pupilas dilatadas. Esa mirada me desarma.

—Déjame entrar y te lo explico.

—No, no te dejo entrar. —La mera idea de que pueda profanar este lugar me horroriza—. Si tienes algo urgente que decirme hazlo ahora. —Trago saliva—. De no ser así, puedes marcharte.

La garganta se me seca de improviso. Me siento fuerte, pero no lo suficiente para enfrentarme a la montaña que tengo delante y dominar las emociones que fluyen en mi interior. Además su perfume es intenso y me llega, rotundo y nítido, a la nariz. Nunca he podido resistir a esa llamada.

—Vamos, Elena, abre la puerta.

—No, podemos hablar perfectamente aquí.

Alarga un brazo hacia el marco y apoya también la frente acercándose peligrosamente a mi cara. Parece agotado, un guerrero que regresa de una batalla. Un guerrero hermosísimo y cansado de luchar.

—Has hecho lo que debías, ¿sabes? —me susurra, doblegado.

—¿A qué te refieres?

—A no haber venido.

Sus palabras me tocan y no sé qué tono ni qué posición adoptar: vacilo entre tener los brazos cruzados o dejarlos caer a lo largo de los costados, entre apoyarme sobre el pie derecho o el izquierdo, entre bajar los ojos o alzarlos y desviarlos hacia otro sitio.

—No, no he ido —confirmo, subrayando lo obvio.

—No obstante, ha sido una bonita fiesta... Lástima... Incluso me estaba divirtiendo, hasta cierto punto. —Una sonrisa amarga deja a la vista sus dientes blancos—. Luego, de improviso, miré alrededor y me di cuenta de que toda esa gente me importaba un comino. —Habla como si las palabras salieran por su boca a su pesar, como si no tuviera otra elección—. Eras la única persona que quería ver esta noche.

Bonitas palabras, solo que pronunciadas demasiado tarde. Dichas ahora, de esa forma, me hieren más que un insulto.

—¿Y has venido hasta aquí para decirme eso? —Esbozo un patético intento de sonrisa. Estoy haciendo un esfuerzo desesperado para mantener la calma.

—Sí, también por eso —contesta él.

—¿Y para qué más? —Aprieto la mandíbula y trago la poca saliva que me queda—. ¿Entonces?

Solo ahora me doy cuenta de que, sea lo que sea lo que tiene que decirme, no quiero escucharlo. Hago amago de cerrarle la puerta en la cara, pero él se adelanta y me lo impide. La abre con una sola mano y entra con arrogancia. La puerta se cierra a su espalda con un ruido sombrío y sordo.

El suelo se tambalea bajo mis pies. No logro decirle nada, ni siquiera mirarlo; me duelen los oídos y los ojos. Con él todo es cabeza y carne, siempre.

Retrocedo hasta la pared y él se abalanza sobre mí. Apoya las manos en la pared haciendo de su cuerpo una jaula inexpugnable.

—He venido a decirte que te quiero, Elena, que no sé estar sin ti. —Su voz es un veneno que penetra todas las fibras de mi cuerpo. Sus ojos arden de tal forma que casi me queman la piel.

—Vete —gruño. Hago acopio de todas mis fuerzas y de mi instinto de supervivencia para no sucumbir.

—Puede que me haya equivocado en todo, puede que me haya comportado como un idiota, pero…

—Pero ¿qué? Vete —repito, a él y a mí misma, como un mantra.

—Lo dices, pero sabes de sobra que no es eso lo que deseas.

Mis fuerzas empiezan a fallarme, lo siento. La rabia, la nostalgia, la incertidumbre, los sentimientos que lucharon durante largo tiempo en mi interior y que después se adormecieron se han despertado de repente emitiendo un ruido ensordecedor.

Aprieto los puños y golpeo la pared que hay detrás de mí.

—¡En cambio sí que quiero que te vayas! —Tomo aliento—. Me haces daño, Leonardo, no quiero sufrir más.

La imagen de la serpiente del cuadro de Caravaggio se materializa ante mis ojos. Trato de zafarme de Leonardo con un empujón, pero no puedo. Frustrada, empiezo a darle puñetazos y bofetadas. Él no reacciona.

—Quizá nuestra relación tenía un sentido, al margen de todo.

—¿Relación? —Abro los ojos—. ¿Desde cuándo es una relación? ¿No debía ser una aventura sin más?

Por primera vez, veo que Leonardo baja la mirada ante mí.

—Dime que no sientes nada por mí y me marcharé —susurra.

—Aun en el caso de que sintiese algo, ¿qué cambiaría? —le grito a la cara—. Quiero una vida normal, un amor normal.

—¿Eres feliz con él? —Me está provocando, como siempre.

—Por favor… —Esta vez soy yo la que baja la mirada. Puede que con Filippo no esté viviendo una ardiente pasión, *puede,* pero soy feliz, sí, mi cabeza lo repite a diario.

—¿No me contestas? —me apremia.

—Él me entiende. Y es bueno —digo convencida.

—Pero ¿te das cuenta de lo que dices? ¿Estás con él porque es bueno?

—Basta, Leonardo. Sal de aquí de inmediato. ¡No acepto más tus juegos perversos!

—Pero ¿no entiendes que para mí no es un juego? —Su voz, ronca, ahoga la mía—. No puedo estar sin ti, Elena.

Una puñalada directa al corazón.

Nuestras caras no pueden estar más cerca y nuestros ojos se funden en una única mirada. El espacio que nos separa solo se mantiene unos segundos, luego empieza a reducirse a una velocidad impresionante. Ni siquiera me doy cuenta del momento en que su boca se posa en la mía.

Tengo los labios y los dientes apretados. No quiero darle ninguna satisfacción, no debo ceder. Pero Leonardo no se detiene, me coge las dos manos con una de las suyas y me las sujeta por encima de la cabeza clavándome a la pared con los costados. Puedo sentir su deseo en mi cuerpo. Hunde la otra mano en mi pelo y tira de él con violencia obligándome a alzar la cabeza. Su boca está ya en mi cuello y sus dientes recorren mi piel con voracidad. Su ímpetu tiene algo de animalesco y salvaje.

—Para... —imploro, casi.

—No puedo —me susurra mientras rodea mi cuello con una mano haciendo una ligera presión.

«Entonces para tú, Elena. Ahora sabes distinguir qué te hace bien y qué te hace daño. Y él solo te hará daño».

Pero su boca está de nuevo en la mía, su respiración dentro de la mía, su corazón late contra el mío. Y dejo de pensar.

Leonardo resbala lentamente por el esternón y luego por el seno izquierdo. Me aprieta con tanta fuerza que me hace daño, como si quisiera arrancarme el corazón y desmenuzarlo.

Emito un gemido de dolor, él me rodea con los brazos y me levanta. Trato de desasirme, pero su deseo es demasiado fuerte y mi resistencia demasiado débil.

Leonardo me tira al sofá y me quita con violencia la camiseta desnudando mi pecho. Después me arranca los pantalones cortos con unos gestos que revelan una extraña punta de crueldad. Se echa sobre mí inmovilizándome con su peso, trato de desasirme de nuevo, pero él está ya entre mis piernas y su sexo presiona el mío.

En unos segundos está dentro de mí y, de repente, todo se detiene. Permanecemos así, uno dentro del otro, durante un instante que parece eterno, nuestros cuerpos unidos en uno solo.

Al final dejo de luchar y me rindo a mí misma antes que a él, porque ahora sé que lo que me hace daño no es Leonardo, sino su ausencia.

Ahora sé que nuestra lucha es, de una forma u otra, hacer el amor.

Él se mueve despacio, casi imperceptiblemente, y yo me abro bajo su empuje. Nos miramos a los ojos, asombrados de nosotros mismos, borrachos de deseo, aturdidos de placer. La unión de nuestra carne y nuestro espíritu nunca ha sido tan perfecta. Un orgasmo violento, necesario, inevitable, se libera de nuestros sexos.

—Te siento —grito en su boca mientras él gime en la mía, gozamos el uno del otro desesperadamente, hasta la última respiración.

Después nos quedamos desnudos, en silencio, abrazados como si nuestras piernas, brazos, manos, pelo, piel y huesos se hubieran fundido. Después sus labios pronuncian esas palabras.

—Te quiero.

Pese a que las susurra, sus palabras retumban en mi interior con un estruendo ensordecedor. Esas palabras cambian todo, dan un vuelco al mundo. He deseado que saliesen de su boca más que cualquier otra cosa en el mundo, pese a que nunca he tenido el valor de confesarlo, ni siquiera a mí misma.

—Yo también te quiero.

Jadeo, liberada por fin de un peso que ya no podía soportar.

Me siento feliz y angustiada al mismo tiempo. Una lágrima me resbala por una mejilla. No hago nada para detenerla.

—Lo siento —murmura Leonardo enjugándola con un dedo—. He intentado resistir, he intentado evitar que sucediese, pero no he sido lo bastante fuerte. Te quiero, no puedo hacer nada para remediarlo.

Miro el espacio que hay entre nosotros y por un momento tengo un presentimiento tristísimo: veo que Leonardo se aleja de mí y que la distancia que nos separa aumenta hasta que resulta imposible de colmar.

Pero en ese instante él me abraza con fuerza como si quisiera retenerme, anular esa lejanía. Me aprieta contra su pecho y me besa el pelo.

En esta habitación ahora solo estamos los dos, somos dos cuerpos, dos corazones resucitados que consumen el presente eterno de este momento. Lo que ha sido y lo que será no me asusta.

Nos quedamos tumbados un tiempo indefinido, mientras las sombras se insinúan en los espacios que dejan vacíos nuestros cuerpos entrelazados. No siento el peso del silencio ni tampoco la necesidad de pensar. También mi voz interior, por lo general inquieta y oprimente, calla ahora.

Acaricio con los ojos cerrados la espalda de Leonardo imaginándome el dibujo de su tatuaje: ese signo indeleble me habla de él, pero no sé lo que dice y no es el momento más adecuado para intentar comprenderlo.

Leonardo restriega la nariz contra mi cuello y me besa el borde de la clavícula.

—Me gustaría quedarme, pero tengo que volver allí —susurra penetrándome con la mirada—. Todos se estarán preguntando dónde me he metido.

—Lo sé.

Le aparto con dulzura un mechón de pelo detrás de una oreja. Me gustaría que se quedase tumbado encima de mí un poco más, pero tengo que dejar que se marche. Filippo puede regresar de un momento a otro. En mi pensamiento su cara ha dejado de tener un contorno, una forma, un olor. Lo busco, pero no lo encuentro, da la impresión de que se ha hundido en un agujero negro con el recuerdo de los meses que hemos vivido juntos.

Miro a Leonardo mientras se vuelve a vestir, y mientras yo sigo desnuda en el sofá. Aún no tengo fuerzas para moverme.

—Te quiero, Elena. —Se lo dice también a mis ojos a la vez que me da un último beso.

—Te quiero, Leonardo. —Hundo la cara en su pecho para gozar un poco más del calor que me transmite su corazón.

Se ha marchado. Acaba de salir de esta casa que, de repente, ya no siento que sea mía. Estas paredes que he profanado han olfateado su olor, han visto sus manos, nuestros cuerpos desnudos.

Nada es como antes. No hemos hablado del futuro, no nos hemos hecho ninguna promesa, pero los dos sabemos ahora que nos queremos. Y eso me deja una única certeza: no puedo quedarme aquí. Tengo que marcharme enseguida, antes de que se haga de noche y la mañana detenga mis pasos.

11

Cuántas noches piensa quedarse? —pregunta el recepcionista.

—Por el momento una. Luego ya veremos.

—Por favor. —Me da las llaves de la habitación y me guía por el pasillo—. Aquí está, es la segunda a la derecha. Si necesita algo, me encuentra en recepción.

Es casi la una y media y estoy sola en la habitación número cuatro del hotel Mari I, un establecimiento sin pretensiones próximo a Termini. Es el primer sitio barato que he encontrado en Internet.

Cuando esperaba el taxi que me iba a traer hasta aquí, abrí las ventanas de casa para hacer salir el olor de Leonardo y mío, y mientras el viento cálido del verano aireaba todo hice a toda prisa una pequeña maleta con lo estrictamente necesario. Puede que sea el primer equipaje esencial de mi vida. Luego cerré las ventanas. Fui a la sala, cogí una hoja de la impresora, me senté en el taburete donde suelo desayunar y cogí un bolígrafo.

Querido Fil

Empecé así, sin preámbulos, pero después me detuve. Por mi mente pasaban las imágenes de nuestra relación, desde el primer beso hasta hace unas horas, todos los momentos que hemos vivido juntos, el último acto de amor de una historia ya acabada. Mi mano temblaba mientras me disponía a asestar el golpe de gracia. Me imaginé allí, en esa casa, cuando Filippo regresara. ¿Qué podía decirle que le hiciese menos daño que mi ausencia? Aun en el caso de que hubiese encontrado las palabras adecuadas, ¿cómo habría podido soportar estar después bajo el mismo techo? Irse era la única opción, pero no podía hacerlo sin darle una explicación, por pequeña que fuera.

De manera que escribí a toda prisa unas cuantas palabras para decirle tan solo que hay otro hombre en mi vida y que ya no puedo seguir con él. Seca, breve, sin disculpas ni justificaciones, porque no las hay. Si debe odiarme, lo hará hasta el fondo.

Doblé el folio por la mitad y lo puse bien a la vista en la repisa de mármol, bajo la lucecita de los hornillos, la única que dejé encendida.

Antes de decidirme a salir, con el bolso ya en el hombro, miré alrededor por última vez. La casa que he compartido con Filippo los últimos cinco meses. Pese a que puede parecer un acto de cobardía, a veces es necesario tener más valor para escapar que para quedarse.

No me asusta enfrentarme a Filippo, sé que tarde o temprano deberé hacerlo, pero necesito tiempo. Sobre todo, necesito distanciarme de él. Ya no puedo imponerle mi presencia en esa casa. El desgarro es doloroso, pero es mejor que sea firme. Y esta vez no hay vuelta atrás.

Así pues, salí a hurtadillas del portal como una ladrona y subí al taxi que me estaba esperando. A pesar de la hora, las calles todavía estaban atestadas de coches. La ciudad nunca duerme, sobre todo en las noches de verano como esta, pero yo miraba todo desde una distancia sideral.

Y ahora estoy aquí, en esta habitación de hotel que se esfuerza por parecer acogedora sin conseguirlo, echada en la cama con los brazos cruzados en la nuca y los ojos clavados en el techo. Filippo habrá vuelto ya a esta hora y habrá encontrado mi mensaje. Solo pensarlo me hace estar mal, pero sería una hipocresía quejarme, dado que es evidente que a él le dolerá mucho más. Soy indigna del amor que me ha dado.

Ódiame si eso hace que te sientas mejor, te lo ruego. Te lo pido aquí, Fil, en silencio. Daría lo que fuese para que no vertieses una sola lágrima por mí. No me merezco tus lágrimas, porque me siento feliz y culpable por haber preferido el corazón a la cabeza, por no haber sabido resistir bastante, por haber decidido, solo ahora, ser sincera.

En la habitación no hay bastante luz. Es una fortaleza, la ventana es minúscula y el techo tan bajo que dificulta la respiración. Quizá estoy a punto de tener un ataque de pánico y mi equipaje es tan reducido que no he metido en él las gotas calmantes. Estoy sola, únicamente puedo recurrir a mis fuerzas. Me gustaría llamar a alguien. A Gaia, a mi madre. Pero he apagado el móvil nada más salir de casa para no correr el riesgo de ver el nombre de Filippo en la pantalla. Sé que habrá intentado llamarme cientos de veces.

Tengo frío, pese a que fuera aún hace calor. Tiemblo, por suerte a última hora me he acordado de meter en la maleta mi vieja sudadera Adidas descosida, la que suelo ponerme para ir al quiosco de la esquina a comprar el periódico por las mañanas o para estar en la terraza por la noche. Cosas que no volveré a hacer, al menos no en esa casa.

Abro el minibar y saco un botellín de Grand Marnier. Desenrosco el tapón y bebo varios sorbos. Siento un calor instantáneo, un picor en la garganta. Sé que es muy triste beber solo, pero necesito un poco de alcohol para no morirme de soledad y angustia.

Con el botellín en la mano me asomo a la ventana y escucho el ruido del tráfico en el aire tórrido. Fuera hay un hervidero de vida y el hecho de saberlo me consuela. Quiero dormir en esta ventana, guarecerme de las pesadillas que se suelen tener en las camas de los hoteles y esperar a que se haga de día. Mañana, cuando vuelva a encender el móvil, deberé tener fuerza suficiente para explicar, contar, comprender…, para decir la verdad, para decir adiós y afrontar un nuevo camino, el del corazón. Pero no tengo miedo. Miro el cielo, completamente oscuro por la contaminación luminosa, inaprensible, detrás de una cortina de humo. Mi mente retrocede, vuelve al momento en que Leonardo estaba dentro de mí y yo lo abrazaba, hace dos horas.

Soy una superviviente, pero una superviviente preparada para la felicidad.

Filippo me espera en el Antico Caffè dell'Isola. Le he pedido que nos veamos allí. Esta mañana, cuando me he despertado —por decir algo, dado que no he pegado ojo—, he encendido de nuevo el teléfono y he encontrado diez llamadas perdidas suyas. Le he enviado un mensaje y he quedado con él en el bar de la isla Tiberina; psicológicamente no tengo fuerzas para volver a nuestro piso, que ha dejado de ser nuestro. Puede que el hecho de flotar en una isla, aunque no nos rodee el mar, contribuya a que todo sea más sencillo y menos doloroso.

Es domingo, nos acercamos al 15 de agosto. Los romanos abandonan la ciudad en esta época del año, de manera que en la calle hay menos gente de lo habitual, y la mayoría son turistas. En cierta medida, me siento como una de ellos: vago con una meta en la cabeza y sin saber cuál es el mejor camino para llegar a ella.

Sufro ya pensando en lo que tendré que decir y lo que Filippo se espera oír. Me vuelve a la mente la película *Amor mío, ayúdame,* con Alberto Sordi y Monica Vitti; la escena en la playa de Sabaudia, cuando ella le confiesa que quiere a otro y que no puede hacer nada para impedir ese sentimiento. Espero salir de esta cita mejor que la Vitti, pese a que Filippo tiene motivos más que suficientes para tratarme a patadas.

Ahí está, lo veo a lo lejos, sentado a una mesita, esperándome. Parece un poco tenso, lleva gafas de sol y mueve convulsivamente una pierna. Cuando me ve llegar se apoya en el respaldo y respira hondo. Aquí me tienes, está diciendo, estoy preparado. Clava la hoja en el corazón.

Llevamos media hora hablando y aún estamos vivos, sin arañazos ni lágrimas. Me he tomado un café, él un vaso de agua. Nuestras caras delatan que no hemos dormido y que nos hemos drogado de pensamientos y de dolor.

Filippo no me odia como esperaba o, al menos, no lo manifiesta. Su sufrimiento aún no se ha transformado en rabia, supongo que eso llevará su tiempo. Ha venido aquí con pocas esperanzas de reconquistarme, de hacerme cambiar de idea, porque me conoce a la perfección y sabe que no me muevo por impulsos. Si he hecho algo así es porque estoy convencida y no rectificaré.

Me gustaría convencerme de que un hombre que se preocupa por doblar en cuatro una servilleta no puede estar muy enfadado. No sé si esto es un consuelo o la cruel demostración de que no estamos hechos el uno para el otro. A decir verdad, ya no sé muy bien qué hemos sido, porque Leonardo ha conseguido ensombrecer incluso mi relación con Filippo.

Quizá nunca hayamos vivido una pasión arrolladora, solo una unión de espíritus hecha de atenciones; agradable, pero que, pese a ello, ha dejado un rastro en cierta medida falso y amargo.

—¿Puedo saber al menos quién es? —me pregunta.

Me gustaría evitarle esta humillación, pero después pienso que es mucho más humillante saber las cosas a medias. Y Filippo se merece toda la verdad, por mucho mal que pueda hacerle.

—Es Leonardo.

No alcanzo a descifrar la expresión de sus ojos, que se amparan tras las gafas oscuras, pero sus dientes se ensañan con el labio inferior a la vez que las manos aprietan la servilleta de papel que lleva un cuarto de hora doblando y desdoblando.

—En mis propias narices —comenta con voz ronca tirándola con un ademán iracundo.

—No digas eso, Fil.

—¿Por qué no, si es la verdad? —dice alzando la voz a la vez que esboza una sonrisa atormentada—. Ahora entiendo muchas cosas.

Me gustaría impedirle que vaya más allá con sus deducciones y se haga aún más daño.

—Cuando fui a vivir contigo había decidido que no volvería a verlo —le digo confiando en que mi voz se imponga sobre sus pensamientos—. He intentado evitarlo como he podido, pero es imposible.

—¿Por eso no fuiste anoche a la fiesta?

—Sí —admito sabiendo de antemano que eso no me hará parecer menos culpable a sus ojos.

Filippo asiente con la cabeza y nos callamos. Escucho la música del viento que llega de los plátanos del Lungotevere.

—¿Vais a vivir juntos? —me pregunta al cabo de un rato. La sangre se me hiela en las venas. Hasta ahora no he considerado esa idea y dicha de esa forma suena aún más absurda. ¿Cómo puedo explicar a Filippo que lo estoy dejando por un hombre que, tal vez, nunca será mío?

—No lo sé —contesto—. En este momento no tengo ninguna certeza. Solo sé que tú y yo no podíamos seguir así.

—Tú no podías seguir. Yo habría pasado toda la vida contigo. —Me impone con pocas palabras la cruel verdad. Sabe que el amor que aún siente por mí es el arma más afilada con la que puede herirme. Es justo. Ninguno de los dos saldrá indemne de esta partida, las reglas del juego son así.

Mira de nuevo la mesa e inspira hondo.

—¿Qué hacemos ahora? ¿Volverás a casa? Para recoger tus cosas. —Estamos ya en las cuestiones prácticas, las más penosas. Heridos y sangrantes, tendremos que repartirnos los libros y los DVD.

—Por ahora no. He pasado la noche en un hotel y...

Mis puntos suspensivos tocan un resorte secreto en su interior.

—¿Y quieres quedarte allí?

—Me las arreglaré, Fil —atajo. No quiero que se preocupe por mí.

Nos levantamos de la mesa y echamos a andar. No volvemos a hablar y cuando llegamos al otro extremo del puente nos despedimos con un embarazo inaudito entre nosotros. En cualquier caso, nos volveremos a ver y ese hecho ayuda a que el momento sea menos melodramático. Avanzo por la acera preguntándome si Filippo me seguirá mirando o si él también habrá seguido su camino. No tengo valor para volverme, de manera que aprieto el paso. Un grupo de niños vestidos para jugar al fútbol pasa a mi lado corriendo. El viento sigue soplando, cálido y ligero, acariciando delicadamente mi piel, a la vez que el Tíber emana su inconfundible olor a mar y a tierra. El verano es la peor estación para la tristeza.

12

«Vamos, Elena. Anda. Conoces el camino».

Es la voz de Roma, desierta y bochornosa, una música imponente que me dice que tenga valor, que no me pare en la primera encrucijada. Conozco el camino, es cierto, ya no necesito el mapa para orientarme. Camino lentamente, con las gafas de sol para tapar las ojeras y el estómago encogido por el pasado que acabo de dejar a mi espalda, aunque pensando también con ligereza en el futuro que me espera. Romper con Filippo, el hombre que me forcé a amar, ha sido desgarrador. Ahora el corazón me lleva a casa de Leonardo, el hombre que deseo sin dudarlo y —la idea me aterroriza— que amo.

No nos hemos vuelto a ver desde esa noche. Hace solo tres días y ya me parece un siglo. No sé por qué no ha dado señales de vida. Eso me preocupa un poco, aunque solo hasta cierto punto; este silencio es propio de sus dinámicas, que ya conozco. Por mi parte, me prometí no buscarlo hasta que no hubiese aclarado todo con Filippo. He dejado incluso que pasase otro día antes de correr a su lado. Lo que me está sucediendo es tan desestabilizador que he sentido la necesidad de quedarme a solas para tomar aliento y poner en orden mis pensamientos. Ni que decir tiene que no lo he conseguido del todo y que ni siquiera ahora sé si estoy haciendo lo que debo, pero he decidido poner punto final a las dudas y las paranoias; el tiempo de las incertidumbres ha tocado a su fin, todo lo que podía suceder ha sucedido, así que más vale ver lo que ocurrirá después. Y yo siento curiosidad, además de terror, por descubrirlo. Voy a buscar a Leonardo para hablar con él, para comprender si esa noche me dijo de verdad esas palabras o si, en cambio, las soñé. Y para decirle la única cosa de la que estoy segura: que lo quiero.

Sigo caminando a orillas del Tíber; parece una larga serpiente dorada y somnolienta, inocua. La calle está casi desierta. Hace demasiado calor. El sol azota inclemente, el asfalto emana nubes de bochorno y vapor, y el viento que soplaba hasta ayer se ha detenido, así que el aire está muy cargado. Pero resisto. Falta poco y no quiero coger un taxi. Andar me ayuda a pensar. Debo prepararme, porque este encuentro será decisivo.

Pienso en Gaia. Aún no le he contado nada. Anoche intentó llamarme, porque por la mañana la había buscado yo. Demasiado tarde, amiga mía. Un día, con calma, te lo explicaré todo, pero hoy no. Le he mandado un SMS muy vago: «todo bien» seguido del genérico «¿tienes algún plan para el 15 de agosto?». Solíamos pasar juntas ese día en la playa del Lido, con los chicos del Muro, y luego nos quedábamos hasta tarde contemplando los fuegos artificiales y despidiéndonos del verano antes de la Mostra de cine. Además, el año pasado soltamos en el cielo unas linternas chinas. Recuerdos mágicos de mi vida antes de Leonardo. Pienso en cómo estábamos hace dos años. Ella aún seguía soltera, pero había empezado ya a perseguir a Belotti; yo había roto con Valerio hacía ya mucho tiempo, pero aún me sentía incapaz de iniciar una relación nueva. No sé si Gaia se alegrará de mi última decisión, pero estoy segura de que sabrá comprenderme.

Dejo el Tíber a mi espalda y cruzo la calle justo delante de casa de Leonardo. Miro hacia arriba; las puertas acristaladas están abiertas, luego está en casa.

Atravieso el portal, desierto, dejándome acariciar por una corriente de aire fresco y subo a toda prisa la escalera.

Aquí estoy. Tercer piso. Segunda puerta a la derecha. Me quito las gafas de sol —estoy un poco sudada, pero eso no será un problema para él— y me peino con nerviosismo. Respiro hondo y llamo. Apoyo una mano en el bolso que llevo en bandolera para reforzar mi equilibrio.

La puerta se abre, pero no es él. Se asoma una mujer que no he visto en mi vida, una especie de aparición lunar. Por un instante pienso que me he equivocado de piso, pero en la placa del timbre está escrito FERRANTE, así que estoy delante de la puerta correcta. Entonces, ¿quién es esta mujer?

Podría tratarse de la *Mujer fatal* de la Velvet Underground: alta, sinuosa, ojos oscuros y penetrantes, ligeramente rasgados, mejillas hundidas y labios marcados. La melena larga, despeinada a propósito, recogida con un pasador de hueso. Su belleza es imponente y salvaje, pero en ella se percibe enseguida cierta desesperación, algo que la hace resultar trágica. Es una mujer que no ha conseguido salvarse a sí misma.

Luce una falda larga de gitana y un top blanco sin hombros anudado al cuello que hace que su piel parezca aún más oscura. Lleva un cigarrillo encendido entre el dedo índice y el medio, y lo chupa con aire neurótico difundiendo en el aire un intenso olor a tabaco. En el anular de la mano izquierda veo una alianza de oro amarillo. Lo primero que pienso es que, por descontado, no es la mujer de la limpieza. Aún menos una que está aquí por casualidad.

De los altavoces del estéreo llega un canto gregoriano parecido al *Dies irae,* lo que aumenta un poco mi curiosidad y mi ansia.

La mujer arquea una ceja y me observa con aire inquisitivo sin decir palabra, esperando a que sea yo la que hable. La arruga que se le forma en la frente hace que resulte aún más misteriosa.

—Buenos días. —Trago saliva—. He venido a ver a Leonardo. —Me siento avergonzada, como si hubiera entrado desnuda en una iglesia. Sé que no estoy haciendo nada malo, pero tengo la neta sensación de que me encuentro en el lugar equivocado en el momento equivocado.

—Leonardo no está. —Su voz es ronca y tiene un marcado acento siciliano. El teléfono que suena en el interior de la casa la obliga a volverse—. Disculpa un momento —dice y se aleja para responder, dejando la puerta abierta.

Cuando se vuelve veo algo que me deja sin aliento. En su espalda desnuda destaca el mismo tatuaje que tiene Leonardo entre los omóplatos, ese símbolo extraño en forma de ancla pero que quizá no es un ancla... Empiezo a sentirme mal.

—¿Dígame? —dice la mujer al coger el auricular—. Soy Lucrezia, exacto. —Pausa—. Ah, hola, Antonio... —El socio de Leonardo. Por el tono, se diría que se conocen mucho—. Sí, llegué ayer...

Lucrezia. Miro de nuevo su espalda, donde aparece grabada una verdad clarísima, una verdad que jamás he considerado y que ahora, por alguna extraña razón, me parece casi obvia. Lucrezia es la explicación de todo, es la pieza que faltaba y que he estado buscando desde que me enamoré de Leonardo.

La dejo al teléfono y escapo sin despedirme. Bajo corriendo la escalera, casi en trance, mientras en mi cabeza empiezan a encajar todas las piezas de un puzle aterrador. El tatuaje... ¡no era un ancla! O, al menos, no solo eso. Era un monograma: dos eles reflejadas con el lado largo unido. Dos iniciales: Leonardo y Lucrezia. Leonardo tiene una esposa, a saber dónde la ha tenido escondida hasta ahora, y yo lo he descubierto así, casi por error, el día en que he ido a su casa a poner mi vida en sus manos.

Salgo del edificio sin saber adónde ir; el pánico me domina, la cabeza me da vueltas y tengo la impresión de que la tierra cede bajo mis pies. ¡Ojalá pudiese hundirme en un agujero y desaparecer para siempre! Tengo que apoyarme en una farola para no caerme al suelo en medio de la calle.

El cuadro sigue componiéndose ante mis ojos con mayor nitidez; uno tras otro, todos los detalles salen a la luz como en una restauración, y el dibujo final es aberrante.

Ahora entiendo por qué Leonardo desaparecía mucho tiempo en Sicilia y no quería que lo llamaran. Quizá la escondía allí, a Lucrezia. Por eso de vez en cuando, cuando hablaba por teléfono, tenía esa mirada tan extraña, tan trágica y atravesada por sombras remotas. Por eso se crispaba cada vez que hacía alusión al tatuaje y erigía un muro de silencio entre nosotros, igual que cuando intentaba saber algo de su vida privada. Pero, sobre todo, esa era la razón de que, desde el primer día, me hubiera impuesto que no me enamorara: él pertenecía a otra.

Pero, entonces, ¿por qué? ¿Por qué me ha dicho «te quiero» justo en este momento? ¿Qué sentido tiene? Mientras sigo dándole vueltas a estas preguntas, un zumbido ensordecedor interrumpe mis pensamientos. Me vuelvo y lo veo. Leonardo aparca su Ducati delante del edificio y se quita el casco. Me ha visto y ha comprendido todo. Intento huir apretando el paso por la acera. No sé adónde ir. A cualquier sitio, con tal de que sea lejos de aquí.

Con las prisas choco con una madre que lleva a su hijo en brazos, pero sigo andando sin alzar los ojos y sin disculparme. Él ha bajado de la moto y me está siguiendo; sus pasos retumban en el adoquinado. No debo volverme. Ahora no.

—¡Elena! —grita. Repite mi nombre tres, cuatro veces, puede que más.

Me tapo los oídos con las palmas de las manos para protegerme de esa voz insistente y aprieto el paso. No quiero verlo. No quiero oírlo. Solo siento una desesperada necesidad de llorar, pero no lo haré. No le daré la satisfacción de ver mis lágrimas.

Leonardo sigue persiguiéndome.

—¡Detente, Elena! —me dice cogiéndome un brazo por detrás.

—¡Déjame! —grito soltándome. Los transeúntes nos miran, como si no fuera ya lo suficientemente humillante.

Impertérrita, sigo con mi andadura desesperada, mirando hacia delante con los puños apretados, preparados para el combate, el corazón protegido por una armadura de hierro. Cruzo la calle esquivando un taxi por un pelo. Leonardo echa a correr y me da alcance de nuevo. Esta vez me agarra una muñeca y no me deja escapar.

—Elena, hablemos, te lo ruego. —Utiliza su habitual tono autoritario, pero puedo percibir también el eco de una súplica.

—¿*Ahora* quieres hablar? —susurro amenazadoramente entre dientes tratando de zafarme de él—. ¡¿Ahora que lo he descubierto todo?! —Me gustaría tener dos puñales en vez de ojos, me gustaría tener bastante fuerza para empujarlo por encima del dique y tirarlo al Tíber.

—No quería que te enterases así.

—¿Y cuándo pensabas decírmelo? —Tengo un nudo en la garganta, pero me he prometido a mí misma que no lloraré y no pienso hacerlo.

Leonardo alza las manos como si pretendiese tranquilizarme.

—Solo te pido que me escuches.

—No quiero oír una sola palabra más de ti. —Hago ademán de echar a andar, pero él me lo impide con su cuerpo. A mi pesar, me encuentro a un centímetro de su pecho y su aroma me envuelve.

—Por favor. —Parece una súplica sincera y desesperada—. Me odiarás de todas formas, pero al menos deja que te lo explique.

—¿Qué vas a explicarme? —le pregunto desfallecida dando un paso hacia atrás—. ¡Me parece que todo está muy claro!

—Pues te equivocas, Elena. Porque hay cosas que no puedes saber. Cosas que nunca le he contado a nadie. —Leonardo mira a lo lejos mientras su nuez de Adán sube y baja. Me quedo como hipnotizada mirándola.

De repente tomo conciencia: Leonardo necesita que lo escuche ahora, al igual que yo necesito sus palabras. Que me romperán de nuevo el corazón.

—Adelante… —digo al final exhalando un suspiro y cruzando los brazos.

Leonardo se ha apoyado en el muro que da al río con la mirada baja. Parece estar buscando la manera de desenredar una maraña demasiado intrincada. Inspira antes de hablar.

—Lucrezia fue mi gran amor, hace mucho tiempo. Pensaba pasar la vida con ella, pero las cosas no salieron como esperábamos. —Su relato se remonta a tiempos lejanos. Estoy de pie frente a él, y lo único que puedo hacer es acallar todos mis pensamientos y escucharlo sin moverme. Vamos, Leonardo, cuéntame. Quiero saberlo todo.

—Nos conocimos en el instituto de Messina y nos casamos cuando teníamos veinte años: nos queríamos y no podíamos esperar más, porque no creíamos que hubiese ningún motivo para hacerlo. —Se da una palmada en el omóplato—. Este tatuaje nos lo hicimos al poco de casarnos: dos eles entrelazadas, para siempre.

Cabecea y sonríe reconociendo su ingenuidad.

—Éramos jóvenes y estábamos llenos de ilusiones; nuestra felicidad nos hacía incluso ser arrogantes. El hecho es que fuimos realmente felices durante varios años. Luego Lucrezia se quedó embarazada y perdió a nuestro hijo al séptimo mes. Ese trauma desencadenó algo en ella, algo que quizá había estado siempre en su interior, pero de forma latente. Empezó a alternar momentos de depresión con otros de auténtica exaltación; a veces permanecía días enteros encerrada en casa sin comer, en condiciones casi vegetativas. Luego se recuperaba y volvía a mostrarse alegre, despreocupada. Siempre había tenido un carácter inestable, de manera que al principio no me preocupé demasiado. Pensaba que cuando superase el dolor de la pérdida volvería a ser la de siempre. En cambio, la situación no hizo sino empeorar. Se convirtió en otra mujer. Ya no era ella; a veces, cuando la miraba, incluso la cara me parecía diferente. Su corazón, que antes era apasionado, se apagó y la cabeza no razonaba. Yo intentaba ayudarla, pero ella me rechazaba. Entonces empezó a obsesionarla la idea de que yo la engañaba, de que no la quería lo bastante. Me odiaba, me acusaba de ser la causa de todos sus males. Un día, durante uno de sus ataques de ira, me hirió con un cuchillo. No sabía qué hacer. No me preocupaba por mí, la veía sufrir y quería liberarla de todo ese dolor, pero me sentía impotente frente a su mal. Al final intentó liberarse sola. Un día que no había nadie en casa se cortó las venas. La encontré agonizando en la bañera.

Su voz se quiebra y Leonardo se detiene un momento para tragar saliva. Siento que mi hostilidad se resquebraja bajo los golpes que me asestan sus palabras y, a mi pesar, su dolor da una nueva dimensión a mi rabia.

—En el hospital le diagnosticaron un trastorno bipolar y me aconsejaron una clínica especializada. Yo habría preferido llevármela otra vez a casa: era mi mujer, la quería más que a mí mismo y deseaba cuidar de ella. Pero me dijeron que si se quedaba a mi lado la situación no haría sino empeorar, que eso no la ayudaría a recuperar la serenidad. Nuestros familiares se ofrecieron a ocuparse de ella y me aconsejaron que me marchase por mi bien. Me había quedado en los huesos y estaba a punto de derrumbarme. Incluso el médico que asistía a Lucrezia me dijo que debía poner tierra de por medio. Así que me resigné a hacer lo que me decían y me marché de Sicilia. Fue desgarrador, pero en ese momento era la única solución. Aún no tenía treinta años y ya era un hombre acabado. Sin perder el contacto con Lucrezia en ningún momento, empecé a viajar trabajando como un loco en las cocinas de medio mundo, hasta que por fin me instalé aquí, en Roma, donde al final pude abrir mi restaurante. Había sufrido tanto que pensaba que me iba a morir, pero, sorprendentemente, fui renaciendo poco a poco. Al principio me sentía casi culpable, pero aún no había comprendido. La verdad era que no volvería a ser feliz, que debía conformarme con un placer puramente material, físico; el único antídoto posible contra el dolor que estaba condenado a llevar siempre en mi interior. Entonces empecé a buscarlo por todas partes, con lúcida determinación. Mi instinto se imponía a su manera: sexo, vino, comida, todo lo que me procuraba placer se convirtió en mi medicina. No pretendía curarme, solo evitar la muerte. Nunca dejé de ocuparme de Lucrezia, pero en la distancia. Todos me aconsejaban que rehiciese mi vida y pidiese el divorcio, pero nunca presté atención a esa posibilidad: seguía siéndole fiel y en mi corazón sabía que nunca me volvería a enamorar. Además, jamás deseé que otra mujer se enamorase de mí. Al cabo de un año Lucrezia empezó a estar mejor y salió de la clínica. Yo podía ir a verla, pero solo de cuando en cuando. Ella me mantenía apartado. Decía que me quería, pero que no estaba preparada para volver conmigo. Seguía haciendo terapia y nadie sabía decirme si se curaría del todo. Aún tenía sus crisis, pese a que ya eran menos frecuentes. En cuanto podía regresaba a Messina para verla. Me daba igual lo que dijera la gente: solo la quería a ella, ninguna mujer podía ocupar su lugar.

Leonardo hace una pausa, desvía la mirada del río y me busca. Sus ojos brillan con una luz negra. Está excavando en su alma y me está mostrando lo que hay en lo más hondo de ella.

—Después apareciste tú. Enseguida comprendí que eras distinta de las demás. Tan delicada que daba la impresión de que podía romperte con una caricia y, sin embargo, tan fuerte: te he visto tener miedo muchas veces, pero nunca escapar. Al principio te consideraba un simple desafío, un juego más divertido que los demás, pero, al igual que el resto, destinado a acabarse. Sin embargo... ¿Recuerdas ese día en Valdobbiadene?

Asiento con la cabeza, incapaz de hablar. ¿Cómo podría olvidarlo? Llevo grabado en la memoria cada segundo: el campo en invierno, la lluvia que empieza a arreciar, nosotros que nos refugiamos en una casa y los dos propietarios ancianos que nos invitan a entrar. Sebastiano y Adele.

—Ese día lo comprendí. A ese hombre le bastó echarme una ojeada para ver lo que yo me obstinaba en no ver, es decir, que estaba enamorado de ti. Lo dijo con naturalidad, sin imaginar, claro está, la vorágine que sus palabras iban a desencadenar en mi interior. Había ido demasiado lejos, el juego se me había escapado de las manos; por eso decidí poner punto final. Nunca podrás entender cuánto me costó separarme de ti, pero era lo que debía hacer. En ese momento.

Mientras Leonardo habla van aflorando los recuerdos del pasado y se muestran bajo una nueva luz. Ahora sé que no me dejó porque se había cansado de mí, sino porque se estaba enamorando y, al igual que yo, sufría.

—Pero ¿por qué volviste? ¿Por qué, si habías tomado ya una decisión? —le pregunto con rabia, impotente. Todavía sería inocente y creería que aún puedo ser feliz si no hubiese vuelto a entrar en mi vida ese maldito día en el restaurante.

—Porque fue más fuerte que yo. Cuando te vi me quedé paralizado durante unos segundos, después hice una especie de apuesta con el destino. Puse los granos de granada en tu plato. Si captabas el significado y venías a buscarme, sería una señal; si no lo hacías, te habría dejado marchar para siempre. Después todo sucedió... Aún trataba de convencerme de que, en el fondo, seguía siendo un juego, poco más que una chifladura. Pero era solo una excusa que me repetía para sentirme autorizado a buscarte todavía. Hasta la otra noche, cuando comprendí que era inútil negármelo a mí mismo. Y a ti.

El recuerdo de nuestro último coito nos cubre como una sombra. Nos callamos, cohibidos y culpables, como dos supervivientes de una catástrofe.

—Lo que te he contado es cierto —dice después Leonardo—. Te quiero. Quería que lo supieses, quería intentar vivir de nuevo nuestra relación, empezar desde cero...

Tiene la voz casi rota y se pasa nerviosamente la mano por la mejilla y la boca, como si quisiera frenar las palabras que ahora ya no puede decir.

—Lucrezia llegó ayer a Roma, por sorpresa. Dice que el tratamiento ha dado un giro y que quiere que volvamos a vivir juntos. No sabes cuánto he deseado que me dijese esas palabras. Ahora, sin embargo, me producen el efecto de una ducha fría. Pero ¿cómo puedo decirle que no después de todo este tiempo? Aún soy su marido y ella me necesita, soy la única esperanza que tiene de poder empezar de nuevo.

Lo sé. Lo entiendo. Por lo menos, puedo intentar comprenderlo. Pero eso no impide que me sienta como una condenada a muerte.

—Así que es el final —murmuro casi sin abrir la boca.

Noto que una lágrima se desliza por mi mejilla. Estoy llorando, pese a que me prometí no hacerlo. No sé mantener mi palabra. Así que no puedo pedir a Leonardo que no mantenga la suya.

Me abraza tan fuerte que me hace daño. Me acurruco pegada a él, hundiendo mi cara mojada en su camisa de lino.

Justo ahora que sé que lo quiero y que él me quiere comprendo que jamás será mío. *Jamás*. Solo la otra noche, cuando estaba dentro de mí, me parecía aún posible. Ahora únicamente nos queda esta verdad absoluta que aniquila todo y que nos aplasta, tan cruel y definitiva como una sentencia. No puedo sostenerla. Me duelen los huesos y los músculos. Cada centímetro de mi piel. El corazón retumba en un abismo y temo que deje de latir de un momento a otro.

Me separo de su cuerpo consciente de que esta es la última vez que nos tocamos. A partir de ahora no habrá ningún contacto y no volveré a experimentar la dulcísima sensación de pegarme a su pecho y de hundirme en su olor. A partir de ahora tendré que acostumbrarme a vivir sin él.

Lo miro y ahora lo veo frágil. Pese a que tiene la espalda erguida, los ojos secos y la mandíbula apretada, sé que está sufriendo. Es un hombre destrozado, pero es un hombre que ha decidido. Y por muchas justificaciones que quiera darle, el hecho es que no me ha elegido a mí.

—Lo siento, Elena.

—No, no lo digas. —Bajo la mirada—. No digas nada más.

Ha sucedido todo tan deprisa que mis emociones se superponen y se confunden. Hace solo tres días era yo la que abandonaba y ahora me están abandonando. La despiadada ley del ojo por ojo, porque lo que estoy viviendo ahora es de verdad un infierno sin esperanza.

De improviso siento un cansancio que viene de lejos, tan profundo que debo cerrar los ojos. Me tambaleo, creo que me voy a desmayar por el calor, el dolor, la falta de oxígeno y de sueño, pero no quiero caer. Hago acopio de todas mis fuerzas para permanecer de pie y le doy la espalda, pese a que en este momento tengo la impresión de que ni siquiera sé cómo se anda. Doy un paso, luego otro y otro más.

Sé que él no hará nada para retenerme.

Adiós para siempre, Leonardo.

Has sacudido mi mundo y lo has encendido durante un breve y magnífico instante. Luego la luz se ha vuelto a apagar inesperadamente y todo se ha sumido de nuevo en la oscuridad. Una oscuridad más densa que la de antes.

13

Solo el café del Sant'Eustachio tiene el poder de despertarme del coma en el que llevo hundida desde hace varios días y que, por desgracia, sufro también durante las mañanas en el trabajo.

Acaban de dar las once y he hecho una pausa con Paola. Ahora que casi hemos acabado la restauración, por fin he logrado arrastrarla fuera de la iglesia. Esta mañana la he visto bostezar al menos tres veces, algo que no había sucedido en estos cinco meses. Desde que rompió con Borraccini ha cambiado un poco: en un par de ocasiones ha llegado tarde al trabajo, en su pelo —que, por lo general, siempre estaba perfecto— empieza a notarse la raya y, además, parece siempre cansada y distraída, como si durmiese poco y mal. En conclusión, también

Paola es humana y en este momento nadie mejor que yo puede comprender el dolor que la aflige.

Paso unas noches terribles, interminables, en el hotelito que hay cerca de Termini. Me despierto deshecha, me cuesta tener los ojos abiertos y mantenerme en pie. Después de todo lo que ha sucedido, me siento inconsolablemente sola allí, pese a que el recepcionista hace todo lo que puede para ser amable y hacer que me sienta como en mi casa. Puede que un hotel no sea la mejor solución para alguien que, como yo, acaba de poner punto final no a una, sino a dos relaciones. Tengo que encontrar una vía de escape cuanto antes.

De manera que, mientras Paola da sorbos, muy compuesta, a su *mocaccino*, después de que yo haya apurado de golpe mi café, saco del bolso por enésima vez el *Porta Portese* y empiezo a mirar los anuncios de alquileres. Las páginas están arrugadas, llenas de círculos y de partes subrayadas con amarillo fluorescente. Hace tres días que estudio el periódico con el rotulador en la mano, como si fuese un libro que debo aprenderme de memoria. Encontrar un sitio que convenga a mi situación parece una misión imposible. Ningún piso me convence: uno es demasiado grande, otro demasiado pequeño, uno cuesta una locura, en otro el cuarto de baño no tiene ventanas, el siguiente está en un estado vergonzoso y el último demasiado lejos del centro.

En cualquier caso, de una cosa estoy convencida: me quedaré en Roma, incluso después de que haya terminado la restauración. Regresar a Venecia sería un suicidio. Después de que hayan naufragado los proyectos de convivencia con Filippo, nada me ata a mi ciudad. Él se instalará allí solo, abrirá su estudio de arquitectura y rehará su vida. Yo me quedaré donde estoy, lamiéndome las heridas y tratando de recomponer las piezas. La situación es mucho más triste de lo que había imaginado, pero también más auténtica. Y cada día que pasa estoy más convencida de que es así, por mucho que duela.

Paso una página y veo un anuncio con los caracteres en negrita: «Se alquila piso pequeño en la calle Mura dei Francesi. Consta de: recibidor-salón, cocina habitable, amplio dormitorio, baño con ducha. Reformado y acabado con todo detalle, óptimo también como *pied-à-terre*, contrato libre. Disponible de inmediato». Lo marco enseguida. Parece que no está mal.

Paola se inclina hacia mí.

—¿Qué haces? ¿Buscas una habitación?

—Sí —contesto sin apartar la mirada del periódico.

—¿Por qué?

Alzo los ojos de la página y exhalo un profundo suspiro.

—Líos con mi novio. Hemos roto y he decidido mudarme a otro sitio. —No quiero decirle nada más por el momento.

—Lo siento. No lo sabía. —Por la forma en que me mira, debe de haber intuido que la palabra «líos» esconde una dolorosa maraña de problemas, pero Paola es discreta. Dado que no cuenta mucho sobre ella, evita hacer preguntas impertinentes. Aunque en ocasiones he pensado que su discreción era indiferencia, ahora la valoro más que nunca.

—Este parece interesante —prosigo tratando de sobreponerme a la melancolía y de cambiar de tema—. Aunque no tengo la menor idea de dónde está la calle Mura dei Francesi. —La miro esperando que me ayude, ya que ella conoce Roma como la palma de su mano.

En cambio, Paola ladea la cabeza como si quisiera observarme. Luego, de buenas a primeras, me dice:

—¿Por qué no vienes a mi casa?

Me quedo boquiabierta. Se encoge de hombros con naturalidad, como si siempre lo hubiese pensado, y suelta:

—A fin de cuentas, tengo sitio.

No sé qué decir. ¿Yo a casa de Paola?

—¿Estás segura? No quiero molestarte...

—No me molestas, Elena —responde convencida—. Si no fuera así, no te lo habría dicho.

—Bueno, en ese caso, acepto. —Aún estoy desconcertada, pero siento que puedo estrechar la mano que el universo me tiende. Espero que sea una señal.

—Puedes venir ya esta noche —dice Paola—. O mañana, como prefieras.

—Mañana mejor. —Así podré pasar por casa durante la pausa para comer y coger todas mis cosas sin correr el riesgo de ver a Filippo. Por lo general el miércoles trabaja en el estudio de la calle Giulia, pero hoy me temo que esté en las obras, que se encuentran a dos pasos de casa. Hacer las maletas en su presencia sería realmente penoso y prefiero evitarlo. Me resignaré a pasar otra noche en el hotel, pero será la última.

—De acuerdo —concluye Paola—. Entonces me organizo y te preparo la habitación.

—No es necesario, gracias. Yo lo haré mañana. —Después me apresuro a añadir—: Obviamente, te pagaré un alquiler. Quiero que quede claro desde el principio.

—Ya hablaremos, vamos... Ahora no pienses en eso. Compartiremos los gastos. A fin de cuentas, el piso es mío. Mejor dicho, de mis padres. Lo único que he hecho ha sido la reforma. —Paola me mira a los ojos como haría una hermana mayor—. Estaremos bien, Elena. Ya lo verás... Además, a mí también me vendrá bien tener un poco de compañía.

—Dos corazones rotos y una cabaña. Tendremos que consolarnos la una a la otra... —Esbozo una sonrisa.

—Y puedes estar tranquila, porque para los momentos peores sé hacer una Sacher fantástica; es el antidepresivo más calórico y eficaz del mundo. —Me guiña un ojo y a continuación mira el reloj del bar—. ¡Es tardísimo! —exclama—. Vamos, regresemos a la iglesia, el deber nos llama.

Pese a que últimamente no ha estado muy fina, en el fondo sigue siendo la Paola de siempre. Me levanto y la sigo dejando en la mesita el *Porta Portese* abierto. Ya no me hace falta.

Al día siguiente ya estoy instalada en mi nueva casa. El piso de Paola es precioso: tiene dos dormitorios, un cuarto de baño con lavabo doble y una amplia sala que da al Campo de' Fiori. Parece realmente la casa de alguien que convive con el arte a diario: las paredes de colores, los libros de pintura, los pinceles y las escofinas esparcidos por todas partes. Además hay un sinfín de gatos, de todas las formas, dimensiones y materiales: cojines, pisapapeles, jabones, ceniceros, tazas, platos. Hasta la cafetera tiene la forma de ese felino.

Cuando le pregunto a qué se debe esa pasión, Paola me cuenta que su madre, que ya es muy vieja, en el pasado cuidaba a los gatos callejeros.

—En Roma hay miles y miles, puede que más que en cualquier otra ciudad —explica—. Si vas a Largo Argentina los ves uno encima de otro peleando por tener espacio en las ruinas arqueológicas y maullando como enloquecidos. Son unos animales muy inteligentes y no es cierto que sean esquivos y poco afectuosos. Hay que saber tratarlos.

—Bueno, en parte como a los seres humanos. —Guiño un ojo.

—Pues sí. —En su rostro se dibuja una sonrisa—. Casi es hora de cenar. ¿Tienes hambre?

—Bastante. Pero aún no he abierto las maletas y las cajas. —Solo pensarlo me hace sudar.

—Luego nos ocuparemos de eso. Te echaré una mano. —Saca del aparador de la cocina un paquete de espaguetis y lo agita ante mis ojos—. ¿Te apetece una *amatriciana?*

—¡Claro! —exclamo—. Me da vergüenza decirlo, pero en todos los meses que llevo en Roma aún no la he probado.

—Entonces hay que remediarlo enseguida, entre otras cosas porque es uno de mis platos fuertes.

Paola abre la nevera para coger algo.

—¡No! Me falta el tocino de careta. —Paola pone una expresión de contrariedad—. Estaba segura de que aún me quedaba un poco.

Pongo los ojos en blanco.

—¿Se puede saber qué es el tocino de careta?

Al ver mi expresión inquisitiva de auténtica veneciana, incluso en la cocina, suelta una sonora carcajada.

—Digamos que es como el *bacon.*

—Ah, la panceta —digo yo.

—No exactamente —replica ella—. Parecen iguales, pero no lo son y para hacer la *amatriciana* necesito el tocino de careta.

«Seguro que Leonardo lo sabe», pienso. Me arrepiento al instante, porque se materializa de inmediato en la habitación y debo desechar la aparición sacudiendo la cabeza, como si fuera una pesadilla.

Paola se asoma a la ventana de la sala y mira abajo.

—¡Aún está abierto, menos mal! Bajo un momento a la tienda.

—Te acompaño.

Me apresuro a seguirla. Debo salir como sea de esa cocina, infestada ya, confiando en que a mi regreso Leonardo se haya marchado.

Los espaguetis a la *amatriciana* de Paola están deliciosos. Pese a que me arde la garganta por la guindilla y a que el tocino me ha revuelto un poco el hígado, este plato de pasta tiene el sabor intenso de la amistad; el resto no cuenta. No basta con darle las gracias. Hemos destapado una botella de Cesanese y nos hemos puesto cómodas, en zapatillas, camiseta de tirantes y pantalones cortos. Parece que estemos de vacaciones en la playa: el aire caliente con aroma a cocina, la música de Aretha Franklin como fondo, el deseo de ligereza y libertad. La melancolía tiene un gusto más dulce si se traga con un vaso de vino.

A medida que pasan los minutos el espacio para las confidencias va siendo cada vez mayor; ya no tiene sentido guardarse las cosas. Hablamos y nos escuchamos recíprocamente como dos viejas amigas. Hablar de mí me resulta natural cuando descubro que mi interlocutor es alguien que me escucha sin juzgar. Con Paola es así, por eso le revelo todo sobre mí, los últimos meses de auténtico caos. No puedo decir que el desahogo me alivie, aún no, pero es una manera de acercarme a ella y de ofrecerle una clave para comprender mis estados de ánimo.

Después de cenar deshago las maletas y desembalo las cajas en mi nuevo dormitorio. Es una habitación grande con una cama matrimonial y un vestidor. La ventana da a una terraza pequeña abarrotada de plantas de todo tipo, otra de las pasiones de Paola. Miro alrededor con la esperanza de que estas cuatro paredes sepan acogerme y protegerme, porque los días que están por venir serán duros. Pero tengo ya callo y estoy preparada para afrontarlos.

No pude llevarme todo del piso, en parte porque no me apetecía rebuscar demasiado. Paola vino conmigo para echarme una mano y, sobre todo, para darme apoyo psicológico. Intenté ser lo más rápida posible, de hecho me movía casi en apnea. Llenamos un par de maletas y tres cajas, las metimos como pudimos en su viejo Fiat Punto y escapamos como si hubiésemos asaltado un banco. Sin ella no habría podido hacerlo.

—¿Qué dices?, ¿vacío una caja? —me pregunta al verme de pie en la alfombra delante de la cama rodeada de vestidos, zapatos, libros y cedés.

—Me harías un gran favor. —Señalo la caja donde figura escrito ORO SAIWA—. En esa solo hay libros. Si quieres sacarlos… Me da pena dejarlos ahí.

—De acuerdo, los pondré en ese estante.

—Gracias —digo volviendo al vestidor con dos perchas de ropa.

—Oye, ¿es este el pedazo de tío que has dejado? —pregunta Paola de repente sacando la cabeza de la caja.

Me vuelvo y veo que tiene en la mano la fotografía en la que aparecemos Filippo y yo abrazados, y al fondo las colinas toscanas. Nuestro último fin de semana romántico. Si he de ser franca, solo la cogí por el marco, que es un regalo de mi padre. Lo hizo para mí y no quería dejárselo a Filippo.

—Sí, es él —asiento acercándome a ella.

—En ese caso estás como un cencerro. —Sonríe observando la imagen con una mirada maliciosa.

—Bueno… No tengo la culpa de que alguien me haya hecho perder la cabeza…

Miro de nuevo la fotografía y pienso que debería quitarla y poner otra cosa. Solo que aún no sé qué.

También Paola parece pensativa.

—¿Sabes qué te digo, Elena? Que lo más terrible es ser sabios y equilibrados durante toda la vida. Antes de conocer a Gabriella nunca me había enamorado de verdad, nunca había perdido la cabeza por nadie. Ahora estoy mal, pero sé que sin ella estos últimos años no habrían sido tan maravillosos. En cierto sentido se lo agradezco.

Considero en silencio sus palabras durante unos segundos.

—Esa es una manera muy zen de ver las cosas, Paola, pero creo que aún no estoy preparada. —Me muerdo un labio—. El dolor es insoportable.

—Entonces ¡hay que pasar a la artillería pesada! —Me mira con aire grave, como si estuviera decidiendo tirar la bomba atómica—. ¿Sacher?

—¡Venga! —apruebo con solemnidad.

Dejamos las cajas medio vacías y nos dirigimos a la cocina, resueltas a conquistar nuestra parte de calórica y sustanciosa felicidad.

Mientras esperamos a que la tarta se cueza, tiño el pelo a Paola, que, por fin, se ha decidido a quitarse la raya, y luego, mientras el tinte reposa, nos comemos nuestra Sacher. Una eficiencia y un ritmo perfectos: somos unos auténticos soldados con la cara embadurnada de chocolate.

Noto que estoy sonriendo por primera vez desde hace cinco días y me parece cómico que haya sido una cosa tan sencilla la que me ha puesto de nuevo de buen humor. Porque son las cosas sencillas las que nos serenan. Y yo ahora debo vivir para eso.

Amanece. Es la segunda vez que me despierto en casa de Paola. Duermo bien en su cama y el piso es silencioso, al menos hasta primera hora de la mañana. He tenido unos sueños confusos, pero, en cualquier caso, no angustiosos y cuando me he levantado he pensado por un instante que estaba en el viejo cuartito de casa de mis padres, el que tenía las paredes pintadas de rosa.

Un rayo de sol se filtra a través de los postigos y se posa en la mesita. No tengo ganas de salir de la cama, se está de maravilla aquí, pero el trabajo me reclama hoy también. Y, por lo visto, no es el único que me llama. Mi iPhone está sonando y no es el despertador. Alargo un brazo y lo cojo. Es Gaia. En estos días pasados le he contado todo por teléfono: lo de Filippo, Leonardo y Lucrezia, y la mudanza a casa de Paola. He consumido quinientos minutos en llamadas y sollozos. Así que ahora me llama una vez al día para asegurarse de que estoy bien.

—¿Dígame?

—¡Buenos días! —Su voz es tan aguda que debo apartar el teléfono de la oreja.

—Gaia, ¿sabes qué hora es? —mascullo, todavía en coma.

—Qué más da, sabía que te ibas a despertar ahora.

—Precisamente, me *iba* a despertar —recalco. Me incorporo alisando las sábanas alrededor de mí—. Pero ¿qué haces levantada tan pronto?

—En Nápoles no se hace nada a esta hora. —Se ríe—. Samuel pone el despertador a las seis para ir a entrenarse y hace mucho ruido. No podía volver a dormirme.

—Una vida sacrificada…

—Me santificarán.

—Me refería a él, idiota —digo sonriendo.

Ella se ríe aún más fuerte.

—Entonces, ¿qué? ¿Vienes a verme el 15 de agosto? —le pregunto esperanzada—. ¡Debes hacerlo, necesito verte! —añado de un tirón.

—Claro que voy. No te puedo dejar sola en un momento así.

—Ya he hablado con Paola. Puedes dormir conmigo en la cama de matrimonio.

—Pero ¿es que hay alguien que va a dormir ese día? —replica ella.

Tener a Gaia a mi lado es el mejor antídoto contra la tristeza.

—¿Y vas a dejar solo a Belotti? —Por un instante había olvidado a su ciclista.

—Da igual, al día siguiente tiene una carrera —explica despreocupada—. Y cuando compite cena a las siete en punto y se acuesta con las gallinas.

—Bueno, aquí no te aburrirás. No veo la hora de infectarte con mis dramas y mis tormentos existenciales —proclamo con una alegría del todo irracional.

—Perfecto. Yo también tengo novedades que contarte.

—¿Debo preocuparme? ¡Dios mío, no estarás embarazada!

—De eso nada… ¡Lo hacemos tan poco que solo podría ser hijo del Espíritu Santo!

—Entonces, ¿de qué se trata? —Me muero ya de curiosidad.

—¡Chito! Te lo diré mañana. En cualquier caso *es algo bueno.*

—Está bien. Adiós, capulla.

—Adiós.

Sabe que ahora solo necesito buenas noticias y estoy segura de que no me decepcionará.

Al día siguiente Paola y yo dedicamos toda la mañana a poner en orden el piso. Luego ella se va a visitar a su madre, que vive en el campo. Yo, en cambio, vagabundeo por Roma a la espera de que llegue mi amiga. Los momentos en que estoy sola son los más difíciles, porque mi mente parte como una exhalación adonde no debería ir. Ha pasado muy poco tiempo desde esa noche enloquecida, pero tengo que esforzarme para olvidar e imaginarme que ha pasado ya un año y que todo va viento en popa.

El sol de Roma me ayuda. Al margen de los recuerdos, esta ciudad me hace sentirme bien y cada día descubro algo nuevo, una columna antigua que brota como una seta del asfalto o una estatua que no he visto jamás y que aparece de improviso en medio de una plaza. Aquí me siento feliz.

Gaia no se hace esperar. Llega con un taxi a eso de las seis de la tarde. Paola aún no ha vuelto, pero mientras la esperamos hago subir a mi amiga al piso. Está espléndida, como de costumbre. Diría que hasta ha mejorado desde que vive con Belotti, debo reconocerlo. ¡Ha abandonado incluso los tacones de doce centímetros!

Le enseño la casa. Gaia chilla al ver la invasión de gatos: ella también los adora. Coge en brazos un tope de puerta de piedra con los ojos azul claro fluorescente y empieza a mimarlo como si estuviese vivo; reconozco que se está pasando un poco. Nos sentamos en mi cama. El caso es que, visto desde aquí, he de admitir que parece un gato cartujo.

—Entonces, ¿cuál es la novedad que tienes que contarme? —Le doy golpecitos con un dedo en un costado.

—Curiosa, ¿eh?

—Preocupada más bien.

—¿Tengo que decírtelo?

—No sé, si quieres hacerme esperar un poco más…
—La odio cuando me tiene en ascuas—. De cualquier forma, ya sé que tiene que ver con Belotti.

Ella asiente con la cabeza esbozando una sonrisita de complacencia.

—Belotti, como lo llamas tú, me ha pedido que me case con él.

—¡Dios mío, Gaia! ¡Felicidades! —La abrazo con todas mis fuerzas. Me alegro mucho por ella. Pero enseguida me asalta una duda, de ella me espero cualquier cosa—. Espero que le hayas dicho que sí.

—¿Y me lo preguntas? ¡Por supuesto! No me lo he pensado dos veces.

—¿Y el anillo? —le pregunto mirando su mano izquierda.

—Nada de anillo. Samuel dice que trae mala suerte antes de las alianzas. —Gaia se encoge de hombros—. Y creo que tiene razón. Recuerda cómo acabó el de Brandolini.

—Pues no lo sé, ¿cómo acabó? —Pienso en lo peor, que lo haya tirado al Canal Grande.

—Nunca tuve valor para devolvérselo. Se lo regalé a una de mis primas.

Bueno, es mejor de lo que pensaba.

—¡No puedo creerme que te vayas a casar con un hombre que nunca he visto!

—Hay tiempo de sobra, Ele. Te lo presentaré, tranquila.

—Espero que lo hagas antes de la boda. ¿Habéis decidido ya la fecha?

—Digamos que el año que viene, en primavera; pero aún es pronto para fijar el día. En cualquier caso, tú serás la dama de honor, que lo sepas.

—¡Puedes contar conmigo! —le aseguro calculando ya aterrorizada cuántos meses me quedan para encontrar un vestido adecuado—. ¿De qué color debo vestirme? —le pregunto presa del pánico.

—¡Eh, espera! Antes debemos elegir el mío. ¡Por una vez yo también necesito una *personal shopper!*

Abro los brazos.

—Ven aquí.

Gaia apoya la cabeza en mi hombro como una niña. La quiero como si fuese mi hermana y su felicidad es, en parte, la mía.

Paola vuelve a eso de las nueve con tres cajas de pizzas humeantes. Después de las presentaciones de rigor, nos sentamos con las piernas cruzadas en la alfombra de la sala, entre cojines con forma de gato y las dos lámparas de sal en las que se refleja el añil del cielo. Comemos con las manos, sin platos y sin mantel, mientras en los altavoces retumba la voz de Gianna Nannini, el mito de Paola.

Tras dar buena cuenta de la pizza, Paola nos sorprende sacando de la despensa de los vinos una botella de Principe Pallavicini del 2006.

—Para las grandes ocasiones —dice—. Pero no nos lo beberemos aquí. Seguidme.

Salimos al rellano y subimos al último piso. O, cuando menos, a lo que parece el último piso... Una vez allí, Paola abre una puertecita y nos guía por una escalera de caracol poco menos que impracticable. En lo alto de la misma hay otra puertecita. Como por arte de magia, de repente nos encontramos en el tejado del edificio.

Desde aquí se domina toda Roma. El Campo de' Fiori está debajo de nosotras y al fondo, a la altura de nuestras cabezas, asoman las cúpulas de las iglesias y de los edificios iluminados. Es como estar en un globo, me gustaría abrir los brazos y volar. Me parece extraordinario estar aquí ahora, con ellas dos; es cierto que las cosas son aún más bonitas cuando las compartes con las personas a las que quieres.

Paola descorcha el vino y lo escancia en las copas.

—Por la vida —dice.

—Por el amor —añade Gaia.

—¡Por las amigas! —concluyo yo.

Se oye un concierto de acordeones en la plaza a la vez que los primeros fuegos artificiales empiezan a aparecer en el cielo iluminándolo de chispas de colores.

—Esperad. —Paola deja la copa en el suelo—. Voy a coger una cosa. —Vuelve a entrar.

Gaia y yo nos miramos perplejas.

Al cabo de unos minutos regresa a la azotea con una Polaroid.

—Tenemos que inmortalizar este momento.

Las tres nos apoyamos en la barandilla. Paola, Gaia y yo. A pesar de que mi vida es un caos, a pesar de que he perdido a Leonardo, a Filippo y el amor, esta noche me siento bien con ellas. Vuelvo a tener esperanza.

La música es cada vez más fuerte y ya no estoy triste.

Paola apunta la máquina de fotos hacia nosotras.

—¿Preparadas?

El flash empieza a parpadear. Sonreímos al unísono, juntándonos la una a la otra, con nuestros futuros aún por escribir.

Ahora, por fin, sé qué poner en el marco que se ha quedado vacío.

Gracias

A Celestina, mi madre.

A Carlo, mi padre.

A Manuel, mi hermano.

A Caterina, Michele, Stefano, faros de día y de noche.

A Silvia, guía preciosa, y a las maravillosas personas que tuve la suerte de encontrar el domingo diez de febrero de dos mil trece.

A toda la editorial Rizzoli, del primer al último piso.

A Laura, Elena y Al, presencias importantes.

A todos mis amigos, incondicionalmente.

A Vittoria y Sante (¡siempre os llevo en el corazón!).

A Filippo P. y al silencio que colma.

A Roma.

Al destino.

ELLA NUNCA HA QUERIDO DE VERDAD.

ÉL SOLO HA CONOCIDO EL LADO OSCURO DEL AMOR.

EL SUYO SERÁ UN VIAJE TURBADOR A LA BÚSQUEDA DEL PLACER.

El primer volumen de la trilogía

YO TE MIRO

Irene Cao

Volumen I

Elena es restauradora en Venecia, donde está sacando a la luz un fresco en un palacio histórico de la Laguna. El arte es todo su mundo. Al menos hasta que llega Leonardo, un famoso chef de origen siciliano que ha viajado a la ciudad para inaugurar un restaurante. Leonardo ha adivinado la verdadera esencia de Elena: un ángel que esconde en su interior un demonio sensual. Solo él puede liberarlo, pero con una condición: Elena no deberá enamorarse de él…

ELLA NUNCA HA QUERIDO DE VERDAD.
ÉL SOLO HA CONOCIDO EL LADO OSCURO DEL AMOR.
EL SUYO SERÁ UN VIAJE TURBADOR A LA BÚSQUEDA DEL PLACER.

El último capítulo de la trilogía

YO TE QUIERO

Irene Cao

Volumen III

Elena ha perdido todo. Su vida es ahora un descenso a los infiernos que culmina cuando una noche sale borracha de un local y un coche la atropella. Cuando se despierta en el hospital, Leonardo está a su lado. Ha decidido curar su dolor con la pasión. Pero el pasado es un demonio que Leonardo aún no ha podido vencer…

Irene Cao nació en Pordenone en 1979 y vive en un pequeño pueblo de la región italiana de Friuli. Es licenciada en Clásicas y posee un doctorado en Arqueología. Ha sido columnista en publicaciones femeninas semanales y ha trabajado en el sector de la publicidad. Entre otras cosas, ha trabajado de actriz, ha doblado películas y ha actuado como bailarina.

Yo te siento es la segunda entrega de una trilogía que también componen los títulos *Yo te miro* y *Yo te quiero*, un viaje en busca del placer por Venecia, Roma y Sicilia, respectivamente.

Publicada en junio en Italia, *Yo te miro* se convirtió de inmediato en un éxito absoluto de ventas y de crítica, alcanzando en su primera semana los primeros puestos de la lista de más vendidos y recibiendo elogios de los medios más respetados del país. Este segundo libro se ha reeditado 9 veces con más de 70.000 ejemplares hasta el momento. La trilogía será publicada en todo el mundo.

Suma de Letras es un sello editorial del Grupo Santillana

www.sumadeletras.com

Argentina
Avda. Leandro N. Alem, 720
C 1001 AAP Buenos Aires
Tel. (54 114) 119 50 00
Fax (54 114) 912 74 40

Bolivia
Calacoto, calle 13, 8078
La Paz
Tel. (591 2) 279 22 78
Fax (591 2) 277 10 56

Chile
Dr. Aníbal Ariztía, 1444
Providencia
Santiago de Chile
Tel. (56 2) 384 30 00
Fax (56 2) 384 30 60

Colombia
Carrera 11 A, n.º 98-50. Oficina 501
Bogotá. Colombia
Tel. (57 1) 705 77 77
Fax (57 1) 236 93 82

Costa Rica
La Uruca
Del Edificio de Aviación Civil 200 m al Oeste
San José de Costa Rica
Tel. (506) 22 20 42 42 y 25 20 05 05
Fax (506) 22 20 13 20

Ecuador
Avda. Eloy Alfaro, 33-3470 y Avda. 6 de
Diciembre
Quito
Tel. (593 2) 244 66 56 y 244 21 54
Fax (593 2) 244 87 91

El Salvador
Siemens, 51
Zona Industrial Santa Elena
Antiguo Cuscatlan – La Libertad
Tel. (503) 2 505 89 y 2 289 89 20
Fax (503) 2 278 60 66

España
Avenida de los Artesanos, 6
28760 Tres Cantos (Madrid)
Tel. (34 91) 744 90 60
Fax (34 91) 744 92 24

Estados Unidos
2023 N.W 84th Avenue
Doral, FL 33122
Tel. (1 305) 591 95 22 y 591 22 32
Fax (1 305) 591 74 73

Guatemala
26 Avda. 2-20
Zona 14
Guatemala C.A.
Tel. (502) 24 29 43 00
Fax (502) 24 29 43 03

Honduras
Colonia Tepeyac Contigua a Banco Cuscatlan
Boulevard Juan Pablo, frente al Templo
Adventista 7º Día, Casa 1626
Tegucigalpa
Tel. (504) 239 98 84

México
Avda. Río Mixcoac, 274
Colonia Acacias
03240 Benito Juárez
México D.F.
Tel. (52 5) 554 20 75 30
Fax (52 5) 556 01 10 67

Panamá
Vía Transísmica, Urb. Industrial Orillac,
Calle Segunda, local 9
Ciudad de Panamá
Tel. (507) 261 29 95

Paraguay
Avda. Venezuela, 276,
entre Mariscal López y España
Asunción
Tel./fax (595 21) 213 294 y 214 983

Perú
Avda. Primavera, 2160
Surco
Lima 33
Tel. (51 1) 313 40 00
Fax. (51 1) 313 40 01

Puerto Rico
Avda. Roosevelt, 1506
Guaynabo 00968
Puerto Rico
Tel. (1 787) 781 98 00
Fax (1 787) 782 61 49

República Dominicana
Juan Sánchez Ramírez, 9
Gazcue
Santo Domingo R.D.
Tel. (1809) 682 13 82 y 221 08 70
Fax (1809) 689 10 22

Uruguay
Juan Manuel Blanes, 1132
11200 Montevideo
Tel. (598 2) 402 73 42 y 402 72 71
Fax (598 2) 401 51 86

Venezuela
Avda. Rómulo Gallegos
Edificio Zulia, 1º – Sector Monte Cristo
Boleita Norte
Caracas
Tel. (58 212) 235 30 33
Fax (58 212) 239 10 51